古籍杂谈

穆衡伯 著

凤凰出版传媒集团
凤 凰 出 版 社

图书在版编目（CIP）数据

古籍杂谈 / 穆衡伯著. — 南京 : 凤凰出版社,
2010.4
ISBN 978-7-80729-334-7

Ⅰ. ①古… Ⅱ. ①穆… Ⅲ. ①古籍－简介－中国
Ⅳ. ①Z422

中国版本图书馆CIP数据核字(2010)第047340号

书　　名	古籍杂谈
著　　者	穆衡伯
责任编辑	卞　岐
出版发行	凤凰出版传媒集团 凤凰出版社(原江苏古籍出版社) 南京市中央路165号　邮编　210009 发行部电话　025-83223462
集团网址	凤凰出版传媒网　http://www.ppm.cn
照　　排	南京凯建图文制作有限公司
印　　刷	江苏凤凰通达印刷有限公司 南京市六合区冶山镇　邮编　211523
开　　本	880×1230毫米　1/32
印　　张	8.125
字　　数	218千字
版　　次	2010年4月第1版　2010年4月第1次印刷
标准书号	ISBN　978-7-80729-334-7
定　　价	26.00元

(本书凡印装错误可向承印厂调换,电话:025-57572508)

穆衡伯在北戴河（1956年）

穆衡伯花桐君夫妇在北京中山公园（1965年）

二十世纪80年代初，穆衡伯子女嘉琛（左二）、嘉琬（右二）、嘉琨（右一）、穆琰（左一）聚会北京讨论为父亲著作出书事宜（二子嘉瑛远在安徽，未到）

2009年12月5日本书编辑整理组成员聚会，讨论定稿出书事宜。左起：沈立人　周明善　缪咏禾　夏复春　顾纪瑞　穆嘉琨

十三经正文。按清人钱泰吉统计，共为647500余字。而所有解经之书，不下一万余种。论其总字可四五万倍於原文。

十三经注疏：清代有乾隆武英殿刊本及阮元氏嘉庆末年南昌府学刻本两种。

释经之文曰传，曰笺，曰解，曰学；今通谓之注。解释注之书名正义，今通谓之疏。（见日知录18）

过去儒家，笃信诸经出自孔子删定之说，奉为经典，不容置议。诂经之说（以今言释古言为诂，意即解经），则各持己说。递禀师承，非惟诂经相传，莫敢同异，即篇章字句，亦恪守所闻。魏晋以後，王弼、王肃，各自论说，不相统摄。入宋以後，洛（二程）闽（朱子）之学继起，所谓道学大昌，独研义理，凡经师旧说，俱为不足信。其学务别是非，以後学脉旁分，攀缘日众，驱除异己，务定一尊。自宋末至明初，守之不变。有明末叶，各抒心得，如王守仁等，其学空谈臆断，考证必疏。於是博雅之儒，引古义以抵其隙。要之，我国两千年来儒家之学，不出汉宋两家，互为胜负，入主出奴，门户之见，难於消融。汉学家重在考证古籍，发展为考据学；宋儒~~[illegible]~~务性理（即形而上学），则是哲学范围也。

以上略述旧学术界汉宋之争，今日觉陈腐了矣，在当时固严重也。（见四库总目经部总序）

作者手稿（一）

室之府。成帝（前32—前7）时，秘书颇有亡散。乃使谒者陈农求遗书于天下。盖政府藏书，实始汉武而成帝继之。嗣后时代推移，人事变迁，书之聚散靡常。隋之牛弘谓书有五厄，明胡应麟氏亦称六朝以后又有五厄（见少室山房笔丛）。考之史实，尚不止此。综合各家所说，简述如下：

1 秦始皇焚书，古代坟典尽成灰烬（前213）

2 王莽之末，长安兵起，西汉兰台石渠藏书33090卷，以及宫室图书，扫地以尽。（公元23）

3 东汉之末，董卓挟献帝移都，吏民扰乱，图书缣帛，取为帷囊，东观仁寿13269卷，一时燔荡（190）

4. 永嘉惠怀之际，刘石凭陵，京华覆灭，秘书中外三阁29945卷，朝章典册，从而失坠。（311—5）

5. 梁元帝（萧绎）移都江陵，典籍悉萃于斯，周师入郢，悉投诸火，所入才十之一二，焚书可七万卷。（554）

6. 隋世聚书甚夥，大业之末，天下丧乱，东都修文殿

作者手稿（二）

作　　者　穆衡伯
编辑整理　穆嘉琨(统筹)　穆嘉琬　穆　琰
特邀主审　缪咏禾
特邀顾问　沈立人　顾纪瑞　夏复春
助　　理　穆　镇　穆　锡

目 录

（五）类书、丛书

（六）少数民族图书、翻译

二、书的历史、版本

三、图书装帧和印制

四、目录学

五、出版人和出版事

一把开启国学库门的钥匙

——《古籍杂谈》序

马蓥伯*

近些年来，一股“国学热”悄然升起，声势越来越大。所谓“国学”，当然不限于儒学，而是包括儒学在内的中国传统文化。这是需要我们密切关注，并且采取正确的态度积极参与的。

党的十七大报告明确提出：“弘扬中华文化，建设中华民族共有精神家园。”报告强调：“中华文化是中华民族生生不息、团结奋进的不竭动力。要全面认识祖国传统文化，取其精华，去其糟粕，使之与当代社会相适应、与现代文明相协调，保持民族性，体现时代性。”对此，我们应当认真地加以贯彻。

我国传统文化中确实蕴含着许多今天仍然具有生命力、仍然值得我们撷取的宝贵财富。这里，我想就我国传统文化中对我们今天有所启示的问题稍稍举例说明。此类例子可谓俯拾即是。

——利益与道德。历史上确实有人否定人们追求物质利益的合理要求，如董仲舒说什么“正其谊不谋其利，明其道不计其功”之类，似乎圣人是不食人间烟火的超人，这是走了极端。传统文化中正确的主张则是能够全面地看待物质与精神的关系，反对片面地追求物质利益，特别是一己之私。孔子说：“富与贵，是人之所欲也，不以其

---

* 马蓥伯(1934—)，《求是》杂志原副总编，《中华魂》杂志现主编，主要著作有《别车杜文艺思想论稿》、《奇谈备忘录》、《激浊扬清集》、《两刃相割集》、《匪石匪席集》等。

道得之，不处也。贫与贱，是人之所恶也，不以其道去之，不去也。”他又说：“不义而富且贵，于我如浮云。”这就摆正了物质利益和精神追求的位置。只有在精神上追求高尚境界的前提下在物质上谋取富足，摆脱贫困，才是正确的做法，相反的做法是不足取的。孟子说：“人之有道也，饱食、暖衣、逸居而无教，则近于禽兽。”这就是说，人之所以是人，是有他的道理。如果只图温饱、闲适，不接受教育，那便同禽兽没有什么区别了。他常把有没有道德底线作为判别人与其他动物的分界线，例如：“……无恻隐之心，非人也；无羞恶之心，非人也；无辞让之心，非人也；无是非之心，非人也。”这个警示是很有道理的。他提到的一种状况也很值得我们警惕，这就是“上下交征利而国危矣”。就是说，上上下下交相追逐自己的私利，国家就危险了。荀子在这方面的言论也很多。他说：“先义后利者荣，先利后义者辱。”这就告诫我们，在追求精神高尚的前提下谋取物质利益是光荣的，相反，抛开这个前提不择手段谋取物质利益是可耻的。他还说：“言无常信，行无常贞，唯利所在，无所不倾，若是则可谓小人矣。”就是说，一个人言语不能遵守固定的信誉，行为不能保持经常的操守，只要是私利所在，便无条件地去追逐，那就堕落成小人了。他把正确处理精神追求和物质享受的关系运用到治理国家上，指出：“不富无以养民情，不教无以理民性。”就是说，既要满足人民物质生活的需要，又要满足人民精神生活的需要。传统文化中关于处理利益与道德关系上的这些论述，对于我们今天来说，仍有借鉴的价值。我们要在广大人民中间提倡正确的、科学的世界观、人生观、价值观，反对拜金主义、享乐主义、极端个人主义，这是关系到国家能否兴旺、社会能否进步、人民能否幸福的大事，切不可等闲视之。

——差异与和谐。我们都记得孔子的弟子有若说的“礼之用，和为贵”，孟子说的“天时不如地利，地利不如人和”。传统文化中强调“和”，讲求和谐，这是很有道理的。但和谐并非强求一律。孔子说：“君子和而不同，小人同而不和。”这就是说，君子不强求一律而达到了真正的和谐，小人则强求一律而达不到真正的和谐。这告诉我们，为了求得真正的和谐，就要尊重差异，包容多样。我们之所以反对霸权主义、强权政治，就是因为它唯我独尊，目空一切，除了自己的那一套以外，不允许有另一种发展模式存在。这是行不通的。我们现在要建设和谐社会，并愿意与世界各国人民共同努力，为构建一个和谐的世界而奋斗，这就缘于我们既坚定不移地走自己的发展道路，又尊重差异、包容多样。当然，我们尊重差异、包容多样，并非尊重那些同进步人类的根本利益显然格格不入的东西，并非包容那些同历史发展的客观趋势完全背道而驰的东西。所以，我们在思想文化领域，要既尊重差异、包容多样，又有力抵制各种错误和腐朽思想的影响。我想，在这方面，传统文化中的有关论述是可资借鉴的。

——交往和自主。中国的传统文化是主张博采众长的。孔子说："三人行，必有我师焉：择其善者而从之，其不善者而改之。"这就告诉我们，要善于在交往中学习而不能闭关自守。别人的长处经过学习，可以变成自己的长处；别人的短处，经过反思，如果自己也有的话，就加以改正，从而也可以变成自己的长处。这个观点包含着朴素的辩证法，就是说，事物无不在一定的条件下通过斗争向自己的对立面转化。这里，关键在于内因。孟子曾经说过："夫人必自侮，然后人侮之；家必自毁，而后人毁之；国必自伐，而后人伐之。"这就告诉我们，面对出现的问题，不要只问客观，而要反求诸己。当今，经济全球化的趋势日益明显，任何一个国家的前途命运已日益紧密地同世界的前途命运联系在一起，企图关起门来搞建设都是不能成功的。我们要准确分析世界发展的趋势，全面把握世界的发展变化所带来的机遇和挑战，既勇敢参与经济全球化，又坚持独立自主，坚决维护国家的主权、安全和发展利益。

——明理和践行。树立比较正确的思想观点，培养比较高尚的道德情操，这是重要的，但关键还在于付诸实践。在这方面，中国传统文化中的某些论述是值得我们今天仍然加以提倡的。例如，《礼记》上说："博学之，审问之，慎思之，明辨之，笃行之。"这几个环节都很重要，但最后还是落脚在"笃行"上。孔子说："君子欲讷于言而敏于行。""君子耻其言而过其行。""始吾于人也，听其言而信其行；今吾于人也，听其言而观其行。"这里，对己对人，都强调实践的重要，乃至认为如果自己所说的超过自己所做的便是一种耻辱。荀子说的就更尖锐:“口能言之,身能行之,国宝也。……口言善,身行恶,国妖也。”这些话值得我们认真咀嚼。毋庸讳言,现在社会上有一种不好的风气,就是喜欢说空话、套话、大话、废话,积习难改,贻误事业。重温古人的这些名言,未尝不是医治此种顽症的一剂良药。

要以马克思主义为指导,全面认识祖国传统文化,取其精华,去其糟粕,首先要掌握必要的工具书。语云:“工欲善其事,必先利其器。”摆在我们面前的这部《古籍杂谈》便是这方面一部有益的工具书。如果把中国的传统文化比作一座宝库的话,那么,这部书就好比是一把钥匙。至于入库之后,我们能否找到确实有用的瑰宝,那就要看我们是否能够以马克思主义为指导,取其应取,去其该去;能否贯彻“百花齐放、百家争鸣”的方针,在讨论和争论中得出符合实际的结论;能否做到批判继承,在良莠混杂、瑕瑜互见中剥离出“良”和“瑜”来。但是不管怎样说,钥匙对于入库来说毕竟是重要的,——这便是《古籍杂谈》这样的工具书的价值所在。

作者穆衡伯先生长期从事图书馆工作,公务之余,辛勤治学,遭遇坎坷,奋勉不懈,值得缅怀和尊敬。这部书是他半生工作的小结,是他心血的结晶,真正有志于学问的人当不会等闲视之。

是为序。

书林的导引

——《古籍杂谈》编读后记

缪咏禾

今年秋天，老友穆嘉琨同志交给我一部他父亲穆衡伯老先生的遗稿——《图书杂谈稿》（出版时书名为《古籍杂谈》），要我对这部书稿的学术价值、现实意义作些评价，并且对整理出版的技术性问题作些建议。

从穆嘉琨同志的介绍得知，穆衡伯老先生是天津人，回族，1896年生。保定军官学校毕业，起初，在军政界服务，隶杨虎城将军麾下。1945年抗战胜利时以少将衔退役，在江苏的扬州、昆山从事教育工作。1951年到中央民族学院（今中央民族大学）的图书馆工作，1970年病逝。

民族大学图书馆藏书198万册，在北京高校中居前位，其中少数民族图书和边疆方志有14万多册，尤其有价值。穆老先生在馆中工作十五年，涵泳书城，见闻自广。他在该书的小序中说："馆中同人，业余之暇，促膝闲话，偶有涉及图书者，辄另记别纸。"积少成多，十多年下来，积累了180则材料，辑成了这部书稿。全书约20万字。

这180则材料，涉及我国古籍的许多方面，诸如书的历史，书的内容，书的编撰，以及书的制作和流通，等等。与书有关的人物和事件也有涉及，旁及有关的文化知识、典章掌故，涉及文献学、图书馆学、古文化常识的领域。虽然不能囊括我国古代书林的全貌，但这180个问题，却都是有志读书的人所应该知道的常识。所以，这是一本兼有专业性和普及性的知识性读物。当我们在书林漫步之际，它为我们提供了许多有益的导引。

这里,以历史纪年为例,来看看本书的价值和作用。我国古代文献,大都以皇帝的年号纪年,或用干支,或用年月日实数;辛亥革命后,以"民国"纪年;建国后,以"公元"纪年。一般人所知道的,大概就是上面这一些,除此以外,所知很少。在穆老著作的《干支》、《纪年》等小节中,介绍了不少纪年的其他方法,计有:太岁纪年、黄帝纪年、孔子纪年、成吉思汗纪年、希腊纪年、罗马纪年、日本纪年、印度纪年、佛祖纪年、道教纪年等。还介绍了非正统称王者的僭伪纪年,即所谓的"闰位",列举了从王莽到袁世凯的几十种僭伪纪年。此外,又介绍了有关年月日的种种异称等知识。显然,在接触到古今中外的文献时,这些都是必须掌握的知识。再以图书的书名为例。书中告诉读者,古人给著作起名,有通常的做法,或以官衔爵里为书名,或以文体内容为书名,大体不过八九种做法而已。掌握这个规律,则按名求书,会得到不少便利。但在同时,也颇多例外,诸如同书异名、同名异书,名实分离、作伪造假等等,这种种关于书名的知识,也是读书人不可不知的。

综观全书 180 则材料,已知的基础知识是主要的,作者的汇聚和补充则多寡不一,或多或少。有些小节有较多补充,内容丰赡,有些补充虽片言只语,也有它的特殊价值,弥足珍贵。所以,这是一本有价值的读物,对从事文化工作的人很有用处。

本书是 40 年以前撰写的。学海滔滔,后出转精。40 年来,图书、文献学有不少新的进展。本书中不少章节,只能限于当时的见闻。这是可以理解的。例如,在《简和策》小节中提到的出土简策数字若干若干,但作者成文后的 40 年,有了大量新发现。单是 1993 年在敦煌三危山出土的汉简,就超过过去一千多年发现的总数。这些新发现,本书当然无法收入,这是十分正常的现象。像图书、文献学这样的学科,其实只有旧知与新知的累积增加,重在积淀,有了新知,旧知依然很重要。新和旧叠加,才称完善。并没有新、旧知识的淘汰或更替和冲突。所以,本书中的知识,在今天仍然是十分有用的。

民族大学图书馆中,有丰富的民族文献。在这一方面,本书也有所体现。大约有六七个小节，谈到了少数民族的文字，少数民族建立的王朝，古文献中有关边疆问题的著作，以及少数民族的作家、藏书家等。这些材料，构成了本书的一个特色。

这部书要排印出版，有许多整理工作要做。此书的原稿已经佚失，保存了一份复印件。穆嘉琨同志交给我的就是这份复印件，还有一份根据复印件录入电脑后的打印件。我的工作底本主要是复印本。从这份复印本看出，原稿是毛笔书写的，行草，字迹大都可以辨认，但也有少数书写潦草，笔误，漏脱，难认等问题，更有小浮笺粘错地方造成了错简，甚至缺页等情况，还有复印模糊的地方。原稿只有句号一种标点断句，必须加上书名号等新式标点。这些，都增加了整理的工作量。我和钱兴奇同志两人用了些时间校订，整理成目前的状况，恐怕还是有一些问题存在，敬请读者指正。

这里还要说一下本书的编次问题。作者穆衡伯先生在小序中说，当年写作时，“东鳞西爪，无从铨次，因其先后，辑而存之”。原稿的铨次，是以写作的先后记录下来的，180 小节，没有按某一学科的体系来排列。现在要整理出版，考虑再三后认为，为了便于读者阅读，还是以学科体系排列为好。为此，大体上按照文献学和古籍分类法的系统，以类相聚，分为五个部分，即：各类图书、书的历史和版本、图书装帧和印刷、目录学、出版人和出版事。

穆衡伯先生从将军到教师，从政坛折俎、战场决胜，到教坛授业，再到书城中和二三同事促膝闲话，笔耕著书。人生的经历，可谓丰富而曲折。他给后人留下了一份宝贵的遗产。从点画不苟的二十多万字笔墨中，我们依稀可以窥知他作为军人、作为教师、作为父兄的面貌。编读之馀，愿在此献上心香一瓣。

小 序

馆中同人，业余之暇，促膝闲话，偶有涉及图书者，辄另记别纸，积若干则，繁复牴牾者，加以芟汰，犹豫未决者，蓄疑以待问。东鳞西爪，无从铨次，因其先后，辑而存之。非以示人，聊备遗忘而已，姑名之为《图书杂谈》云尔。

穆衡伯

一九六六年

简　例

一、图书知识，包罗万象，浩如烟海，本编择要叙述，虽沧海一勺，总期对于初学，有尺寸之助。书囊无底，聊作开端。

二、本编范围，以介绍我国重要图书及作家为主，俾读者对本国著述之林，略窥门径，亦间及国外。

三、杂谈所及，图书为多，印刷、版本、装帧，亦偶然参见。语焉不详，但示途津而已。

四、本书采取成说，袭用故实。为便于检查，且示有征，尽可能注明出处，间亦援“引书用意之旨”，略其文而用其意，无从加注，非图掠美。

五、本书内容，由旧及新。述古所以为今，新知正在蓬勃发展，留待陆续补充。

六、取材方面，在新的发现，间亦采及期刊日报中之文化报导，但以信而有征者为限。

七、文中引用数字，如《四库全书》种数和卷数，即有几种不同说法；老子《道德经》五千言亦因版本而各异；佛之生卒，异说有五六十种之多，相去至五六百年。诸如此类，去取之间，舛谬时有，留待质诸博闻之士。

八、关于作家之轶闻琐事，虽无关宏旨，间亦采及。辽东白豕，达者所嗤，聊广异闻，以资谈助。

九、本编文字，为避免冗长，叙述力求简略，若必责以剖析原委，考订精详，无异索明于垢鉴。

十、图书馆之学，正确之理论，丰富之知识，熟练之技能，三者不可偏废，而以理论为主，亦即思想性与原则性也。兹编所及，涉及知识方面为多，若无正确理论为基础，殆如远洋航行而乏指针，有迷失方向之危险，读者当知吸其精英遗其糟粕，予以批判地接受也。

十一、读是书者，万勿泥于文字。所谓版如何，纸如何，墨如何，装如何，总宜触于手，接于目，一有机缘，勿任错过。勤细看，勤请益，积年累月，举一反三，虽不中不远，不然鲜不有扪烛扣盘之失也。

一、各类图书

（一）经　类

1. 经，四经，五经，六经，九经，十三经

旧时称孔子所作为经，其弟子为阐述经书大义之作为记、为传。孔子不得位，无功业表现，晚定六经（亦称六艺）以教弟子，封建帝王尊为“万世师表”。自皇帝以至于平民，读书者莫不读孔子之书，司马迁谓，“言六艺者，折中于夫子，可谓至圣矣”。汉初董仲舒奏请武帝表彰六经，抑黜百家，后汉以降，始有异议。

相传：《易》，文王作卦辞，周公作爻辞，彖辞文言乃孔子作。《周礼》、《仪礼》为周公手定，《春秋》凡例出自周公，《书》、《诗》亦无删定事。如此，则孔子实无一书传世，故唐代尊周公为先圣，降孔子为先师。明代以后尊孔之典，渐轶前代，盖专制帝王思利用其学说，以巩固其封建王朝。

先秦以《诗》、《书》、《礼》、《乐》为四经，以后又增《易》为五经，又益以《春秋》为六经。嗣《礼》扩为《周礼》、《仪礼》、《礼记》；《春秋》扩为左氏、公羊、谷梁；去《乐》，共为九经。《文献通考》有五经、六经、七经、九经之目，而不言十三经，盖唐定注疏，十三经之名始确定也。

所谓十三经，即九经外加《论语》、《孝经》、《尔雅》、《孟子》，共为十三经。

十三经正文，据清人钱泰吉统计，共为 647500 余字。所有解经之书，不下一万种，论其量可四五百倍于原文。《十三经注疏》，清代有乾隆武英殿刊本及阮元氏嘉庆末年南昌官学刻本两种。

释经之文曰传，曰笺，曰解，曰学，今通谓之注。辨释之书名“正义”，今通谓之疏（见《日知录》卷一八）。

过去儒家笃信诸经出自孔子删定之说，奉为经典，不容置疑。诂经之说（以今之言释古言为诂，意即解经），则各持己说，递秉师承，非惟诂经相传莫敢同异，即篇章字句亦恪守所闻。魏晋以后，王弼、王肃各自论说，不相统摄。入宋以后，洛（二程）闽（朱子）之学继起，所谓“道学”大昌，独研义理，经师旧说，斥为不足信，其学各辨是非。以后学脉旁分，驱除异己，务定一尊。自宋末至明初，守之不变，有明末叶，各抒心得，如王守仁等，其学空谈臆断，疏于考证，于是博雅之儒，引古义以抵其隙。要之，我国两千年来，儒家之学，不出汉、宋两家，互为胜负，入主出奴，门户之见，难于消融。汉学家重在考证古籍，发展为考据学，宋儒专务性理（即形而上学），则在哲学范围也。

以上略述旧学术界汉宋之争，今日觉陈腐可笑，在当时固极严重也。（略见《四库全书总目提要》经部总序）

十三经注疏：

《周易正义》10 卷，魏·王弼、晋·韩康伯注，唐·孔颖达正义。

《尚书正义》20 卷，汉·孔安国传，唐·孔颖达正义。

《毛诗正义》70 卷，汉·毛亨传，汉·郑玄笺，唐·孔颖达正义。

《周礼注疏》42 卷，汉·马融传，汉·郑玄注，唐·贾公彦疏。

《仪礼注疏》56 卷，汉·郑玄注，唐·贾公彦疏。

《礼记正义》63 卷，汉·马融传，汉·郑玄注，唐·孔颖达正义。

《春秋左传正义》60 卷，晋·杜预集解，唐·孔颖达正义。

《春秋公羊传注疏》28 卷，汉·何休解诂，唐·徐彦疏。

《春秋谷梁传注疏》20 卷，晋·范宁解，唐·杨士勋疏。

《论语注疏》20 卷，魏·何晏集解，宋·邢昺疏。

《孝经注疏》9 卷，唐·李隆基（玄宗）注，宋邢昺疏。

《尔雅注疏》10 卷，晋·郭璞注，宋·邢昺疏。

《孟子注疏》14卷，汉·赵岐注，宋·孙奭疏。

严格论之，孔子著作，于《易》惟有十翼，《诗》、《书》则删之，《礼》、《乐》则订之，《春秋》则削之。综其毕生，几无著作可言，故尝自称述而不作，盖不贵增益，而贵精简。

2. 四书

亦称“四子书”。古原无“四书”之名，宋淳熙中(1174—1190)，朱熹(1130—1200)汇刻《大学》、《中庸》、《论语》、《孟子》四古经于临漳，始集成四书之目，为儒家入门之书。

《大学》、《中庸》均《礼记》中之一篇，南北朝时已有单行本。

《大学》，相传为孔子弟子曾参所作，称为“入德之门”，内容阐述所谓格物、致知、诚意、正心、修身、齐家、治国、平天下之理，为儒家社会政治重要观点。

《中庸》，相传是孔子的孙子子思所作，为孔氏传授心法。子思恐其久而有差，故笔之于策以授孟子。盖儒家封建道德之准绳。

《论语》，二十篇，记载孔子与门人或时人，或门人间相互问答之词，为曾子或有子门人所整理。(或云出于闵子门人)

原有《齐论》、《鲁论》、《古论》三种，今但存《鲁论》而已。不尚诡而尚平，文字简朴生动，为绝好语录体散文，今日读之犹觉浅显易于领会。

《孟子》七篇。系孟子与门人公孙丑、万章疑难问答之辞，并由门人追述。文章雄健，说理精辟，词锋犀利流畅，实为古代优秀散文集。汉赵岐为之注，宋朱熹集注。

四书自宋经程(程颢、程颐)朱(熹)之表彰，元、明、清各朝以之取士，八百余年来，封建社会中，一贯视为必读之书，并为猎取进身之敲门砖。

在今日介绍四书，非欲读者奉为儒家经典，宜以读散文法读之。《论》、《孟》内容所包极广，如哲学、政治、教育、时事各方面。《论语》言语口语化，极饶风趣，且简易含蓄，雍容和顺；《孟子》则积极明朗，感情强烈，锋芒毕露，风趣诙谐，善于取譬，煽动性极强，嬉笑怒骂，均成妙文，较之孔子时代，又自不同。后之文学家如韩、柳、三苏诸家均得力于此书也。

《孟子》一书，宋以前并不尊为经书，刘歆置《孟子》于兵家。王充有刺孟，苏轼有辨孟，晁以道有诋孟，此外，删孟、疑孟、非孟、评孟均作毫不留情的批评。盖程朱以前仅视百家之一而已。宋以前石经均未刻《孟子》，唐《开成石经》中《孟子》系康熙补。

3. 易经

《易》为我国重要哲学书，古时为卜筮之用。相传孔子最喜读《易》，有"韦编三绝"之传说，孔子曾云"五十以学《易》，可以无大过矣"，足见重视之一斑。

易有三义，一简易，二变易，三不易。易有三，夏曰连山，商曰归藏，周曰周易。相传卦辞、爻辞为文王作，十翼为孔子作，相去已七八百年。

四库全书《易经》，自汉郑康成、晋王弼以降，直至清代惠栋、焦循，共有 475 种（内存目 158 种）4128 卷，若益以四库以外，当不下两千种。1962—1963 年间，我国哲学界曾作研究讨论，有不少文章发表，根据研究，《易经》认为宇宙万物毫无例外均处于不断运动状态，因此，《易经》实为人类最早期关于宇宙观及一切事物发展变化规律性研究之重要书籍。弃其糟粕，取其菁英，仍有继续探讨之必要也。

4. 诗经——我国第一部诗歌总集

据《史记》所载，古者诗三千余篇，及至孔子，去其重，取可施于礼乐者，存 311 篇，孔子皆弦歌之（见《史记孔子世家》），最后成书约在前六世纪中叶。孔子究否删诗，至今尚无定论。

《诗》共收周初至春秋中叶约 500 年之诗歌。《小雅》中之笙歌 6 篇，有目无辞。

《诗》分风、雅、颂三部，雅、颂为乐歌，系祭礼宗庙歌颂功德之作，风则采自民间，犹今日民歌也。

风共十五国	160 篇	共为 305 篇
大雅小雅	105 篇	
周鲁商颂	40 篇	

确实时代难于逐一指出，约略计之。

《周颂》全部及《大雅》大部，为西周初年作品。

《大雅》小部及《小雅》大部，为西周末年作品。

《国风》大部及《鲁颂》、《商颂》，作于东迁后。

《诗》遭受秦火，赖学者讽诵，终至流传未绝。以后经师传授，有4家，齐之辕固，鲁之申培，燕之韩婴，赵之毛苌(小毛公)。苌学于鲁国毛亨(大毛公)。其中惟毛诗大行于世(齐诗亡于魏，鲁诗亡于西晋，韩诗亡于北宋)。

5. 尚书

据传说，《尚书》分虞、夏、商、周四部，原有 3240 篇之多(汉代人有此说)，经孔子删定，留 100 篇，或作 120 篇。西汉初济南人秦博士伏生传经于晁错，仅 28 篇。西汉中叶，又发现《泰誓》一篇，西汉后期孔壁又出现《古文尚书》，总共为 57 篇。伏生所传，系用汉代通行文字所书，故曰“今文”，以后《古文尚书》及《泰誓》又复失落。魏晋之际，又出现一部《古文尚书》，由孔安国以隶写定。今日流传之本，即《今文尚书》28 篇(又重分为 33 篇)，加以 25 篇，加书序一篇，共为 59 篇。经过许多学者若干年之研究，佥认为后一半系属伪造，今古文之争，聚讼多年，今日已成定论，可谓我国史学界最大之收获。《古文尚书》明代以前知其为赝本者尚少。《尚书》所载均上古政治论文集及当时重要文告。

6. 三礼

《周官》亦称《周礼》,载周初官政之法。或云周公所作,或云刘歆所伪造。为战国时书,则无疑也,传说汉女子李氏,获之壁间,上之河间献王(刘德),阙《冬官》一篇。购之千金,终不得,取《考工记》补之,合成6篇。刘歆校理秘书,始著于录,马融作传,郑玄为之注。

古人已疑其伪,何休谓六国阴谋之书,或谓其官冗事烦,过为细碎,绝非古人之书。宋张载云:"《周礼》是的当之书,然其间必有末世增入者。"

相传孔子曾编定《礼经》,原书已佚,今之所传盖汉儒所传本。

《仪礼》相传出自周公,汉初高堂生传《士礼》17篇,河间献王又获古经献之,合56篇,所载均系有关冠、昏、燕、射、乡饮、相见、祭、葬各种仪节。此书传之于戴德、戴圣(大小戴),汉末郑玄传小戴之学,为之注,贾逵作疏。

《礼记》为孔子门弟子及后学所记,原为131篇,汉初河间献王得之,时无传之者,刘向校书捡得130篇,向因第而叙之。盖七十子门人后裔,转相传述,非出一手,实一真赝相杂之书(程子以为杂出汉儒)。

汉儒戴德(大戴)由古记204篇中删其繁重,合为85篇,戴圣(小戴)又删大戴之书为46篇。汉末马融传小戴之学,又增《月令》、《明堂》、《乐礼》三篇,共为49篇,郑玄受业于融,为之注,今所传者本陈澔集说。

以上三书为考察儒家思想及战国以前制度器物重要典籍。

《周礼》中之《考工记》,实汉以前学者总结我国古代各项手工业成就之详细记录,是最早古代记录,因出现在经部中,每为人所忽。

7. 春秋三传

春秋之世(前770—前481),诸侯各有国史,《春秋》即鲁国史。

孔子历聘不遇，自卫归鲁，观书于太史以作《春秋》，勒成十二公（隐、桓、庄、闵、僖、文、宣、成、襄、昭、定、哀），其辞简约，其义谨严，其所贬损，皆当世君臣，故不以书现，而以口授子弟。左氏乃论本事而作传，及末世口说流行。又有公羊、谷梁两家。另有邹氏、夹氏之传，邹氏无师，夹氏无书，其学不显，惟存三传。

左氏　左氏受《春秋》于孔氏，作传以授鲁甲，数传至荀况，而张苍，而贾谊，谊授张禹，终于刘歆。

公羊　公羊高，齐人，五传至寿（时至汉景），寿与胡母子都著于竹帛。赵人董仲舒亦治《公羊春秋》，仲舒授东平嬴公，数传至严彭祖、颜安乐，故后汉公羊有严氏、颜氏之学。

谷梁　谷梁俶字元始，一名赤，受鲁人经于子贡。汉初申公以授江公，武帝以江公为博士。因董仲舒、公孙弘俱好《公羊》，其学浸微。宣帝以后，谷梁转盛。（《汉书艺文志》谷梁子名喜）

“春秋”有数义，有谓春赏秋杀之义，又谓一褒一贬，若春秋然。其说不一，似均未得其义，唯杜预谓，年有四时，错举以为所记之名，近之。

程伊川云，《左传》不可全信，《公》、《谷》又次于左氏，可见宋人对三传之批评。

8. 有关方言诸作

我国幅员广阔，纵横万里，又兼历史悠久，文化不同，各地方言风土，由于交通限制关山阻隔，各异其趣。因此研究方言之作早为我国学者所注意。西汉末年，蜀郡扬雄（子云）博学多能，多识古文奇字，著成我国第一部方言书《方言》。

《方言》13卷，约成书于公元17—18年。旧题为汉扬雄撰。本传及《汉书艺文志》均不载，应劭在《风俗通》序文中始言及，略曰：周秦常以岁八月遣輶轩（轻便车辆）之使，采异代方言，还奏籍之，藏于密室。及嬴氏之亡，遂无人见之者。蜀人严君平有千余言，林闾翁孺才有梗概之法。扬雄好之，天下孝廉卫卒交会，周章质问，以次注续

27 年，共得 9000 字，故书之全名为《輶轩使者绝代语释别国方言》。今书实存 12000 字，实超出原书 3000 字，可能出后人增益。

宋人洪迈颇疑《方言》非出扬手，清代学者戴震、卢文弨、王先谦均认为确系扬作。

是书之成，既系輶轩使者采异代方言，又经扬氏周章质问，以次注续，可谓我国第一部根据语言调查所成之语言学伟大专著。

《方言》所包为西汉以前通行俗语、方言，晋郭璞为之注。原作既保存汉代丰富词汇，而郭氏多保存两晋语言，诚为可贵矣。

续作诸书及注释诸书约如下述：

《通俗文》 汉・服虔(已佚)

《方言据》 明・岳元声

《续方言》 清・杭世骏

《续方言补证》 清・程际盛

《重校方言》 清・卢文弨

《方言疏证》 清・戴震

《方言疏证補》 清・王念孙

《方言藻》 清・李调元

《方言笺证》 清・钱绎

《方言校笺》 周祖谟

《方言校笺通检》 吴晓铃

其他有关俗语方言诸书：

《通俗篇》38 卷 清・翟灏(书成于乾隆初年，收集当代通行成语并寻出语源。)

《恒言录》6 卷 清・钱大昕(书成于嘉庆间，搜集常言俗语并索语源。)

《恒言广证》 清・陈鱣

《迩言》6 卷 清・钱大昭

《释谚》1 卷 清・平步青

《语窦》1 卷 清・胡式玉

《常语寻源》2 卷 清・郑志鸿

《俗说》1卷　罗振玉

《新方言》11卷　清·章炳麟(附岭外三洲语,研究广东客家语。)

《蜀语》　明·李实

《吴下方言考》　清·胡文英

我国方志实为研究方言之最大宝藏,治学之士不可忽视。

9. 中国最早的一部字书——尔雅

《尔雅》十九篇。尔通迩,同尼,近也;雅,正也。“尔雅”义即近于雅正,亦即字之正确使用法也。

释古今之异言,通方俗之殊语,古之学者,以之训释五经,辨章异同,有字典作用。“字典”一名词出现较晚,义为可奉为典章而不可易。

本书著者无考。《汉书艺文志》著录20卷,传说作于周公,或出于孔子及其门人,均无确凿记载。根据考证,大约成于西汉,内容分类注释。西晋郭璞(字景纯276—324)究心十八年(“沈研钻极,二九载矣”,见郭叙)厘为三卷,其序文中但称“兴于中古,隆于汉氏”而已。唐陆德明始称释诂为周公作,其说本于魏张揖《上广雅表》,或又称孔子、子夏、叔孙通皆曾补辑。传闻异辞,莫衷一是,存疑可也。

《四库全书总目提要》以为“大抵小学家缀辑旧文,递相增益,周公、孔子皆依托之词”,最为近似。

宋欧阳修认为:“秦汉之间,学诗者纂集说诗博士解诂之言而成。”

汉人如犍为舍人、刘歆、樊光,魏孙炎等均曾为《尔雅》作注,均不传。今日通行者,仅郭璞注及宋邢昺疏而已。

此外历代仿作有若干种。

《小尔雅》　相传西汉孔鲋作(《汉书艺文志》无著者名)

《释名》　东汉·刘熙(明人改称《逸雅》)

《广雅》　魏·张揖

《埤雅》 宋·陆佃

《尔雅翼》 宋·罗愿

《骈雅》 明·朱谋玮(专搜冷僻深奥词语)

《通雅》 明·方以智

《汇雅》 明·张萱

《别雅》 清·吴玉搢

《选雅》 清·程先甲

《比雅》 清·洪亮吉

《叠雅》 清·史梦兰(专释重言叠字)

《拾雅》 清·夏味堂,补诸书之阙而作

类似之书,可能有数十种之多,形成所谓“群雅”,一时称为“雅学”,盖无不受《尔雅》之影响也。至于《尔雅》注疏种类尤多,择要列下:

《尔雅新义》20卷 宋·陆佃

《尔雅注》3卷 宋·郑樵

《尔雅正义》 清·邵晋涵

《尔雅义疏》 清·郝懿行

《尔雅郭注补正》3卷 清·戴蓥

《尔雅补郭》2卷 清·翟灏

《尔雅汉注》3卷 清·臧镛堂

《尔雅补注残本》1卷 清·刘玉麐

《尔雅释例》 近人陈玉树

10. 我国字书

我国字书发源久远,相传周宣王时太史所作《史籀》十五卷,为当时史官用以教授学童之用(见《汉书艺文志·小学家》)。此后有:

秦丞相李斯之《苍颉篇》七章。

秦车府令赵高之《爰历篇》六章。

秦太史令胡母敬之《博学篇》七章。

此三种汉人统称《苍颉篇》,后人称为“三苍”。原书均佚,清孙星衍有辑本。其后有:

西汉司马相如(武帝时)《凡将篇》。

西汉史游(元帝时)《急就篇》32章,章63字。义为字之难知者,缓急可就而求焉。魏晋间极流行。

西汉李长(成帝时)《元尚篇》。

西汉扬雄(平帝时)《训纂篇》。

此四种性质同前三种书。除《急就篇》外,余均佚。《急就篇》为现存汉人著作中小学书,集合当时常用字,三七成句,内容不但收录单字,且收地名人名词语,唐颜师古作注,明胡应麟作补注。是书为字句整齐之韵文体,童年诵习,最便记忆,古人多临本,多失传,仅存皇家残本。

以上均古代启蒙字书,犹后世之“杂字”,若径谓之字书尚有区别。

我国第一部字书,首推《尔雅》,嗣后不同类型之字书逐渐出现,根据其类型,约分以下数类:

1. 以类分,如《尔雅》及其同类书;

2. 以部首分,如《说文解字》及其同类书;

3. 以韵分,如《广韵》及其同类书。

一、关于《尔雅》已见前条。

二、《说文解字》及其同类书。

(一)《说文解字》 汉许慎编。编排系以形体为主,以小篆之形体偏旁分540部,共收9353字,成书于汉和帝十二年(100)。因其为解经而编,故仅取经典古籍中之文字,是书首创按部收字之体例,为后代字典树立规范(《说文解字》若以六书分类,象形246字,指事125字,会意1167字,形声7697字,余为假借、转注118字)。

(二)《字林》 晋·吕忱编,已佚。

(三)《玉篇》 梁·顾野王编,分542部,系依楷体字所编。原本只收16917字,今本作22726字,成书于534年。

(四)《类篇》 宋·司马光编,收31300字,成书于1066年。

(五)《龙龛手镜(鑑)》 辽·僧行均编,收 26433 字。

(六)《字汇》 明·梅鼎祚编,收 33179 字(214 部)。

(七)《正字通》 明·张自烈编,收 33440 字(214 部)。

(八)《康熙字典》 清·张玉书编,收 47035 字(214 部)。书成于康熙五十五年(1716),较之以前字书:1. 收字多;2. 多载不同音义;3. 每字举例引用多古书。道光间重修一次,亦谓《道光字典》,有考证十二册,更正 2588 条,但流传不广。

(九)《中华大字典》 中华书局辑,收 48000 字,1914 年出版。

(十)《大汉和字典》 日本文学博士诸桥辙次编,收 49964 字,共 15000 页,13 册(本文 12 册,索引 1 册),较《康熙字典》多一千余字,词汇较《佩文韵府》多十万个,写真复写 2800 幅,1963 年全书出齐。是书虽编于日人,但网罗丰富,较他书为胜,故附录于此。

1755 年,英人山末尔·约翰博士(Dr. Samual Johnson)所编字典,仅收 15000 字,《牛津大字典》增至 414825 字。

三、广韵及其前后出版之同类书:

(一)《韵海镜原》 唐·颜真卿编,收 26919 字,世无传本,《封氏见闻记》曾记其体例。

(二)《广韵》5 卷 宋·陈彭年等重修唐·孙愐所编《唐韵》而成。全书按平上去入四声 206 韵部,平 57 部,上 55 部,去 60 部,入 34 部。平声字多,分为两卷,共收 22194 字。

(三)《集韵》10 卷 宋·丁度等重修《广韵》而成,共收 53535 字,因所收字多,古代异体多赖以保存。

(四)《洪武正韵》 明·乐韶凤编,收 33440 字。

韵书虽为审音辨韵之书,因其按音排列,有一定次序,约同今日以音序排列之同音字典,与字典有相同效用。检查之法,先辨明字之四声(阴平、阳平、上、去、入),再依其所在韵部,如此则声韵分明,易于寻检。初学使用韵书,仍有相当困难,须不时翻阅,以求熟习。

审音正韵,代有官书,如宋之《礼部韵略》(刘渊),元之《中原音韵》(周德清编),明之《洪武正韵》(乐韶凤),清之《佩文韵府》,均一代官修韵书，应试赋诗，必须遵循，一有违犯，便认为出韵，而否定其作品。1940年所出之《中华新韵》，亦系继以上各书之试作。

（二）史　类

11. 史、三史、四史、十三史、十七史、二十一史、二十四史

历代对所谓“正史”（正史名称始见于《隋书·经籍志》）因其发展而称谓亦有不同。古有“三史”之称，系含《史记》、《汉书》、《汉纪》而言。唐以前《史记》、《汉书》、《后汉书》、《三国志》，合称“四史”（中华书局有校点本，1965年已出齐）。唐初续修《晋书》、《宋书》、《南齐书》、《梁书》、《陈书》，再加上《魏书》、《北齐书》、《周书》、《隋书》，故唐人称为“十三史”。至宋又益以《南史》、《北史》、《新唐书》、《新五代史》四种，合称“十七史”。明时加宋、辽、金、元史，称“二十一史”。清初《明史》修成后，增加为“二十二史”，以后又增入刘昫之《旧唐书》，复从《永乐大典》中辑出薛居正之《旧五代史》150卷，“二十四史”之名称遂定。

全部“二十四史”共为3233卷，约2700万字以上，最多者《宋史》496卷，最少者《陈书》仅36卷，其中时间最长者为《史记》，共3000余年，为唯一之通史，其余均为断代史。

1920年柯劭忞氏《新元史》完成，1927年赵尔巽、柯劭忞等编成《清史稿》，合以上“二十四史”，实际已达“二十六史”之数矣。

书　名	卷数	著　者	起　讫　年　代
1 史记	130	汉 司马迁	远古至汉武帝元狩元年（前122）
2 汉书	100	汉 班固	汉高即位至新莽（前206—23）
3 后汉书	120	刘宋 范晔	东汉建武元年至建安二十五年（25—220）

续表

书　名	卷数	著　者	起　讫　年　代
4 三国志	65	晋 陈寿	魏黄初元年至晋太康元年(220—280)
5 晋书	130	唐 房玄龄	晋泰始元年至东晋元熙二年(265—420)
6 宋书	100	齐 沈约	东晋义熙元年至刘宋升明三年(405—479)
7 南齐书	60	梁 萧子显	存59卷齐建元元年至中兴二年(479—502)
8 梁书	56	陈 姚察 唐 姚思廉	梁天监元年至太平二年(502—557)
9 陈书	36	唐 姚思廉	陈永定元年至祝明三年(557—589)
10 魏书	130	北齐 魏收	北魏登国元年至西魏亡(386—556)
11 北齐书	50	唐 李百药	自高欢至承光元年(496—577)
12 周书	50	唐 令狐德棻	自宇文泰至大定元年(505—581)
13 隋书	85	唐 魏徵	开皇元年至隋亡(581—618)
14 南史	80	唐 李延寿	宋永福元年至陈祯明三年(420—589)
15 北史	100	唐 李延寿	北魏登国元年至隋亡(386—618)
16 旧唐书	200	晋 刘昫	唐武德元年至唐亡(618—907)
17 新唐书	225	宋 欧阳修 宋祁	唐武德元年至唐亡(618—907)
18 旧五代史	150	宋 薛居正	唐乾符二年至后周显德七年(875—960)
19 新五代史	74	宋 欧阳修	唐乾符二年至后周显德七年(875—960)
20 宋史	496	元 托克托(脱脱)	宋建隆元年至祥兴二年(960—1279)
21 辽史	116	元 托克托(脱脱)	辽太祖元年至保太五年(907—1125)
22 金史	135	元 托克托(脱脱)	金收国元年至天兴三年(1115—1234)
23 元史	210	明 宋濂等	元太祖元年至顺帝亡(1206—1270)
24 明史	332	清 张廷玉	太祖元年至至崇祯十七年(1352—1644)

续表

书　名	卷数	著　者	起　讫　年　代
25 新元史	257	柯劭忞	元太祖元年至昭宗八年(1206—1378)
26 清史稿	536	赵尔巽 柯劭忞	清太祖天命元年至宣统三年(1616—1911)

“二十六史”,非成于封建王朝官修,即出御用文人学者之手,是帝王将相的历史,在观点、立场、方法各方面,均有显著错误,甚至歪曲事实,人民群众创造历史的活动是看不到的。但各书收录历代政治、文化、经济、社会有关材料极为丰富,若加以批判地接受,从夹缝中寻求到统治者自己的供状,仍有相当史料价值。各史在传记结尾,作史者常发挥一己意见,在《汉书》则曰“赞曰”,《三国志》则曰“评曰”,《后汉书》则曰“论曰”,《宋书》则曰“史臣曰”,《新五代史》论赞每以“呜呼”开始;《元史》中则论赞并无,此其不同也。

二十四史中两汉、晋、六朝、隋、唐皆称“书”,南北朝、五代、宋、辽、金、元皆曰“史”,不知史乃官名,不可以名书也。《尚书》虞、夏、商、周皆曰书,《史记》者史官所记也,故亦称《太史公书》。

正史汇刻之存于今日者,有明南北监二十一史(北监二十一史乃司业张位所刻。万历二十四年开雕,历十年乃成),明末有汲古阁毛氏刻本十七史,清有武英殿之二十四史。明南监本多宋元旧槧,所谓三朝本;北监校刊未精,讹舛极多,且多妄改。以武英殿本为最通行,版亦较佳,以后各书局翻刻咸以此为底本,重梓者有新会陈氏葄古堂本,陈氏以一人之力,刻成全书。五局(金陵、淮南、江苏、浙江、湖北崇文)汇刻本将原武英殿版之衍脱错简窜改之处一切沿袭,又加甚焉。铅印者有图书集成本;石印者有同文、竹简斋(均有讹脱)、五洲同文数种;此外有中华书局四部备要本,1930 至 1937 年始有百衲本出现。

我国旧时除少数私家著述外,多出官修,且系新朝撰修前代,美己贬他,曲笔隐讳,事出自然,所谓“苟欲取悦当代,遂乃轻侮前朝”;至于记载农民起义,尤多虚妄,信史云乎哉!

12. 百衲本二十四史

衲,僧衣,补衲而成(僧人每自称衲子、老衲)。宋蔡襄书《昼锦堂记》,每字作一纸,择其法度一致者,裁截布列,联成碑形,如补衲然,当时谓之“百衲碑”。今之所谓“百衲本二十四史”,意即集合各种旧刊善本,补缀而成。1930至1937年由海盐张元济(菊生)主持,涵芬楼出版,所采各种版本,约如下述:

一、《史记》 宋黄善夫本

二、《汉书》 宋景祐刊本

三、《后汉书》 南宋本钞补绍兴本

四、《三国志》 南宋绍熙本钞补《魏志》三卷

五、《晋书》 宋刊小字本

六、《宋书》 宋眉山刊本(蜀大字本)

七、《南齐书》 宋眉山刊本

八、《梁书》 宋眉山刊本 宋刊元补本

九、《陈书》 宋眉山刊本

十、《魏书》 宋眉山刊本 宋刊元补本 《魏书》第109卷《乐志》第十四原阙,据陈垣补辑列入

十一、《北齐书》 宋眉山刊本 元明递修

十二、《周书》 宋眉山刊本 宋刊元明递补

十三、《隋书》 元大德刊本

十四、《南史》 元大德刊本

十五、《北史》 元大德刊本

十六、《旧唐书》 宋绍兴刊本 明闻人铨刻本补配

十七、《新唐书》 南宋建安魏仲立刊本(补配)

十八、《旧五代史》 武英殿大典本,清邵晋涵《永乐大典》所引薛史补辑而成,并以《册府元龟》增补

十九、《新五代史》 宋宁宗时建阳坊刻本

二十、《宋史》 明成化初刊本(补配,《岳飞传》据元刻本补入)

二十一、《辽史》 元刊本

二十二、《金史》 元刊本补配

二十三、《元史》 明洪武刊本

二十四、《明史》 清乾隆武英殿刊本

13. 史记

130篇,汉太史令司马迁(前145—前87?)著,凡本纪12(序帝王)、表10(记时事)、书8(详制度)、世家30(记侯国)、列传70(列人物)。汉褚少孙补,刘宋裴骃集解,唐司马贞索隐,唐张守节正义。

其书上讫黄帝,下讫汉武,叙3000年事,共526500字。迁,龙门人(今陕西韩城),继其父谈为太史令,受父遗命,专力著述,以二十年时间,成此伟大通史。参酌古今,发凡起例,辞约而事举,以五十万言,成此千古绝作。三家注疏,亦均有发明,张氏邃于地理之学,正义30卷,亦系竭尽一生精力之作。自叙称,涉学三十年,六籍九流,地理苍雅,锐心观探,征引群书,不下五六百种(大半亡佚)。

《史记》体例,皆史公自创;材料来源,或采之史册,(《世本》南北宋间尚存,朱熹家曾有藏本,后佚,见《晦庵文集》卷64,《国语》,《春秋古文》,孔子书,孟子书,《司马兵法》,《孙子》等),或闻之人言(闻之周生,冯王孙,董生,墟中人,淮阴人……),或得之目观(适长沙,适楚,如淮阴,适丰沛,过薛,观郭解貌不及中人,但推迁之年不及见解,观仲尼庙堂……)。后之正史,无能出其范围。

褚少孙,元、成间博士。补《景帝纪》、《武帝纪》、《日者传》、《龟策传》,言辞鄙陋,不足踵继其书,但清钱大昕氏云,少孙补史,义虽浅近而无雷同。足见褚氏所补,亦不无可取处。除褚先生外,补缀尚有多家,惜均不传。

迁卒后,其外孙杨恽公之于世,原书所称"太史公曰",实杨氏尊之也。

近人顾颉刚氏,认为《史记》中部分文字,实出司马谈手。迁书为世界学者一致推崇,欧洲史学界称之为中国之Herodotus(希腊大史学家,前 484—前 425,被称为历史之父"Father of History")。但我国史学家对迁亦有微辞,班固则讥其"先黄老而及六经,进奸雄而退处士,崇势利而羞贫贱","一时之说,迁一切信之,甚者采世俗相传之语,以易古文旧本。其记战国,有数年不书一事者"。苏辙则谓"其为人浅陋而不学,疏略而轻信"(见《古史叙》)。三家注,其初各自单行,北宋以后始散列本文(汲古阁有索隐单行本 30 卷),被删去不少。流传在日本之旧钞本,仍保存北宋以前旧面目。1934 年日本史学家泷川龟太郎根据旧钞并搜集不少有关材料,编成《史记会注考证》,并作《太史公历事》、《史记资料》若干编,其中所辑就《正义》而言,已超过旧本 1200 余条。泷川氏自 1917 年着手,经十余年始克成书,惟其考证,不无鱼目混珠,以伪作真处,读者不可不察。

以下所列均为重要参考书籍:

《史记志疑》 36 卷 梁玉绳

《史记杂志》 6 卷 王念孙

《史记探原》 8 卷 崔適

《史记札记》 15 卷 郭嵩焘

旧刊史记,存至今日者,有南宋黄善夫本,即今百衲本所采用者(注文较殿版多一百余条)。

附:陕西省筹备建立司马迁纪念馆

今年(编者注:指 1961 年)是我国伟大的历史学家司马迁诞生 2105 周年纪念,他生于公元前 145 年(汉景帝中元五年),卒于公元 86 年(昭帝始元元年)(一作前 135 年—前 93 年,郑鹤声《司马迁年谱》)。今陕西韩城县人,他所著的《史记》不但是我国第一部最大的著作(130 篇,526500 字),更重要的是他首创通史体裁,系统地叙述了我国自黄帝到西汉武帝时历史的发展,奠定了我国历史的研究基础。

陕西省文化局为了纪念这一卓越的历史学家在我国学术上的成就和贡献,使广大人民群众对于我国优秀的历史文化有进一步的了解,在今年责成所属有关单位,成立司马迁纪念馆筹备委员会,并聘请国内各大学历史系教授、版本学家、画家、设计家担任筹备委员或顾问，积极进行建馆工作，征集资料，并以多、快、好、省的精神在本年内筹备完竣。

为了使陈列内容科学、丰富、具体、生动，做到普及和提高相结合，经初步研究，提出以下几点：

一、西汉武帝时代的实物资料或近年来在陕西各地所发掘的西汉墓中能说明当时社会情况，借以了解和研究司马迁本人及其写作《史记》时代背景的文物。

二、陕西韩城县和西汉茂陵（今兴平窦马乡）地面地下保存的和与司马迁有关的实物资料或照片。

三、历代刊印的《史记》各种版本和国内外关于《史记》的评价、考证、注释、论文、有关集子、流沙坠简模型及各种研究的文献资料。

四、关于司马迁本人的世系、户籍、交游、游踪、传记、年谱等文献资料和有关史记著述的地方照片、文献、拓片。

五、对司马迁编写《史记》的当时动态，如访问、讲业齐鲁、乡射邹峄，给以形象的说明，帮助观众了解《史记》创作的过程。另一方面关于《史记》所载的天文地理以及科学知识，尽量制作模型，使观众了解古代人民的创造智慧，从而在科学研究和技术革新方面起到教育和推动作用。

六、陈列《史记》画传，如大泽乡陈涉起义、鸿门宴、项羽垓下突围、刘邦入关、荆轲刺秦王、张骞出使西域等场面，形象地帮助观众了解《史记》内容。

鉴于应该收集的材料散存方面很广，需要进行细致的工作，因此必须：

1. 坚决依靠各地党政领导的支持和指示，取得各地有关机关和同志们的协助。

2. 以一个月的时间，在西安做好准备工作，熟悉各地保存有关司马迁的资料，采取访问、座谈会及阅读文献的方法，掌握一些初步的基本情况，并作出具体可行的计划。

3. 组织调查组，在韩城的花池、高门、少梁、夏阳及兴平的茂陵等地司马迁祖先坟墓所在地和他生活过的地方，作深入的调查，并作必要的发掘。

4. 组织文献资料收集组，到全国几个藏书较多的大城市深入了解情况，同时对司马迁所到过或《史记》中所提到的重要地方作访问拍照。

这一工作正在开始，在各地党政领导的支持和协助下，预计今年第四季度可以筹备好，明年党的四十周年纪念时，我省将会出现一个新型的纪念馆。（陕西省博物馆）

14. 汉书

100 篇，汉班固（32—92）著，纪 12，表 8，志 10，列传 70。所叙上自汉高，下至新莽，包括 230 年，为断代史之祖。八表、天文志未竟而固卒，由其妹昭（曹大家，35—120 间）及同郡马续续成。续字季则，马援从孙融之兄，续成《天文志》。《汉书》之名为著者自订（见叙传）。固，扶风安陵人（今咸阳），幼承家学，其父彪（字叔皮，王充师），有心汉史，颇成论述（著有《史记后传》），未及成书而卒。固绍述父志，藉其遗作，潜精积思，积二十五年之力而成此八十万言之巨著。唐颜师古为之注。论者咸称班马有良史才：迁文直而事核，固文赡而事详。均为世所重。本书武帝以前，纪传多用《史记》，列传多载传主所作论文，照录原文，一字不遗（如贾谊《治安策》，贾山《至言》，公孙弘《贤良策》等），占去极大篇幅，论者多以此病之。须知古人著述择善而用，收录论文，多关经国大计，可见政治主张，且许多名著得以保存，均不足讥议也。

郑樵诮班亦言，汉武以前，尽窃马迁，不以为惭；不知子长于《左传》、《国策》，亦有全录旧文者。郑氏又谓，固掩父彪之美，亦非事实。后人对《汉书》訾议者，尚有唐人刘知几，刘氏曾云，“是非颇谬于圣人”。子玄多独特见解，此类是也。或云刘歆有《汉书》百卷，班著全袭其文，师古作注，亦博采前言，广揽兼收，去短取长，润色折中，最称完备。唐王勃（650—675）九岁能读《颜氏汉书注》，撰《指瑕》十卷，足见唐初人对颜注也表示不满。主要参考书籍有：

《汉书考异》	钱大昕	《汉书杂志》	王念孙
《汉书辨疑》	钱大昭	《汉书补注》	王先谦
《汉书注校补》	周寿昌	《汉书新证》	陈直
《汉书补注补正》	杨树达		
《汉书窥管》	杨树达		

其中杨氏书较为晚出，系汇集四十余家之说，为读王氏《补注》不可缺之读物。

《汉书》旧刊，传至今者，有北宋景祐（1034—1038）本（残缺），原为黄丕烈（荛圃）百宋一廛中史部之冠，今百衲本所采用。

15. 后汉书

120篇，刘宋范晔（398—445）著。帝纪10卷、列传80卷。志的部分未竟而被杀。南朝梁刘昭取司马彪《续汉书》8志，分为30卷，并为之作注，连同范氏原作90卷，共为120卷；唐李贤（？—684）（章怀太子）为帝纪、列传作注。

范晔，字蔚宗，顺阳（今河南淅川）人，生于晋安帝隆安二年（398），其时去汉已二百余年，时代已远。范氏根据东汉刘珍、李尤等《东观汉记》（143卷）、晋薛莹之《后汉记》（100卷）、司马彪《续汉书》（83卷）、袁宏之《后汉纪》（30卷）等书（其中袁宏之书今尚存），删繁就简，以二十年之力成90卷书，但仅有纪传，表志未完成，文笔高简，体例悉依班氏。范氏穷览旧籍，取资宏富，整理之处，弥见苦心，其书一出，诸家渐废。范对此著亦颇自负，尝自称“体大思精”，“笔势放纵，实天下之奇作”（《与甥侄书》）。

李贤（？—684）作注，征引广博，训释简当，为史注中之善者。当时与贤共任其事者，尚有张太安、刘讷言多人，均附见《唐书》贤传中，刘昭志注亦引用博洽（引书多至242种），列传中所收论文，如桓谭《陈时政》（见沈家平古书目）、王符《潜夫论》、仲长统《乐志论》及《昌言》诸篇，一如班书。今日一读两汉书，无异读两汉文集。

参考诸书：

清 惠栋 《后汉书补注》

清 钱大昭 《后汉书补表》、《后汉书志疑》

清 王先谦 《后汉书集解》120 卷，尤便学者

范书在北宋即罕善本，现存只有南宋覆刻本，成于孝宗受禅之后(1162—1163)，百衲本即采此本。

16. 三国志

晋·陈寿(233—297)著。《魏书》(220—265)30 卷，共 46 年；《蜀书》(221—263)15 卷，共 43 年；《吴书》(220—280)20 卷，共 59 年。

刘宋·裴松之(372—451)注。

寿字承祚，巴西安汉(今南充)人。官于晋初，文多顾忌，亦时代所限，不足深异。书中不立纪传之名，君臣不异，亦无表志。人称其长于叙事，有良史才，惟文字过于简洁(述诸葛南征才二十字)，于史实多所疏略。清李慈铭云："《三国志》意务简洁，故裁判有余而文采不足。"或亦讥其"乞米为佳传(丁仪、丁廙)，以私憾毁诸葛亮父子，难乎免物议矣。"志中三国并立，各依国势，略示区分，不存以魏为正统痕迹。不过陈氏原本确以魏帝为纪，吴蜀两主为传，宋稿仍保其原来面目。南宋朱熹以蜀为正统，以后学者皆遵此旨，渐为删改。

松之字世期，山西闻喜人。鸠集史传，增广异闻，所收史部之书，达 140 余种(十之八九均失传)，网络繁富，考订精详。纪昀称其引事博洽，至今为考证之资。且引文皆首尾完具，不事割裂，六朝旧籍，多赖保存，开注史家之新例。故读《三国志》，不可忽视裴注，当知其价值有时或超过原书，虽注亦史也。

晋常璩《华阳国志》，内容涉及巴蜀汉中南中之风土，公孙述、刘二牧、蜀二主之兴亡、梁益宁三州人物，可与《三国志》互相发明。此外如杭世骏之《三国志补注》6 卷、钱仪吉《三国志证闻》3 卷、梁章钜《三国志旁证》30 卷、赵一清《三国志补注》65 卷，均为重要参考。近人卢弼之《三国志集解》65 卷，最为晚出，实后来居上。类似之书尚

多，治史者当善为寻求也。

百衲本《魏书》采用宋刊衢州本，《蜀书》、《吴书》则配以日本所藏南宋宁宗时刊本。

以时代论，后汉在前，三国在后；以成书论，则《三国志》较之范书，实早出百余年，不可不知。

17. 晋书

帝纪 10，志 20，列传 70，载记 30。

系唐太宗（597—649）于贞观十八年（644）命其文臣房玄龄（578—648）、褚遂良（596—658）、令狐德棻、李延寿等二十余人所纂修，是我国官修史中最早者。篇末评语，均用“史臣曰”；其中晋宣帝（司马懿）、晋武帝（司马炎）两纪，陆机、王羲之两传，用“制曰”开端，足证为李世民亲作，故是书题为“太宗文皇帝御撰”，不列史臣姓名。唐以前修史多成于一家，至唐始出于众手（集体写作）。书成之前，晋史有十余家之多，据唐太宗诏云：“……但十有八家，虽存记注，而才非良史，书亏实录。荣绪烦而寡要（臧荣绪有《晋书》110 卷），行思（谢沈）劳而少功（有《晋书》30 卷），叔宁（虞预）味同画饼（有《晋书》44 卷），子云（萧子云）学海，涓滴湮于涸流（有《晋书》130 卷）。处叔（王隐）不预于中兴（书止西晋），法盛（何法盛）莫通于创业（本号《中兴书》）。洎乎干（干宝《晋纪》40 卷）陆（陆机《晋纪》4 卷）、曹（嘉之）邓（粲），略纪帝王，鸾（檀道鸾）、盛（孙盛）、广（徐广）、松（裴松之）才编载记……”以上共十四家尚缺四家。

凡此诸书，未能尽善，故新史一出，诸家尽废。

清人周济《晋略》66 卷，近人吴士鉴《晋书斠注》130 卷，可供参考。

本书载记 30 卷，系十六国君主传记。可参看崔鸿《十六国春秋》100 卷。

百衲本系采用卢抱经所校宋刊小字本。

18. 宋书、南齐书、梁书、陈书

《宋书》100 卷，齐·沈约（441—513）撰，420—479，共 60 年（帝纪 10，志 30，列传 60）。

《南齐书》59 卷，梁·萧子显（489—537）撰，479—502，共 24 年（帝纪 8，志 11，列传 40）。

《梁书》56 卷，唐·姚思廉（557—637）撰，502—557，共 56 年（帝纪 6，列传 50）。

《陈书》36 卷，唐·姚思廉（557—637）撰，557—589，共 33 年（帝纪 6，列传 30）。

沈约，字休文，吴兴武康人。以一年时间成《宋书》100 卷，为私人修史完成最速者，盖亦因袭旧作，前此已有徐爰之《宋书》（65 卷），以及何承天、山谦之、苏宝生三人同撰之《宋书》，可以凭藉，成稿自较易耳。

萧子显，为齐高帝萧道成之孙，书冠以“南”，所以别于李百药之《北齐书》而言。原书 60 卷，佚自序一卷（唐时已然），存 59 卷。子显以齐宗室而作齐史，文多曲笔，自不待言，惟文词简洁，叙述得体，是其所长。

梁、陈两书，均出姚思廉手，盖根据其父姚察旧稿补充整理而成。察官于陈，撰梁、陈两史，未成而卒。思廉以十年之力，续成父业，在纪传篇末，有“陈吏部尚书姚察曰”字样，均其父作，约二十余篇。

姚书最大特色，即在文体上作一巨大改革是也。当六朝唐初，文尚骈俪（四六文体），姚氏父子，力矫靡丽文风，以古文（散文体）行之。世称韩愈文起八代之衰，不知姚氏已振文风于陈末唐初矣。

著者考订旧闻，审核精详，文笔又足以副之，堪称良史。百衲本于以上诸书，除《南齐书》外（采用南宋绍兴刊元补本），均采用宋眉山七史刊本。

19. 魏书、北齐书、周书、隋书

以上四书，合称“北朝四史”。

《魏书》114 卷，北齐·魏收(507—572)撰，386—556，共 171 年(帝纪 12，志 10，传 92)。

《北齐书》50 卷，唐·李百药(565—648)撰，550—577，共 28 年(帝纪 8，列传 42)。

《周书》50 卷，唐·令狐德棻(583—666)撰，557—581，共 25 年(帝纪 8，列传 42)。

《隋书》85 卷，唐·魏徵(580—643)撰，581—618，共 37 年(帝纪 5，志 30，列传 50)。

《魏书》成于 551—554 年间，收以爱憎为褒贬，毁誉肆情，举之则使升天，按之则使入地，受尔朱氏之金，故减其恶，夙有怨者，多没其善。议者纷起，称为“秽史”。收殁后，原书即有缺佚，今存 114 卷，内容芜杂，为世诟病，惟叙述颇详，终列正史，当有永存价值也。

《魏书·释老志》，前史所无，为考订宗教源流必读之作。百药童年多病，其祖母特以“百药”为名(其实李氏卒时已达八十五岁之高龄)。其父德林，北齐时预修国史，唐初百药受诏撰《齐书》，仍其父旧录，以十年之力，撰成 50 卷。原名《齐书》，宋代为别于《南齐书》，冠以“北”字，北宋以后，渐就散佚。今代所行之本，系后人杂取《北史》等书补成之。

诸史中北齐、周两书，断烂最甚，令狐氏原书北宋以后亦多残阙，后人采《北史》补之，因其繁简得宜，号称良史。

《隋书》出于官修，魏徵仅总知其务，其实书成于众手。秉笔之士，皆一时能手，如颜师古(581—645)、孔颖达(574—648)(纪传)、许敬宗、于志宁(588—665)、李淳风、韦安仁、李延寿，但序论出于徵手。

《隋书》十志 30 卷，令狐德棻、长孙无忌等撰。书较晚出，实统括南北朝典章文物，为梁、陈、齐、周、隋五代而作，故又称《五代史志》，读史者不可不知。

《隋书》出于众手，先后成书，难免牴牾，而文字简练严净，时论所推。

20. 南北史

唐·李延寿（？—？）撰。

《北史》100卷，386—618，共232年（纪12，列传88）。

《南史》80卷，420—589，共170年（纪10，列传80）。

南朝，宋、齐、梁、陈，北朝，魏、北齐、周、隋，昔人合称“八书”。延寿父大师，多识前朝旧事，鉴于南北朝史书互相诋毁，详略欠当，思所以改正，未就而卒。延寿追绍先志，合累朝之士，删繁就简，成《南北史》180卷。李氏书成，因篇卷较简，易于传抄（当时雕版尚未盛行），“八书”渐被所掩。迨宋代刻书术风行后，“八书”复显。司马光修《资治通鉴》时，曾细读其书，称为近代佳史，且云陈寿以后，惟延寿可以亚之。治史者，宜与本史合读也。

清李清（映碧）有《南北史合钞》，在清为禁书，未能刊行。稿本存北京图书馆。清李慈铭有《南北史札记》，可供参考。

《南北史》虽出一手，而义例颇为两歧，大抵《南史》因袭四史旧文，稍为润色，不如《北史》成一家言。

21. 旧唐书、新唐书

《旧唐书》200卷，618—907，共289年（本纪20，志30，列传150）。

《新唐书》225卷，618—907，共289年（本纪10，志50，表15，列传150）。

《旧唐书》，五代晋·刘昫（887—946）撰。

《新唐书》，宋·欧阳修（1007—1072）、宋祁（998—1061）撰。

《唐书》修纂人，本为赵莹、张昭远、赵熙、贾纬等人，因成书时，适刘昫为宰相，由其领衔，故独居撰述之名（此官修史之通例），其实撰述之事，于刘氏固无与也。北宋以后，为别于欧阳修所修《新唐书》，加一“旧”字以示区别。

《新唐书》，由宋氏以十年之力，修成列传，后二十年欧阳书始成，其初本不相谋，后始合为一书。事增文省（刘氏书 190 万字；欧宋书 170 万字），一娇刘书之卑弱浅陋。但非出一手，往往牴牾。欧阳氏力追《春秋》书法，每务褒贬，意多慷慨；宋氏刻意文章，宁求简僻，力避冗俗，有时反使文字晦涩难读。

清沈秉震综合两书成《新旧唐书合抄》260 卷，吴镇《新旧唐书纠谬》20 卷，赵绍祖《新旧唐书互证》20 卷，均为治《唐书》者必读之书。

22. 旧五代史、新五代史

《旧五代史》150 卷，907—960，共 54 年。宋薛居正（912—981）撰，纪 61，志 12，传 77。

《新五代史》74 卷，宋欧阳修（1007—1072）撰，徐无党注。

《旧五代史》元明以来即湮没无闻，元九路分刊“十七史”，明南北监两刊二十一史，均不及收。清乾隆间四库馆臣自《永乐大典》中辑出，颇复旧观（原书为邵晋涵氏取《大典》、《册府元龟》、《太平御览》诸书，掇拾成文，经馆臣参订）。但薛氏原书，流行虽少，尚未全绝，明末黄宗羲（太冲）即藏有一部，可能遭受火厄。1915 年曾有金大定本发现于香港，题为《五代书》，时张元济（菊生）氏正在筹印百衲本《二十四史》，曾物色其书而未得。

《新五代史》出于欧阳氏一人之手，体大思深，号称良史。欧阳以文章名家，该书文笔简洁，首尾完整，惟道学气较重，列传多立名目，如“一行”、“义儿”、“伶官”，均前史所未有，且发论必曰“呜呼”。

卷帙仅有旧史之半，而订正之功倍之，初由其甥徐无党作注，于新义隐义多所发明，有人疑为作者所口授。清纪昀氏尝讥其注为浅陋。

清彭元瑞、刘凤诰有合著《五代史记补注》74 卷，可供参考。

唐宋之际有《九国春秋》（宋路振，未列南平）、《十国纪年》（宋刘恕）、《十国春秋》（清吴位臣）116 卷。

23. 宋史、辽史、金史

《宋史》、《辽史》、《金史》,元托克托(脱脱)撰。

《宋史》496卷,960—1279,共320年(本纪47,志162,表32,列传255)。

《辽史》116卷,907—1124,共218年(本纪30,志32,表8,列传45)。

《金史》135卷,1115—1234,共120年(本纪19,志39,表4,列传73)。

三史共747卷,未及三年而完成,时托克托适任右丞相,由其领衔。《宋史》卷帙浩繁,修纂仓卒,虽有旧史为依据,而脱节疏漏,舛误矛盾,记一事而先后不同,记一人而彼此各异,盖文出多手,南北传闻不同,为官修诸史中最芜杂者。《宋史》实出欧阳玄、虞集、揭傒斯诸人,元末周以立有志改修,但未成书。《辽史》更芜陋不足观。惟《金史》在三史中较胜,因其有元好问、刘祁诸人私辑,较胜他史。《辽史》简略,《宋史》芜杂,《元史》草率(《廿二史札记》)。

宋·李焘(1115—1184)《续资治通鉴长编》980卷,今存520卷(北宋九朝,960—1127,共168年)。

李焘《长编》元以后鲜有传本,清康熙初徐乾学获残本于泰兴季氏,凡175卷,仅英宗治平而止。四库开馆,由《永乐大典》辑录,厘为520卷,仍有残佚。嘉庆间张月霄氏有抄本复用活字版排印(校印不精)。光绪五年(1879)浙抚谭钟麟委黄以周以文澜阁四库本校勘,付浙江书局刊刻,订正甚多,又为《长编补遗》60卷,合为580卷,是为长编现存最好版本。

宋·李心传(1166—1243)《建炎以来系年要录》200卷(高宗一朝,1127—1162,共35年)。

宋·王偁《东都事略》130卷。

宋·徐梦莘《三朝北盟会编》,250卷。

明·王洙《宋史质》200卷。王洙,字一江,正德间进士,《宋史质》别创义例，以明继宋，削元年号，以辽、金为外。

明·柯维骐《宋史新编》200卷。

明·邵经邦《弘简录》254卷（合宋、辽、金三史为一，相当于三史简编）。

明·王惟俭《宋史记》（抄本）。

以上数种为治宋史者必要参考。

24. 元史

《元史》，210卷。

明宋濂（1310—1381）等著，1206—1368，共163年（本纪47，志58，表8，列传97）。

实作于胡粹中，由宋濂等裁之（胡氏有《元史续编》16卷）。

明初两开史局，第一次188日，续修为143日，前后为时不足一年，成此210卷巨制。仓卒成书，修史以来未有如此易者，缺略舛漏，随处多有，其中尤甚者，以译音关系，人名地名极多舛错。因《元史》芜杂，清代史学家有不少修订之作，约有下列诸书：

《元史类编》42卷　邵经邦

《元史新编》95卷　魏源

《元书》102卷　曾廉

《元史考订》4卷　曾廉

《蒙兀儿史记》15卷　屠寄（敬山）

《元史译文证补》30卷　洪钧

《元史本证》50卷　汪辉祖

《元史艺文志民族表》3卷　钱大昕

《圣武亲征录》　何懋校本

《元朝秘史》15卷　佚名，李文田注

《蒙古源流》8卷　小徹辰、萨囊台吉

《庚申外史》　权衡（记顺帝史事）

25. 新元史

《新元史》,257卷。

柯劭忞(1850—1933)著(本纪26,表7,志7,列传154)。

柯氏字凤荪,山东胶州人,曾充清史馆总纂,以33年之力,修正《元史》。除参照国内诸旧作外,尚搜集西方史料、元朝秘史诸书,使耳目一新。

西方史料,柯氏只能读其译文,考订有未尽精到之处,因之取舍增删,亦难期尽善。著者力排诸难,其苦心毅力,至足惊人,终于完成此巨作。至于文笔雅洁,犹其余事。民稿列入“正史”,为当时国内外史学家一致推崇。1930年著者自订最后定本,1935年开明据以缩印。

26. 明史

《明史》,332卷,1368—1643,共276年。清张廷玉等撰(本纪24,志75,表13,列传220卷)。

此书自顺治二年(1645)即动意修纂,中间断续数次,经过六十余年之漫长时间,直至乾隆四年(1739)始克告成,故体例在旧史中较为谨严,舛错尚少,当时称为“良史”。参加修纂者不少饱学之士、史学名家。绝大部分由王鸿绪之《横云山人明史稿》增辑而成。而王氏是书,实出当时史学家鄞县万季野(斯同)。万氏史学渊源出于黄太冲(宗羲),当康熙十八年史局重开,万氏以布衣参预纂修,时双目已盲,口诵史实如瓶泻水,考订旧闻,至为精审。至于编排得当,纂辑得宜,则出自馆臣之力。张廷玉进史表有云:“发凡起例,首尚谨严;据事直书,要归忠厚,曰纪曰志曰传,悉仍前史之体裁;或详或略或合,务核当时之心迹;文期共喻,扫艰深鄙秽之言;事必可稽,黜荒诞奇邪之说。”尽吹嘘之能事,其中所谓“谨严”“直书”“忠厚”“心迹”均欺人之谈,至于“文期共喻,扫艰深鄙秽之言”,尚近事实。乾隆四十二年

(1777)又命英廉修改《明史》,只成本纪24卷,文字稍增损。参考书籍约如下述:

《明实录》,2925卷,500册,明姚广孝等著。

《国榷》,104卷,卷首4卷,明谈迁(1593—1657)著。谈氏以27年之力,整理重写6次以成此巨著,不意为人所窃,谈氏复以4年之力又加重抄。

《横云山人明史稿》,310卷,王鸿绪。

《明季南北略》42卷,计六奇。

《东南西南记事》24卷,邵廷采。

《明纪纲目》20卷,张廷玉。

《明史考证捃逸》,42卷,王颂蔚。

《小腆纪年》(1644—1653),65卷,徐鼒。

《野获编》30卷,沈德符。

27. 清实录、清史稿

一代帝王故后由其继承者指定专职文人以编年体裁记载其一生大事,谓之"实录"。梁周兴嗣有《梁皇帝实录》,韩愈有《顺宗实录》,唐长孙无忌有《贞观实录》,刘知几有《太上皇实录》等,《新唐书·艺文志》著录《实录》28家345卷。明、清均有实录,《清实录》分别以满汉文字写四份,分藏乾清宫、皇史宬内阁、沈阳崇谟阁。开国初期,未入关以前,太祖、太宗两朝别辑为《满洲实录》(乾隆初一度修订),其余顺治至同治(1644—1874)历经八朝,共装订3714册。《光绪实录》597卷,编成后清社已屋,只能抄写两份存清宫及皇史宬(仍分为满汉文字,但满文系由汉文通译而来),至于宣统本无实录,只存《宣统政记》70卷。

伪满时期以沈阳所藏底本(稍有残缺已经补抄),以美依纸影印太祖至宣统十三朝实录,共122帙(目录一帙)1220册(目录10册),其中乾隆一朝即占400册。当时只印300部。

实录为一种原始资料,清蒋良骐《六朝东华录》、王先谦《十一朝东华录》,咸取材于《清实录》。

由于编者立场观点不同,歪曲史实,颠倒是非处,所在多有,且历朝实录均未经修改,读者引用当慎自选择可也。“实录”之不“实”,旧的史学家已有讥评,所谓“止书美而不书刺,书利而不书弊,书朝而不书野,书显而不书微”(见李建泰《名山藏》序)。隐讳失真与官修史书同出一辙也。

《清史稿》536卷,1644—1912,共267年,赵尔巽、柯劭忞等撰(本纪25,志142,表53,列传316)。

本书1912—1928年初稿编成,清史馆民国初年成立,即延赵尔巽为馆长,并所谓“遗老”者若干人主其事,是辈仍抱“修史报国”之思想(过去历朝修史莫不如此),故史稿公布后,引起各方抨击。当时有“十九大谬”之说(十九大谬——1. 反革命;2. 蔑视先烈;3. 不奉民国正朔;4. 列书伪谥;5. 称扬遗老;6. 反对汉族;7. 为满清讳;8. 体例不合;9. 体例不一致;10. 人名先后不一致;11. 一人两传;12. 目录与书不合;13. 纪传表志互相不合;14. 有日无月;15. 人名错误;16. 事迹之年月不详载;17. 泥古不化;18. 简陋;19. 忽略)。今日视之其荒谬之处尚不止此,不过作为史料读,尚为研治清史者不可缺之书。此外,《清实录》4433卷(1220册),《东华录》可以对照读也。

印本有五,曰北京初印本,曰东三省改正本(关外本增入张勋、康有为两传),曰关外增修足本,增入翁方纲、朱筠等传,曰日本广岛精印本,系按关外增修本排印,卷首有金梁序,他本无。另有影印本,两巨册,系依关外第二次本。

《东华录》

《东华录》32卷　蒋良骐辑。

《东华录》625卷　王先谦辑(亦称十一朝东华录)。天命朝4卷,天聪崇德朝18卷,顺治朝36卷,康熙朝111卷,雍正朝26卷,乾隆朝120卷,嘉庆朝50卷,道光朝60卷,咸丰朝100卷,同治朝100卷。

《东华录》200卷　朱寿彭辑(《安乐康平室随笔》,“彭”作“朋”,

220卷)。

《东华录》(咸丰朝)69卷潘福颐辑,咸丰朝。

《皇朝经世文》

经世文之辑,始于明季。清光绪以后,推行新政洋务后,更加风行,分别门类,广泛搜集。所收各家,不下数十,不限名位。篇什之多,范围之广,若经过整理,亦足见当时政经之一斑。

《皇朝经世文编》120卷　贺长龄(魏源)编,道光六年(1826)刊本;《初续》58卷,张鹏飞,道光二十九年。

《皇朝经世文》(补订)120卷　咸丰刊本。

《皇朝经世文续编》120卷　盛康、葛士濬,光绪二十三年(1897)刊本。

《皇朝经世文续集》104卷　饶玉成,光绪七年(1881)刊本。

《皇朝经世文三编》80卷　陈忠瑞(淞南香隐),光绪二十三年(1897)刊本。

《皇朝经世文统编》107卷　润甫(邵之棠),光绪二十七年(1901)刊本。

《皇朝经世文统编》(增订)120卷　润甫,光绪二十七年(1901)刊本。

《皇朝经世文新编》21卷　麦仲华,光绪二十四年(1898)刊本。

《皇朝经世文三编》时务40、洋务8,三香主人。洋务32,求是斋主人,光绪二十三年(1897)。

《皇朝经世文新编续集》30卷　储桂山,光绪二十八年(1902)。

《皇朝经世文新编续集》又52卷　何良栋,光绪二十八年(1902)。

《皇朝经世文博议》2卷　任源祥,光绪二十八年(1902)。

《皇朝经济文编》128卷　求自强斋主人,光绪二十七年(1901)石印本。

《皇朝经济文编》又21卷　甘韩,光绪二十七年(1901)石印本。

《皇朝蓄艾文编》80卷　于宝轩,光绪二十九年(1903)。

清季新政推行后，编辑经世文成为一种风气，光绪以后多有为洋务诸作，书店赖以牟利，价值不大，但仍保存若干史料。

另有《皇明经世文编》508 卷，明陈子龙。

《民国经世文编》40 卷，经世文社编，1914 年。

28. 资治通鉴

《资治通鉴》294 卷（前 403—959，共 1362 年），附《目录》30 卷，《考异》30 卷，共 354 卷。

宋·司马光（1019—1086）撰，元·胡三省（1260—1302）注。

是书取材宏富，记事详明，文字洗练，为我国史学界伟大成就。著者以十九年时间（宋英宗治平三年 1066—神宗元丰七年 1084）成此卷帙浩繁之编年史。助手中刘恕（1032—1078）（道原，高安人）、刘攽（1022—1088）（贡父，新喻人）、范祖禹（淳甫，成都华阳人）均当时史学名家。道原天机迅捷，强识博览，口谈手画，贯穿百家，晚年患瘫痹，右肢既废，犹力疾口授，其稚子羲之书之，完成所著。贡父博学能文，不修威仪。淳甫随史局十五年，温公得其力最多。兹三人者皆一时之选，同心协力，故能成此大业也。修书时，除正史外，搜集杂史著述达 332 种之多，十九年中，著者研精极虑，穷竭所有，日力不足，继之以夜，遍阅旧史，旁采小说，简牍盈积，浩如烟海，抉擿幽隐，校计毫厘，毕生精力尽于此书，以致骸骨癯瘁，目视昏迷，神识衰耗（见所上表奏）。最近发现其原稿（仅存 453 字，1961 影印），楷书精谨，无一肆笔，其治学态度之严谨，实值得效法也。全书不载文人屈原，亦不书杜甫，若非"出师未捷身先死"之句为王叔文所吟，亦几湮没，其意以文人无关治道，盖亦司马氏之一种偏见。

是书一出，在当时即闻名全国，有"儿童诵君实，走卒知司马"之谣。

胡三省（1230—1302），南宋末人，富有民族气节，入元不仕，隐居山中，以全部精力，为通鉴注。胡氏眷怀故国，注中往往意有所指，有人以为其价值可驾乎《三国志裴松之注》之上。有近人陈垣氏《通鉴胡注表微》一书，可供参考。《通鉴》旧刊，有绍兴刻本、闽刻本、蜀刻(龙爪)本。

继此书有李焘之《续资治通鉴长编》520卷，以一人之力，积40年，成此北宋九朝之史(960—1127，共168年)。原书宋以后传本渐稀，清修《四库全书》时，由《永乐大典》中辑出，定为520卷。

其后又有李心传之《建炎以来系年要录》200卷，专载高宗一朝36年中之事迹，亦系由《永乐大典》中辑出者。

继修之书，有以下数种，均以《通鉴》名其书。

《通鉴外记》10卷，宋・刘恕，内庖牺以来一卷，夏商一卷，周记八卷，记上古至三家分晋，与《资治通鉴》相接。

《通鉴补》294卷，明・严衍。

《胡刻资治通鉴校记》，章钰。

《通鉴前编》18卷、《举要》3卷，元・金履祥，断自唐尧以下，接于通鉴之前。

《宋元资治通鉴》157卷，明・薛应旂。

《宋元资治通鉴》64卷，明・王宗沐。

《资治通鉴后编》184卷，清・徐乾学，由万斯同、阎若璩、胡渭等人助成之。

《续资治通鉴》220卷，清・毕沅，根据前书以20年之力，在邵晋涵、章学诚参加下成此比较完善之书。由宋初(960)至元至元三十年(1370)，共411年。

《明通鉴》90卷，清・夏燮，与陈鹤所著《明纪》60卷，均系继毕书而作。

《通鉴胡注表微》，陈垣。

《通鉴胡注举正》，陈景云。

29. 纪事本末

我国史书体裁，据唐刘知几氏所说，有六家，其实只有二体，一即编年，一即纪传。所谓编年，即以时代为中心，依刘氏所说，即“系日月而为次，列时岁以相续”，如《春秋》、《竹书纪年》等是。所谓纪传，即以人物为中心，“纪以包举大端，传以委曲细事”，如《史记》以下诸史均是。但纪传之法，一事而复见数篇，宾主莫辨，一事发生首尾不同，脉络难寻，欲救此弊，宋袁枢(1131—1205)创为纪事本末之体，著《通鉴纪事本末》42 卷，以事为中心，每事各详起讫，自为标题，每事自为首尾，使读者一目了然。起于三家分晋，终于五代周世宗之征淮南，以 1362 年内事分列 239 题，文省于纪传，事豁于编年(章学诚语)。盖纪传以人为主，编年以时代为主，纪事本末以事为主，三体并立，而各有所长，不容偏废。自袁枢创为斯体以后，仿作之书，有以下数种。

《左传纪事本末》53 卷，清·高士奇。

《宋史纪事本末》26 卷，明·陈邦瞻。

《元史纪事本末》4 卷，明·陈邦瞻。

《明史纪事本末》80 卷，清·谷应泰。

《清史纪事本末》80 卷，清·黄鸿寿。

《续通鉴纪事本末》110 卷，李铭汉，清末甘肃武威人。建国后有新印本。

30. 十通

《十通》，为历代文物典章制度史，昔人比之为掌故之都市，有“读书人不读九通，不可谓通”之说，实为治史者之重要参考，连同《续清通考》共为十通，合 2714 卷，兹分列如下：

三通典	一、《通典》，上古—唐天宝，200 卷，唐杜佑著。	为政治典汇，分食货、选举、职官、礼乐、兵、刑、州郡、边防八门。
	二、《续通典》，唐肃宗—明季，150 卷，清高宗著。	
	三、《清通典》，清初—乾隆，100 卷，清高宗著。	

三通志	四、《通志》，上古—唐，200 卷，宋郑樵著(1103—1162)。	仿《通史》之例为之，菁华在二十略。
	五、《续通志》，五代—明季，640 卷，清高宗著。	
	六、《清通志》，清初—乾隆，126 卷，清高宗著。	

三通考	七、《通考》,上古—宋光宗,348 卷,马端临著。	因《通志》而广之,分二十四门 345 类,与《通志》相为出入。
	八、《续通考》,宋宁宗—明季,250 卷,清高宗著。	
	九、《清通考》,清初—乾隆五十年,300 卷,清高宗著。	
	十、《续清通考》,乾隆五十一年—宣统三年,400 卷,刘锦藻著。刘氏清季吴兴人,以一人之力完成此四百卷之巨制。	

《通志》二十略:一、氏族,二、六书,三、七音,四、天文,五、地理,六、都邑,七、礼,八、谥,九、器服,十、乐,十一、职官,十二、选举,十三、刑法,十四、食货,十五、艺文,十六、校雠,十七、图谱,十八、金石,十九、灾祥,二十、昆虫草木。

《通考》二十四门:一、田赋,二、钱币,三、户口,四、职役,五、征榷,六、市籴,七、土贡,八、国用,九、选举,十、学校,十一、职官,十二、郊社,十三、宗庙,十四、五礼,十五、乐,十六、兵,十七、刑,十八、经籍,十九、帝系,二十、封建,二十一、象纬,二十二、物异,二十三、舆地,二十四、四裔。

关于各书评价,清纪昀之意见以为:

《通典》,上溯黄虞,下迄唐之天宝,包括宏富,义例整严,繁不至冗,简不至漏,为数典之渊海。

《通志》,纪传及谱,皆勦袭旧史,略为删润,殊无可观。迹其精华,惟二十略。而穿凿挂漏,均所未免。在《通典》、《通考》之间,实未能鼎立,特以网罗繁富,才辩纵横,遂与杜马两家,联镳文苑。

《通考》,所述事迹,上承《通典》,下迄南宋宁宗,分条排纂,不能如《通典》之剪裁熔铸,成一家言,上比佑不足,下比樵有余也。

综上所述,纪氏对杜则推崇备至,对郑则颇有微词。在今日视之,全书包罗宏富,绳贯珠联,如入五都之市,有目迷五色之感,犹不失为丰富史料也。

31. 各代会要

我国史体,分纪传、编年、纪事本末三体。纪传昉于《尚书》,编年始于《春秋》,纪事本末殆为袁枢氏所首创。纪传以人为中心,观一人之成败,莫便于纪传。编年以时为中心,考一时之治乱,莫便于编年。纪事本末以事为中心,考一事之始终,莫便于纪事本末。此外关于一朝之礼乐、刑政、法度、典章,史学家遂有会典以资后人取鉴。盖正史之外,不可缺之工具书也。会要(亦称会典)之作,各代皆有,或成于当代,或辑于后人,兹分列如下:

一、《春秋会要》4 卷,清·姚彦渠。

二、《七国考》14 卷(14 门),明·董说。

三、《秦会要》26 卷(15 门),清·孙楷,今人徐复补订。

四、《西汉会要》70 卷(15 门),南宋·徐天麟。

五、《东汉会要》40 卷(15 门),南宋·徐天麟。

六、《三国会要》22 卷(14 门),清·杨晨。

七、《唐会要》100 卷(14 门),宋·王溥。原苏冕编为 40 卷,王氏续成为 100 卷,未标总目,依类编辑。

八、《五代会要》30 卷,宋·王溥。

九、《宋会要辑稿》460 卷(17 门),清·徐松由《永乐大典》辑出,有释道门,1936 影印,1959 有缩印本。

十、《大元圣政国朝典章》60 卷(简称《元典章》)。

宋元时期官修会要甚多,宋止于宁宗朝,李心传有《十三朝会要》。

十一、《明会要》80 卷(15 门),清·龙文彬。

十二、《(万历)大明典汇》220 卷,明·申时行。120 册。

十三、《国朝典汇》200 卷,明·徐学聚。

十四、《皇朝政典类纂》500 卷,清·席裕福。

十五、《(康熙)大清会典》162 卷,清·伊桑阿。140 册。

《(雍正)大清会典》250 卷,清·尹泰。100 册。

《(乾隆)大清会典》100 卷,清・允裪。104 册。

《(嘉庆)大清会典》80 卷,清・汪庭珍。

《(光绪)大清会典》100 卷,清・崑冈。494 册。(嘉庆十八年至光绪二十二年)事例 1220 卷,图 270 卷。

会要之辑,一般均分世系、礼、乐、典服、学校、历数、职官、选举、食货、兵、刑、方域、四裔等十四门,增入祥异则为十五门,增释、道则为十七门。

32. 我国古代历史资料

一、甲骨文字:记载始于盘庚迁殷,迄于纣亡,共 273 年(前 1324—前 1066?)。

二、《尚书》:《商书》中《汤誓》、《盘庚》、《高宗肜日》、《西伯戡黎》、《微子》。

《周书》中《牧誓》、《洪范》、《金縢》、《大诰》、《酒诰》、《梓材》、《召诰》、《洛诰》、《多士》、《无逸》、《君奭》、《多方》、《立政》、《费誓》、《泰誓》。

以上各篇,经历代学者考证,认为确系当时所作。

《虞书》中《尧典》、《皋陶谟》、《禹贡》、《甘誓》。

以上各篇文字较为平易。经考证,认为可能系经过后世重编(根据顾颉刚氏所说)。

三、《诗》:为周初至春秋间人所作。

《商颂》五篇系宗周时宋人所作。

四、《易》:卦辞爻辞,周初人作。

《十翼》,相传孔子作。至少亦七十子后学所述。

五、《春秋》:鲁国史,孔子重修(前 770—前 481)。

六、《国语》:战国初时人作。汉始行世,21 卷,穆王十二年至贞定王十六年(前 965—前 453,约 512 年)。

七、《世本》:今佚。有重辑本,汉初人作,多取古代材料。

八、《竹书纪年》:战国时魏人作,今书非原本。

九、《战国策》:共33篇,贞定王十七年至秦始皇三十一年(前452—前216),共236年。

33. 政府邸报,京报,公报

古无此称,盖即中枢所公布之诏诰、奏折表状,以供全国职官参阅者。可远溯于周,惟年代久远,难于稽考。汉武帝建元元年(前140),已有类似形式,写于竹简木牍上者。稍后于此,在欧西罗马有手抄之《每日记事报》(Acts Diurn 即 The Daily Acts)然已后于我国80年。唐人雕本有《开元杂报》之发现,为最早之邸报,相传刊于713—741年。国内所见早期刻本最早为至德二年(757)之《陀罗尼经咒》,再前未之尝闻。《开元杂报》是否印本尚待证实。

明崇祯十一年(1635),已开始有活字邸报。

清代《京报》为报房发行,多山东人所经营。外埠京报房除发行京报,尚代售北京土产及代办邮递。同治九年(1870),北京有报房12家,为聚兴、合成、杜记等家,《京报》为私家印刷,总发行量超过1万份。京外有翻印者,如苏州等处。

《京报》内容有:1. 宫廷消息谕旨。早期报纸,首页必列宫门抄,或作宫门邸抄,即由此蜕化而来。2. 敕令公告。3. 奏疏、章则、条例等。

上海《申报》(1872创立),亦转刊《京报》作为附张。清末有"谕折汇存",即专载《京报》中之奏议部分,供人传阅,为当时关心政事者所不可缺。以后渐发展为政府官报、公报或内政官报种种名称。名虽屡易,内容则无何差异。省级以下多有某省官报,或公报。中枢各部亦有发行官报者。

34. 档案,清大库档案

清大库档案,发现于光绪二十四至二十五年间(1898—1899)与敦煌石室、殷墟书契为同一时期发现之重要史料。不过大库档案有关清三百年间事为期稍后而已。档案为最初史料，较之所谓正史、实录，比较更接近事实，故历史学家咸予重视。

档之原义为木名，亦释为框架。档案一词古之所无，汉代郡县有"掌故"一官，意即掌管"故事"。所谓"故事"犹今之档案。唐有"格式"，宋有"条例"，意即已经整理之档案。宋代称"案沓"，明清称"卷宗"，即整理后分类上架档案。档案名词之出现，实在清初，清初边外文字多书于木，传递者曰牌子，以削木片若牌也。存贮年久者曰档案，曰档子，以积累多，贯以皮带挂壁间若档也。今文字书于纸亦沿称为档子、牌子以此（见《柳边纪略》）。

近代因公文积累，为求便于调阅，必须分类排比，次序井然，后登录上架（归档），更要求科学化，档案处理几成专门之学矣。

我国档案保管制度可以远溯周秦。《周礼》天官冢宰、春官宗伯均为主管机关，并由大史、小史、内史、外史、御史分别执掌。老子曾为柱下史（征藏史，其侍立位置常居殿陛之柱下，故有是名），犹今之档案馆馆长。孔子问礼于老聃，并有曾见百二十国宝书之说。汉初萧何入长安，首先考秦图籍，具知天下阨塞户口多少强弱，足见档案之重要。

档案之分类上架，宋周湛立有千丈架阁法，依岁月为次，以保存案牍。宣和迄南宋，在中枢有六部架阁库，按其重要与否，决定其保存年限。六部成案，留部两年，然后藏之架阁库，又八年，则委之金耀门文书库（汴京外城西边从北第一门，当时俗呼固子门）。州县以下设地方架阁库，由令丞、主簿负责，足见宋时档案保管制度，已极严密。清代中枢部院有科有房，各省督抚至州县有吏、户、礼、兵、刑、工六房分掌。中枢藏档选其可以为例者，汇成"则例"，再由则例修成"汇典事例"。光绪二十四至二十五年间（1898—1899），因大库墙塌，数百年堆积如山之宝藏一旦发现，从顺治至光绪全部档案（虽有残缺不太大）。其中有奏章、表册、敕书、诏诰、题本、揭帖等，尚包有明天启、崇祯清关外旧档，为数之多已足惊人。当时因其中有宋元善本甚多，反忽视档案之价值。延迟数年至清室已亡，始陆续整理，散佚又不知凡几。当时有刊印之曹元忠编之目录5卷，缪荃孙编之《学部图书善本目录》7卷，可窥大略。由档案中辑出之刊物，有《明清史料》甲、乙、丙、丁等集、《史料丛刊初集》(32种)及其他单本数种。新中国成立以后由于党和政府对档案、史料之重视，更进一步加以整理矣。

35. 干支

相传大桡作甲子，即以甲乙丙丁戊己庚辛壬癸为十干。以子丑寅卯辰巳午未申酉戌亥为十二支。干支相配以成六旬。

干支古以记日，最古者为卜辞。初以十天干记日。自甲至癸为一旬，旬义为遍，周而复始。然十日周期，为期过短，日份易于混乱，故复以干支相配，而成复式之干支记日法。安阳出土之甲骨中，有立排、横排，不同方法。即古之历书也。

古时记年，其初不以干支，而以太岁，以阏逢至昭阳十名，摄提格至赤奋若十二名。记月以陬、如、寎、余、皋、且、相、壮、玄、阳、辜、涂(以上均见《尔雅·释天》)，盖恐年、月、日相混。故分别记之(干支记时不悉始于何时)。后世为求便易，概以甲子纪(以甲子纪岁，始于西汉末新莽)，或云始于东汉建武三十年。干支之称，东汉以前无有，但称十干为十日，十二支为十二辰。《史记·律书》称十母、十二子。由母子变为“幹枝”(说见《白虎通》、《论衡》)，干支各字多不切于六书。古人但取便于记忆而已。不必求其义也。

殷历甲子表：

公历每年平均时间为365天5小时49分12秒，比天文历每年仅多26秒，为数已极微小，只有到公元3323年时，和天文历才积差一昼夜时间。

36. 公元纪年及其他

传说中之耶稣生于公元前4年，即罗马建国749年。耶稣故后百余年，始有人用其降生纪年。六世纪（AD52S）Dionysius Exiguus（狄奥尼修斯·埃克西古）作《耶稣年谱》，误计四年，以后因习用难改。耶稣确实生年反为隐晦（见《牛津圣经之研究》）。

公元开始，早在两千年前罗马时代。经过几次改革。1582年因日期渐生误差，由教皇格里高里十三世 Pope Gregory XIII（1502—1585）作一次改革，将日期调整十天。以斯年十月五日改为十五日。始成近代推行之历法。即所谓 Gregorian Calendar。

公元纪年，天主教国家首先采用。1700年耶稣教国家采用。1873年日本采用，1918年俄国采用。我国于1949年始正式采用。

纪年方法，除朝代纪年，尚有其他纪年法。

一、国内

（一）黄帝纪年（前2697），武汉起义时（1912）各省起义军多用黄帝4609年。

（二）孔子纪元，孔子生于周灵王二十一年，相当公元前551年，旧时儒家多用之。

（三）成历。成吉斯汗（1162—1227，又作1155—1227）就任大汗之年为1206年。旧刊蒙文图书偶然采用之。

新中国成立后，采用公元。以上纪年无沿用必要。记此以备考订旧书出版年月之助。

二、域外

（一）希腊纪年（前776），相传奥林匹克（Olymgpiads）始于是年（相当周幽王六年）。古代奥运会每四年一次，至公元440年而告终。

（二）罗马纪年，罗马建城之年（前753），即罗马史之元年（相当于周平王十八年)。

(三) 相传日本神武天皇即位于前660年2月11日,相当于周惠王五十七年,日本定是日为"纪元节"。

日孝德即大化革新　　645—654

德川幕府　　1600—1867

日明治维新　　1868—1911

日大正　　1912—1926

日昭和　　1926—

(四) 朝鲜

高丽王朝

918(太祖神圣王王建元年)—1392　(34传475年)

朝鲜李朝

1393(太祖李成桂元年)—1910　(28传519年)

(五) 印度笈多纪年　笈多王朝:320—495。自320始,印度历史始有明确年代。笈多王朝创始人旃陀罗笈多在位凡十年(320—330)。

三、宗教纪年

(一) 佛历　释迦牟尼生卒年说法最多,据梁启超所统计,有五六十种之多,先后相差五六百年。较为通行使用的为前557、前1031(金履祥《通鉴前编》)最多。印度学者据中国佛书记载推定,生年为前566,卒年为前486。在印度支那的泰国、老挝、柬埔寨等国,所使用佛历为前543年,如1957年即佛历2500年。

(二) 回教历　以穆罕默德迁至麦地那之年纪历,即公元622年,相当于唐高宗武德五年。以公元是年七月十六日为岁首(正确日应为七月二日)。

回历为纯阴历,无闰月,以十二月为一年,积三十二年差一年。每百年约差三年多。

四、"闰朔"和"僭伪"

宇文化及	国号许	建元天寿、天泰	公元618
王世充	国号郑	建元开明	公元619

窦建德	国号夏	建元五凤	公元619
沈法兴	国号梁	建元延康	公元619
李子通	国号吴	建元政明	公元619
刘黑闼	汉东王	建元天造	公元622
安禄山	大燕	建元圣武	公元755
史思明	大燕	建元顺天	公元759
史朝义	大燕	建元显圣	公元761
段子章	国号梁	建元黄龙	公元761
朱泚	国号秦	建元应天	公元783
黄巢	国号齐	建元金统	公元880
侬智高	大南	建元景瑞、启历、	公元1044
		端历、大历	公元1053
王则	安阳	建元得圣	公元1047
刘豫	国号齐	建元阜昌	公元1130—1137
锺相	楚王	建元天载	公元1130
徐寿辉	天完	建元治平	公元1351
张士诚	周王	建元天祐	公元1353—1367
昭宗	北元	建元宣光	公元1371—1378
脱古斯帖木儿汗	北元	建元天元	公元1379—1388
韩林儿	国号宋	建元龙凤	公元1355—1366
陈友谅	国号汉	建元大义	公元1360—1362
陈理	国号汉	建元德寿	公元1363
明玉珍	国号夏	建元天统	公元1363
李自成	大顺	建元永昌	公元1644
张献忠	大西	建元大顺	公元1644—1646
吴三桂	国号周	建元昭武	公元1678
吴世璠	国号周	建元洪化	公元1679—1681
袁世凯		建元洪宪	公元1916
溥仪	满洲	建元大同	公元1932—1933
		康德	公元1934—1945

历代建国立号，尚不止此，兹择其较著者。新莽、更始、武后因当时所谓正朔已断，故未列入闰历。

唐武氏称帝并改国号曰周，国内无不奉其“正朔”。但日本独未予承认（当时实有国交），由光宅至神龙，在日本一律称嗣聖（中宗年号）元年，直至二十一年。

唐末天祐四年（907），武氏国祚已绝，但河北各地仍承其“正朔”。五代碑碣中不断发现天祐十年前后记载。

南明各朝及清初关外三朝，虽在两国对立时期均不以闰历视之，清同治初立“祺祥”年号，旋因宫廷政变而废止。

以上所列为便于读史者识别年月之一助。

高昌麹氏建国西陲，九传 140 年而亡，其建元如下：

重光	31 年	（当北魏景明二年，	500—530）
章和	18 年	（当北魏普泰元年，	531—548）
永平	2 年	（当西魏大统十五年，	549—550）
和平	4 年	（当西魏大统十七年，	551—554）
建昌	6 年	（当西魏恭帝二年，	555—560）
延昌	41 年	（当北周保定元年，	561—601）
延和	12 年	（当隋仁寿二年，	602—613）
义和	10 年	（当隋大业十年，	614—623）
延寿	17 年	（当唐武德十七年，	624—640）

（不见于一般历史纪年表，故记录于此）

历史学上最小年代单位为年，十年称为十年代，百年称为一世纪。如 1800—1900 称十九世纪。千年称为千年代（千纪，考古学家及地质学家用之）。

在一世纪中第一个十年如 1800—1809 称十九世纪初年，1810—1819 则称为十九世纪十年代，1820—1829 则称二十年代，以次类推，最高可至九十年代，更无所谓百年代，因既满百年则下世纪已开始矣。

附：知一求二查表法

（已知公元或干支或朝代）

知一求二举例

<table>
<tr><th></th><th>已知</th><th colspan="2">求知</th><th colspan="2">查表</th></tr>
<tr><td rowspan="2">1</td><td>公元</td><td>干支</td><td>朝代</td><td rowspan="2">1</td><td rowspan="2">－3.4</td></tr>
<tr><td>1863</td><td>癸亥</td><td>同治二年</td></tr>
<tr><td rowspan="2">2</td><td>干支</td><td>公元</td><td>朝代</td><td rowspan="2">＋3.1</td><td rowspan="2">－3.3</td></tr>
<tr><td>嘉庆丙辰</td><td>1796</td><td>嘉庆元年</td></tr>
<tr><td rowspan="2">3</td><td>朝代</td><td>干支</td><td>公元</td><td rowspan="2">＋3.3</td><td rowspan="2">＋3.4</td></tr>
<tr><td>道光二十年</td><td>庚子</td><td>1840</td></tr>
</table>

查表法

一、知公元

1. 求干支　已知公元被60除余数查表1，无余数以60计。

2. 求朝代　已知公元减最近较小数表3，*4*行。

二、知干支

1. 求公元　查出已知干支顺序数，加表3，*1*行。

2. 求朝代　查出已知干支顺序数，减表3，*3*行。

三、知朝代

1. 求干支　已知朝代数加表3，*3*行。

2. 求公元　已知朝代数加表3，*4*行。

（表一）

公元↓

1 辛酉 *60*	11 辛未 *50*	21 辛巳 *40*	31 辛卯 *30*	41 辛丑 *20*	51 辛亥 *10*
2 壬戌 *59*	12 壬申 *49*	22 壬午 *39*	32 壬辰 *29*	42 壬寅 *19*	52 壬子 *9*
3 癸亥 *58*	13 癸酉 *48*	23 癸未 *38*	33 癸巳 *28*	43 癸卯 *18*	53 癸丑 *8*
4 甲子 *57*	14 甲戌 *47*	24 甲申 *37*	34 甲午 *27*	44 甲辰 *17*	54 甲寅 *7*
5 乙丑 *56*	15 乙亥 *46*	25 乙酉 *36*	35 乙未 *26*	45 乙巳 *16*	55 乙卯 *6*
6 丙寅 *55*	16 丙子 *45*	26 丙戌 *35*	36 丙申 *25*	46 丙午 *15*	56 丙辰 *5*
7 丁卯 *54*	17 丁丑 *44*	27 丁亥 *34*	37 丁酉 *24*	47 丁未 *14*	57 丁巳 *4*
8 戊辰 *53*	18 戊寅 *43*	28 戊子 *33*	38 戊戌 *23*	48 戊申 *13*	58 戊午 *3*
9 己巳 *52*	19 己卯 *42*	29 己丑 *32*	39 己亥 *22*	49 己酉 *12*	59 己未 *2*
10 庚午 *51*	20 庚辰 *41*	30 庚寅 *31*	40 庚子 *21*	50 庚戌 *11*	60 庚申 *1*

公元前↑

公元前查斜体字

（表二）

840	周共和	
720	东　周	
360	战　国	
↑ 180	西　汉	
↓ 0	东　汉	光武明帝以后
60	东　汉	明帝以后
120	东　汉	安帝以后
180	三　国	
240	西　晋	
300	东　晋	
360	东　晋	穆帝哀帝以后
420	刘宋、南齐	
480	梁、东西魏	
540	齐、周、隋	
600	唐	高祖太宗以后
660	唐	高宗武后以后
720	唐	玄宗以后
780	唐	武宗以后
840	唐	
900	五代、辽	
960	北宋、辽	太祖太宗以后
1020	北宋、辽	仁宗以后
1080	北、南宋、金	哲宗以后
1140	南宋、金	高宗以后
1200	南宋、金	宁宗理宗以后
1260	元	

（表三）

明				清			
1	*2*	*3*	*4*	*1*	*2*	*3*	*4*
1320	洪武	47	1367	1620	顺治	23	1643
	建文	18	1398		康熙	41	1661
1380	永乐	22	1402	1680	雍正	42	1722
	洪熙	44	1424		乾隆	55	1735
	宣德	45	1425	1740	嘉庆	55	1795
	正统	55	1435	1800	道光	20	1820
1440	景泰	9	1449		咸丰	50	1850
	天顺	16	1456	1860	同治	1	1861
	成化	24	1464		光绪	14	1874
	弘治	47	1487		宣统	48	1908
1500	正德	5	1505				
	嘉靖	21	1521	1920	民国	51	1911
1560	隆庆	6	1566				
	万历	12	1572				
1620	泰昌	59	1619				
	天启	60	1620				
	崇祯	7	1627				

37. 太岁纪年

太岁即木星，约十二年而一周天（即绕日一周），故亦名岁星。我国以其经行之躔次纪年，为时颇早，后世仍被沿用。惟《尔雅》、《史记》二书所载，各有不同。兹列于下。

岁阳表

	《尔雅》	《史记》
甲	阏逢	焉逢
乙	旃蒙	端蒙
丙	柔兆	游兆
丁	强圉	强梧
戊	著雍	徒维
己	屠维	祝犁
庚	上章	商横
辛	重光	昭阳
壬	玄黓	横艾
癸	昭阳	尚章

岁阴表

	《尔雅》	《史记》
子	困敦	同
丑	赤奋若	同
寅	摄提格	同
卯	单阏	同
辰	执徐	同
巳	大荒落	同
午	敦牂	同
未	协洽	同
申	涒滩	同
酉	作噩 又作“作鄂” （见《淮南子·天文训》）	同
戌	阉茂	淹茂
亥	大渊献	同

《尔雅》、《史记》所载太岁在甲曰阏逢，在乙曰旃蒙……均有音与义。德人花之安所著《自西徂东》（卷四）云皆巴比伦方言，并云天地乾坤，亦巴比伦方言。清文廷式在所著《纯常子枝语》加以引用，但无来源。西人以《尔雅》岁名与犹太同，说亦见《枝语》（参看本书干支条）。

38. 月之异称

正 二 三 月	四 五 六 月	七 八 九 月	十 十一 十二 月	附 注
陬 如 病	余 皋 且	相 壮 玄	阳 辜 涂	①
太簇 夹钟 姑洗	仲吕 蕤宾 林锺	夷则 南吕 无射	应钟 黄钟 大吕	②
季 仲 孟 春	季 仲 孟 夏	季 仲 孟 秋	季 仲 孟 冬	③

续表

正	二月	三	四	五月	六	七	八月	九	十	十一月	十二	附注
孟阳，孟陬，端	杏，芬冷，仲阳	桃，暮春	槐，农，清和，正阳	榴，蒲满，著	荷伏	兰，巧，霜，首秋，孟秋，肇秋，兰秋	桂，仲商	菊，授衣，暮商，末秋	梅，良，小春，上冬	畅	嘉平，清祀，暮冬，杪冬	④

附注：① 见《尔雅》。② 见《白虎通》。③ 见《月令》。④ 见《荆楚岁时记》、陆机《纂要》。

月在甲曰毕
乙曰橘（又作[illegible]）
丙曰修
丁曰圉
戊曰厉（读作烈）
己曰则
庚曰窒
辛曰寨
壬曰终
癸曰极

（见《尔雅》）

39. 年号

封建社会王朝，每代帝王均建立年号，谓之建元。有时易以他名，谓之改元。年号之制，上古无之，其制始于汉武帝建元元年（前140）。汉文帝时已有前元、次元之改建。汉武一代共改元11次。此后各代改元，最多者以唐高宗三十三年中14次，武则天二十年中18次为最多。其次宋仁宗9次，宋理宗8次。此类无何意义之改更，全系出于迷信，或祈福，或系自我歌颂，或系有所纪念。一般均用两字，间亦用四字者。如武则天连用天册万岁、万岁登封、万岁通天三个四字年号(695—697)，宋太宗用太平兴国(976—984)，宋真宗用大中祥符(1008—1016)，宋徽宗用建中靖国(1101)。同时西夏好采用四字，如天祐民安、天祚垂坚等。至于用三字者有新莽之始建国(9—13)及梁之中大通(529—534)、中大同(546—547)等。

年号重见之例甚多，在十六国及唐末十国割据时代，更为显著。辽金、西夏、渤海诸时代，因限于一隅，重见之例更多。如"太和"6见，"永兴"6见，"甘露"5见，"中兴"8见，"永元"、"大安"、"大定"均3见。重见最易引起错误，"正始"三见，其中一次为曹魏即曹芳当国时代，元年至十年(240—249)，一次为元魏元恪当国，五年至十年(504—508)。尚有一"正始"为十六国之后燕。以前二者易生混淆，因同为魏"正始"，其实相差约为250年也。

五代时尚有同一年号两朝沿用，如"天福"，原为石敬瑭年号，石重贵继用，但朝代更易，汉刘知远仍照常沿用。尚有在同一朝代中，同一年号，两次采用者，元之"至元"初为忽必烈所采用，第二次又为元顺帝所用，故用"前至元"、"后至元"以别之。中间相差实四十年。唐之"上元"，高宗、肃宗两次采用。晋之"建武"为惠帝、元帝两次所采用。明清两代，改元之风渐息。

贞观年号，唐太宗(627—649)、西夏(1101—1113)两用，易混淆。

绍兴年号，南宋高宗(1131—1162)、西辽仁宗(1151—1163)两用，亦易混淆。

明代只有英宗(朱祁镇)，先"正统"14年，复辟后改元"天顺"又执政8年。清初未入关皇太极天聪十年，因改国号，改元崇德。以上两例，均有特殊情形，非如往代之任情变更也。

以年号命名之书甚多，睹其书名，即可略辨成书年代及包括内容。如：

《贞观政要》(627—649)　《垂拱集》(685—688)

《天宝遗事》(742—756)　《长庆集》(821—824)

《会昌一品集》(841—846)　《元和郡县志》(806—820)

《太平广记》(976—984) 《元和姓纂》(806—820)
《太平御览》(976—984) 《元丰类稿》(1078—1085)
《宣和遗事》(1119—1125) 《景德册府元龟》(1004—1007)
《宣和书画谱》(1119—1125) 《建炎以来系年要录》(1127—1162)
《洪武正韵》(1368—1398) 《永乐大典》(1403—1424)
《康熙字典》(1662—1722) 《嘉庆一统志》(1796—1820)

此外,割据一方或农民起义亦多建立年号以资号召,或为时甚暂,或限于一隅,旧时不以“正统”视之。可参见本书“公元纪年及其他”条。

参见《历代纪元汇考》(万斯同著)。

40. 说讳

我国封建时代,对于帝王及父母,不得径呼其名,临文书写,亦不得使用,称为“避讳”。故有国讳、家讳之说。溯其源流,约始于周,甚于秦汉,承于魏晋,盛于隋唐,严于赵宋。孔子母名徵在,孔子言徵不言在,言在不言徵,秦始皇父庄襄王名子楚,秦讳楚为荆。始皇名政,讳正为端,秦改正月为端月(至今陕西以端代正)。司马迁父名谈,讳谈为同,《赵世家》张孟谈作孟同。司马光父名池,讳池为持。苏洵父名序,改序为引,或作叙……等等,不胜枚举。宋楚州(今淮阴)徐积父名石,终生不用石,行遇石则避不践,是不但迂腐可笑,且出乎常情之外矣。

讳字之法有四:一、代以同义字。二、代以同音字。三、缺笔。四、屏而不用(或代以某字,《尚书·金縢》“惟尔元孙某”即其例证,元孙即指武王,故以某字代之)。熟悉讳字,在阅读古典书籍时,有极大便利,同时对古地名、姓氏、官名之演变,均有不少关系,是以讳字之识别,实不容忽视。避讳为封建时代遗留之恶习,造成许多混乱,宋代最甚。在另一方面,亦可因讳字为鉴别古书版本有力之佐证。

西汉讳

高祖名邦,讳邦为国。《尚书·康诰》“一二邦”作“一二国”(见汉

《石经》)。

惠帝名盈，讳盈为满。

吕后名雉，改雉为野鸡。

文帝名恒，讳恒为常。改恒山为常山。

景帝名启，讳启为开。

武帝名徹，讳徹为通。改“徹侯”为“通侯”、“蒯徹”为“蒯通”。

昭帝名弗，讳弗为不。改“曹弗兴”为“曹不兴”。

宣帝名询，讳询为谋。

元帝名奭，讳奭为盛。

成帝名骜，讳骜为俊。

哀帝名欣，讳欣为喜。

平帝名衎，讳衎为乐。

东汉讳

光武名秀，讳秀为茂。改秀才为茂才。

明帝名庄，讳庄为严。

章帝名炟，讳炟为著。

和帝名肇，讳肇为始。

殇帝名隆，讳隆为盛。

安帝名祐，讳祐为福。

顺帝名保，讳保为守。

冲帝名炳，讳炳为明。

质帝名缵，讳缵为继。

桓帝名志，讳志为意。

灵帝名宏，讳宏为大。

献帝名协，讳协为合。

光武幼孤养于叔父良，故讳良。

隋讳

杨坚父名忠，讳忠为诚，中为内、里。

高祖名坚，讳坚为刚、牢、固。

炀帝名广，讳广为大、博、阔。（见《北堂书钞》）

唐讳

李渊祖父名虎，讳虎为武、猛、兽。改“虎林”为“武林”。《晋书》中“石虎”为“石季龙”。溺器原名“虎子”，改为“马子”。

李渊父名炳，讳炳为景。

高祖名渊，讳渊为深。改“刘渊”为“刘元海”。

太宗名世民，改“王世充”为“王充”。

高宗名治，讳治为理。

中宗名显，讳显为光。

睿宗名旦，讳旦为景。

玄宗名隆基，讳隆为盛。

肃宗名亨，讳亨为通。

代宗名豫，改芋为薯。

德宗名适，

顺宗名诵，

宪宗名纯，

穆宗名恒，

敬宗名湛，

文宗名昂，

唐讳，文宗以前，《开成石经》中为最备：

虎字皆缺末笔作：虍、搋、號、虓、饕、滮、箎、褫

渊字缺末笔作：淵、婣。

世字缺末笔作廿；泄作洩，绁作絏，棄作弃，勩作勚，葉作菜，渫、揲、韘、諜、堞、偞均改从“云”。

民字缺笔作巳，珉作盿，岷作岻，湣、昬、缗、痻、碈、暋、愍、蟁等皆改从“氏”。

亨作亨，豫作豫，适、诵、纯、恒，皆缺笔；纯作肫，恒作恒，湛作湛，葚作葚，椹作椹。

宋讳

讳至于宋，而滥极矣。淳熙（1174—1189）文书式，有一帝之名，避至五十余字者，甚至后父之名亦须避，纷纷更易，使文章不堪卒读。兹择要叙述如下：

宋始祖玄朗，兼讳眩、絃、悬、浪等字。

珽（宋太祖高祖），讳庭、珽。

敬（宋太祖祖），讳竟、境、儆等，或改用恭字。

弘殷（宋太祖父），讳泓、紘、弘，殷作殷、殷或改用商字。

太祖名匡胤，讳恇、筐、劻、引等。

太宗名炅（原名光义），讳颎、褧、扃。

真宗名恒，讳姮、峘；真宗刘后祖父名庆，父名通亦讳。

仁宗名祯，讳贞、桢、徵、澂、正、征。

英宗名署，讳树、竖、署、薯、赎，更薯为"山药"。

英宗本生父名让亦避。

神宗名顼，讳旭、勖。

哲宗名煦，讳朐、昫、休。

徽宗名佶，讳吉、姞、黠。

钦宗名桓，讳完、纨、丸、源、洹。

南宋高宗名构，讳句、雊、钩（生时则加注"御名"或"今上御名"，卒后即缺笔。）

孝宗名昚，讳蜃、慎，或改用谨。

光宗名焞，讳敦、錞。

宁宗名扩，讳廓、郭、霍、彍。

理宗名昀，讳匀、训。

度宗名禥。

以下国势日衰，讳字亦不多见。

除以上专制王朝所避讳，尚须避孔孟。孔子名丘，孟子名轲，旧社会中亦避之极严，均读作"某"，丘字缺笔作丘，书中遇之则加以硃笔圈。

辽讳

太宗名德光，讳光，光作⺌，耀作燿。｝见辽碑感化寺《孙法师塔铭》。
兴宗名宗真，讳真，缺末笔。｝

元明讳

元代帝王多沿旧俗，以蒙文命名因讳改字者绝。

明太祖朱元璋字国瑞，起事之初，尝以字行，故兼避。由成祖（朱棣）迄世宗（朱厚熜嘉靖）避讳制度并不严格。神宗（万历）名翊钧，改钧州为禹州。光宗（泰昌）名常洛，改洛阳为雒阳。熹宗（天启）名由校，讳校为正。思宗（崇祯）名由检，讳检为简。盖明之末叶，避讳制度始渐为加严，然不如宋代之繁琐也。

清讳

清入关以后，皇室始以汉字命名。

顺治名福临，均不讳。

康熙名玄晔，玄代以元，或缺末笔。兼讳炫、絃、率等字，晔字缺笔作曄。

雍正名胤祯，胤代以允，或缺末笔，或改作嗣、裔。

嘉庆名颙琰，颙改用永、容，琰作琰。

道光名旻宁，宁作甯，或作寍。

咸丰名奕詝，宁、佇作宀、伫。

同治名载淳，淳改作湻，或作涥。

光绪名载湉，湉缺末笔作湉。

宣统名溥仪，仪缺笔作儀，改“仪征县”为“扬子县”。

避讳之制，清代最宽，偏旁不讳，已更名不讳（如颙更永，旻更緜），奕载不讳等。

太平天国讳字

洪秀全小名火秀，因犯上帝圣讳爷火华（即耶和华），改名秀全。凡用火字以炎、烧、夥、伙等字代之，如成语“赴汤蹈伙”、“救民水炎”。

光改洸。
明改淜。
皇改黄。
上改尚、享。
帝改谛、第。
耶改翁。
苏改酥。
天改添。
王改狂、汪、黄。
圣改胜、盛。
神改辰。
老改考。
爷改牙、節、葉。
火改夥、炎、烧。
华改花。

<table>
<tr><td>洪改红、鸿。</td><td rowspan="3">天王讳。</td></tr>
<tr><td>秀改繡。</td></tr>
<tr><td>全改泉、荃。</td></tr>
</table>

清改菁、靖，东王讳，“清明”作“菁明”。
贵改桂、西王讳。
云改芸、南王讳。
山改珊。
昌改菖、瑲，北王讳。
辉改晖。
达改闼，翼王讳。
开改来、偕。
德改得。
荣改容。
祐改宥。
曾改永(天王有子名曾，后不讳)。

年改岁。

月改期。

日改旦。

丑改好。

卯改荣。

亥改开。

温改吉。

心改草。

龙改隆。

鬼改魁。

魂改动。

國改国、郭。

威改巍。

高改交。

仙改先。

41. 谈谥

谥起于西周之初，或云西周尚无谥法，相传周公为祖父立谥，故文、武以来，始有谥。古人死后，即其行迹为之立名易号。废于秦，汉时复旧，直沿至清末。古人以为有大功者，宜加以善号，以为福，大行受大名，细行受细名，行出于己，名生于人，所以旌美（表扬善者）惩恶（批评恶者），故美恶共用，所以垂信将来。《史记正义·谥法解》："周公、太公望开嗣王业，建功于牧野，终将葬，乃制谥。"又有生无爵，死无谥之说。

古人幼呼名，冠字，五十以伯仲，死以谥，周之道也（《礼·檀弓》）。综上所说，谥法系为高官显宦卒后所立称号，非平民所有也。

自汉以上，有春秋谥法，汉唐以后诸家增损，时有异同，降至宋元明诸代率沿旧制，其中或因宠幸或缘羁縻，即当时视为法则（谥法）之标准亦不能守，可谓冒滥已极。取谥之法，或用一字，用二字，或用三字。唐谥多取一字，用二字仅十之一二。宋元多取二字，用一字者寥寥。明亲王例用一字，郡王以下皆二字。清代因之（见《会典》），贝勒以下均由礼部议谥，提请批准。情形特殊者亦有赐谥、追谥。此外，尚有私谥，系由其门人故旧，因其众望所归，由公众拟谥，不乏其例。

谥法本意在旌善惩恶，故亦有贬词，如幽、厉、荒、炀等名词，但无论其为褒为贬，均系以当时尺度衡量，难为定评也。

清代凡官至一品例予谥，科甲出身者可用“文”字，亦有特予者，亦有因死事赠予者。旧籍中常以著者之谥法题名者，如《王荆文公集》、《岳忠武公集》等。

有关参考书籍约有下列，足供参考：

宋苏洵《谥法》，收 168 谥。

宋郑樵《通志》，收 209 谥。

明杨豫孙《谥纂》。

明王圻《谥法通考》。

明王世贞《谥法通纪》。

清王士祯《谥录》。

清石蕴玉《谥法考》。

清沈蕙纕《谥考》。

42. 现存的我国古地图

我国古代已有绘制地图技术。相传西周之初，周公建筑洛邑，曾参考当时附近地图。荆轲刺秦即以献燕督亢（今固安）地图为进身之计。

我国古地图有西晋裴秀（224—271）绘制之《方丈图》及《禹贡地域图》，唐贾耽（730—805）绘制《海内华夷图》，但以上两图，均已年久散佚，未能保存至今。现在保存之古地图，有西安碑林之《禹迹图》及《华夷图》，尚完好无缺，此两图刻于一石之两面。《禹迹图》刻于南宋高宗绍兴初，伪齐刘豫阜昌七年（1137）四月，南北 73 方格，东西 70 方格，每格相当百里。《华夷图》刻于同年，大小相同。《华夷图》附注甚多，无比例图方，可能系根据贾耽《海内华夷图》改绘缩制。

此外尚有《地理图》为宋光宗元年(1190)黄裳所进，原图共八幅，较前图晚出，绘制技术较进步，增加立体感，且绘制森林，1247年刻石，石存苏州文庙。《禹迹图》另一石在镇江，绍兴十二年(1142)系由镇江府学教授俞篪所刻。

裴秀首创计里图方，有制图六体：

1. 分率(即今比例尺)
2. 准望(即方向)
3. 道里(即距离)
4. 高下(即水准)
5. 方邪(即偏斜)
6. 迂直

西安碑林石刻图幅甚小，记注简单。另有明代翻刻，宋税安礼之《地理指掌图》，此图系沿革图性质，但内容十分粗略。

历史沿革图以清杨守敬氏所制为晚出，错误甚多。1963—1965年间从事修改，在不久的将来，可能有最科学的沿革图出现，以餍读者之望也。

43. 我国最古的地理著作

《山经》即五藏山(《山海经》中之一部分)，均成书于春秋战国间，实我国最早之地理学伟大著作，内容丰富，叙述广大范围之地理知识，条理分明，其概括能力至可惊异。

《山经》全部约21000字，分中、东、西、南、北五山经，过去学者辄以海内外、大荒经诸部，过为荒诞不经，摈于小说异闻之列。

《禹贡》全部仅1193字，成书较后于前书，价值则远超过之。全书依冀、兖、青、徐、扬、荆、豫、梁、雍，九洲次序，叙述其山川、湖泊、土壤，甚至物产、田赋、贡品等，最后兼叙山岳水道。古人对是书颇抱怀疑，宋朱熹尝言："禹贡所记地理水道，曲折多不可晓。"(《朱子语类》卷七)

44. 方志

方志即以地方为单位之历史、人文、地理也。《隋书经籍志》有《娄地记》,三国吴顾启明撰(佚),是吴时已有类似方志之书。《华阳国志》,晋常璩撰,形式已略具,但体例仍有未备。至宋增入人物、艺文,始臻完备。以后代有纂述,清代为尤盛。其内容约如以下:

一、关于地理者　沿革、疆域、分野、面积。

二、关于政治者　建置、职官、兵备、大事记。

三、关于经济者　户口、田赋、物产、关税。

四、关于社会者　风俗、方言、祥异。

五、关于文献者　人物、艺文、金石、古迹。

在新修方志中又增入以下各项:

1. 政治法律,2. 工业农业,3. 交通邮电,4. 文化教育,5. 卫生事业。

我国现存方志,据朱士嘉氏《中国地方志综录》所载为7413种109143卷。其中宋志28种537卷,元志11种124卷,明志860种2115卷,余均修于清代和民国。

清章学诚云:"家之有谱,州县之有志,国之有史,其义一也。"此足说明方志之价值与国史等。其实方志资料之丰富超过正史及《九通》。且不愧为信史(当然仍有歪曲史实者)。其有不详于正史者,往往于方志中得之,如方言、谣谚、风俗等,内容包罗极广。近代治史学者,莫不重视。瞿宣颖氏在《方志考》稿序文中有如下之估价:

一、社会制度。不见正史者,往往于方志中见其梗概。

二、前代人物。不登正史者,方志中往往存其姓氏。

三、遗文佚事,赖方志以地为纲,有所统摄。

四、方志中多物产、税额、物价,可窥经济状况之变迁。

五、所详建置兴废,可窥文化升降之跡。

六、方志所详族姓分合,门第之隆替,可与他史互证。

以上数条,方志可供许多便利也。解放后农业研究机构整理方志成《方志物产》400 部，尤其是农业部分，收获极大。此外关于地震材料亦有重要发现。可见方志在科学研究中之重要性。

综合以上所述，方志在供给史料方面，约有以下作用：

一、有关农民革命史料

二、少数民族史料

三、经济史料

四、物产资料

五、科学资料（如气象、地震、水利、发明）

六、人物传记

七、文化艺术文献

（参照王重民氏所说）

方志为一地之史乘，在过去有不少有名文人，参加修纂。如明王鏊之《姑苏志》、康海之《武功志》、韩邦靖之《朝邑志》、清陆陇其之《灵寿志》。旧有四大名志之称，均系书以人显。此外清有名史学家章学诚之永清、和县、亳州等志，清文学家洪亮吉之武长、固始、泾县、淳化、宁国、登封、澄城、怀庆等志，清文学家孙星衍之三水、庐州、松江、偃师等志，桐城派文学家姚鼐之《江宁府志》，吴敏树之《巴陵志》，吴汝纶之《深州风土志》等。此外尚有名人修志约如下述。

《山阳县志》 清·何绍基、丁晏

《乌程县志》、《理安寺志》 清·杭世骏

《太仓州志》 清·王昶

《富顺县志》 清·段玉裁

《黟县志》 清·俞正燮

《扬州图经》 清·阮元

《扬州府志》 清·姚文田

《广陵通典》 清·汪中

《袁州府志》、《登州府志》 清·施润章

《诸城县志》 清·李文藻

《江阴县志》、《武进阳湖合志》、《东流县志》、《凤台县志》
清·李兆洛

《河间府志》 清·胡天游

《长安志》 清·董方立

《遵义府志》 清·郑珍、莫友芝

《汀州府志》、《临川县志》 清·李绂

《朝邑志》 清·钱坫

《罗江县志》 清·李调元

《奉天通志》、《新城县志》、《新疆通志》、《临邑县续志》、《冀州志》 清·王树枏

《东昌府志》、《济宁直隶州志》 清·周永年

《安阳县志》、《鲁山县志》、《宝丰县志》 清·武亿

《济南府志》、《邹平县志》清·成瓘

《湘潭县志》、《桂阳直隶州志》 清·王闿远

《天津府志》 清·沈家本

《古州志》 清·易顺鼎

《上海县志》、《川沙厅志》、《续天津县志》 清·俞樾

以上诸志作者,或为史学家,或系古文家,或为经学家,大都学有专长,为一时所推。

古志中(明以前),晋常璩之《华阳国志》,宋范成大之《吴郡志》,宋宋敏求之《长安志》,明吕柟之高陵、阳武、解州等志,明王穉登之《泰兴志》,均为名作。有近人张国淦之《中国古方志考》,可供参考。

至于近代,柳诒徵之《首都志》(南京),陈衍之《福建通志》,抗日期间黎锦熙之宜川、同官、黄陵(中部)、洛川、城固等志(均陕西),张其昀之《遵义志》,多变更旧例,渐步入改革之途矣。

旧称明代陕志多佳作,观以上所列,信然。

方志中有因府县同名易生混乱。兹略举如次:

太平府	安徽、广西	安化县	甘肃、湖南、贵州
太平县	安徽、山西、四川、浙江	安定县	甘肃、陕西
太和县	安徽、云南	安福县	江西、湖南
大宁县	山西、四川	定远县	安徽、四川、云南
安平县	河北、贵州	宣化县	河北、广西

安仁县	江西、湖南	宁州县	甘肃、江西、云南
宁远县	甘肃、湖南	清河县	河北、江苏
宁乡县	山西、湖南	清平县	山东、贵州
宁海县	浙江、辽宁	泸溪县	江西、湖南
永宁州	山西、广西、贵州	海丰县	山东、广东
永宁县	江西、河南、四川	建昌县	河北、江西
永安县	福建、广东	建德县	浙江、安徽
永定县	福建、湖南	山阳县	江苏、陕西
永福县	福建、广西	山阴县	江西、浙江
广宁县	广东、辽宁	桃源县	湖南、江苏
广昌县	河北、江西	华亭县	甘肃、江苏
唐　县	河北、河南	甘泉县	陕西、江苏
石　城	江西、广东	凤台县	安徽、山西
石泉县	陕西、四川	怀远县	安徽、陕西、广西
石门县	浙江、湖南	德化县	江西、福建
新安县	广东、河北	三水县	广东、陕西
新城县	浙江、河北、江西、山东	镇平县	广东、河南
新昌县	江西、浙江	西宁县	广东、河北、甘肃
新宁县	湖南、四川、广东	东乡县	江西、四川
通　州	河北、江苏	龙门县	河北、广东
赵　州	河北、云南	龙泉县	江西、浙江、贵州
开　州	河北、四川、贵州	长宁县	江西、四川、广东
忠　州	广西、四川	长乐县	福建、湖北、广东
乐安县	山东、江西	乐平县	山西、江西
东安县	广西、河北、湖南	兴安县	广西、江西、陕西
昌化县	浙江、广东	兴宁县	广东、湖南
会同县	湖南、广东	奉化县	浙江、辽宁

以上各地名称，时间有先后，距离有远近，而命名雷同，易生混淆。略举如上，以资识别。罣漏之处，当仍难免。此外尚有虽无方志

之名，而内容与方志无异者。如《桑梓述闻》10卷，傅玉书著（贵州甕安县），《浔阳摭醢》6卷，文行远著（九江），《信今录》10卷，曹镳著（淮阴），《州乘资》4卷，明邵潜著（南通）。

又有所谓"乡土志"者，约起于清光绪末年，当时清廷推行"新政"，由张之洞、张百熙奏上学堂章程，"乡土志"，即当时小学课本之一种。为使学童辨悉本土风土人情、物产等，创为斯体。其性质并不等于乡志、镇志之别名。内容所包除地方简单史地（山水、道路、物产）外，尚有政绩、兵事、耆旧录、户口、氏族、宗教、实业等。因多限期完成，内容未免草草。虽间有佳作，杂凑成编者究居多数，全国约不下二百余种。

45. 今地古称

旧时文人有时故弄狡狯，籍贯不书今称，故用旧名，最易使人迷惑。姓氏用郡望，王氏必曰琅琊，太原李氏必曰陇西赵郡，崔氏必曰博陵清河，卢氏必曰涿郡，郑氏必曰荥阳，褚氏、穆氏必曰河南。此种积习沿用千年。李清照题曰陇西，苏东坡题曰赵郡，王穉登题曰太原，焦弱侯题曰北海，皆郡望也。地名好用旧称，其例甚多如：

一、北京（顺天、大兴、宛平）　燕京、幽州、析津。

二、南京（江宁、上元）　又作秣陵、白门、金陵、昇州、建康、应天、钟阜等。

三、苏州（元和、长洲）　又作吴、吴门、姑苏、姑熟、平江、茂苑。

四、扬州（江都，甘泉）　又作广陵、维扬、芜城、邗上、邗沟。

五、松江　　华亭、娄县、云间、谷阳。

六、吴江　　震泽、松陵。

七、镇江　　丹徒、润州、延陵、南徐。

八、昆山　　玉峰、鹿城。

九、宜兴　　荆溪、阳羡、临津。

十、嘉兴　　秀水、绣水、槜李、由拳、嘉禾、秀州。

十一、吴兴　　湖州、临安、乌程、苕溪、霅（音札）溪、朱城、菰城。

十二、鄞县　四明、鄮山、甬、甬东。
十三、常熟　海虞、南沙、琴川。
十四、无锡　金匮、锡山、梁溪。
十五、太仓　娄江、镇洋。
十六、武进　兰陵、阳湖、延陵、毘陵。
十七、淮安　射阳、山阳。
十八、开封　大梁、汴梁、汴州。
十九、洛阳　东都、伊阙、河南、雒阳。
二十、西安　长安、西京、镐京。

除以上所列外，再列表如次：

近代名	旧名	近代名	旧名
延庆	妫(音归)川、儒州	顺义	范阳、缙山
涿州	涿鹿	任邱	鄚州
密云	檀州	蓟、平谷	渔阳
通县、三河	路河	昌黎	营州
滦州	马城	盐山	无棣、大名、魏州
吴桥	安陵	景县	广川
玉田	无终	饶阳	博陵
安平	博陵	卢龙	平州
迁安	安喜	武清、香河	潮州
宣化	上谷	永平	孤竹
开州	澶州	正定	中山
灵寿	中山		
以　上　河　北			
辽阳	襄平	海城	临溟
铁岭	银州、挹娄	开原	扶余、黄龙
广宁	显州	北镇	巫闾

续表

近代名	旧名	近代名	旧名
农安	祥州	朝阳	龙城
盖平	辰州		
以上辽宁(多辽金旧名)			
太原	并州、晋阳	永济	蒲板、河中
阳高	白登	忻县	秀容
大同	云中	河津	龙门
长子	上党	蔚州	灵仙、飞狐
右玉	宣德	浑源	弘州
以 上 山 西			
永济	河中	济南	历城、历下
曲阜	阙里	临沂	琅琊
郯城	东海	益都	北海
临朐	朱虚	邹县	济阳
曹县	济阴	定陶	济阴
单县	单父	滋阳	瑕邱
济宁	亢父、任城	高密	膠西
泰安	梁父	惠氏	厌次
阳信	渤海		
以 上 山 东			
延津	酸枣	卫辉	朝歌
归德	宋州、商邱	彰德	邺城
汲县	牧野	汤阴	相州
临漳	滏水	林县	林滤
滑县	白马	浚县	黎阳

续表

近代名	旧名	近代名	旧名
沁阳	怀州	阳武	博浪
济源	王屋	郾城	召陵
偃师	缑氏	永城	太丘
太康	阳夏	嵩县	陆浑
叶县	昆阳	灵宝	恒农
荥阳	成皋		
以上河南			
咸阳	渭阳	安康	金州
耀县	泥阳	富平	泥阳
临潼	新丰	兴平	茂陵
榆林	胜州	渭南	下邽
高陵	鹿苑	石泉	上庸
南郑	梁州		
以上陕西			
清水	上邽	甘谷	冀州
文县	阴平	平凉	朝那
泾川	安定	武威	姑臧
镇番	休屠	安西	沙州
敦煌	阳关、鸣沙		
以上甘肃			
舒城	龙舒	凤阳	濠州
寿县	寿春	宿县	符离
颍州	顺昌		
以上安徽			

续表

近代名	旧名	近代名	旧名
定海	昌国	山阴	鉴湖
嵊县	剡城	处州	括苍
以上浙江			
嘉定	练川	徐州	彭城
丹徒	京江	邳县	下邳
以上江苏			
九江	浔阳	南昌	洪州
德化	柴桑	瑞昌	湓城
以上江西			
均州	武当	江陵	郢都
以上湖北			
常德	武陵、汉寿	长沙	潭州
凤凰	鸣条		
以上湖南			
理番	维州	西昌	邛都
昭化	葭萌	成都	蓉城、益州
达县	唐称通州		
以上四川			
大理	南诏(云南)	黔西	水西(贵州)

以上所举，古今地区不尽吻合，若欲细考，仍以各代疆域志为准。略举如上，为读史之一助。

居今之地，而称古之名，实为不当，王鏊作《苏州志》题为《姑苏志》，已见讥于通人，读者慎勿泥古以贻讥。但求见古地名略知今之所在已足矣。

以上所谓近代名称，并非今日名称，因地名仍在变化。清代《搢绅全书》，县名上均加注别名，但不少错误，难以为信。

以下各县旧名冷僻难识，已由国务院批准更名：

旧名	今名	旧名	今名
商雒	商洛	盩厔	周至
醴泉	礼泉	郃阳	合阳
郿县	眉县	鄠县	户县
雒南	洛南	邠县	彬县
鄜县	富县	葭县	佳县
沔县	勉县	栒邑	旬邑
洵阳	旬阳	汧阳	千阳
宁羌	宁强		
以上陕西			
铁骊	铁力	瑷珲	爱辉
以上黑龙江			
亹源	门源		
以上青海			
和阗	和田	于阗	于田
婼羌	若羌		
以上新疆			
雩都	于都	大庾	大余
虔南	全南	新淦	新干
新喻	新余	鄱阳	波阳
寻邬	寻乌		
以上江西			
郁林	玉林		

续表

旧名	今名	旧名	今名
以　上　广　西			
酆都	丰都	石砫	石柱
越嶲	越西	呷咯	甘洛
以　上　四　川			
婺川	务川	鳛水	习水
以　上　贵　州			
濬县	浚县		
以　上　河　南			
瀋阳	沈阳	安东	丹东
以　上　辽　宁			
以上系 1964 年度以前所公布			

46. 郡望

魏晋以门第取士，九品之法行，下品无高门，上品无寒士。单寒之家，屏弃不齿，所谓乡誉均为代表豪门之大中正所操纵（大地主阶级），人始以郡望自矜。洎乎李唐，更以氏族相尚。（终唐之世，宰相 369 人，其中李氏 27 人，裴氏 17 人，崔氏 17 人，张氏 17 人，韦氏 14 人，王氏 13 人，刘氏 12 人，杜氏 12 人。数姓几居其半，均高门）第其甲乙，勒为成书。五季之乱，谱牒失散，至宋而私谱盛行，高门之势亦浸微矣。

元魏之世，范阳虞氏、荥阳郑氏、陇西李氏、赵郡李氏、清河崔氏、博陵崔氏，迭为婚姻，高自标置，当时帝室（拓拔氏，后改元氏）亦利用其旧势力，相互勾结。

唐时河东，大族有解之柳氏、闻喜裴氏、汾阳薛氏、漪氏、樊氏，几与虞、郑、崔、李诸氏相颉颃。

至于江南，王(琅琊、太原两望)，谢(陈留)，朱(沛国、吴郡、河南)，顾(吴郡、武陵)，张(清河、南阳、吴郡、安定、敦煌、武威、范阳、犍为、沛国、梁园、中山、汲郡、河南、高平十四望)，均为钜室，族望所出不一，亦莫可言其究竟。

此外著姓，如天水赵氏、彭城刘氏、钱氏、延陵吴氏、汝南周氏等。至于河南穆氏原出丘穆陵氏，陆氏出自步六孤，均为代姓。金氏汉屠休金日磾之后，托为彭城，未免数典忘祖。以上郡望旧社会中士族(地主阶级)所矜尚，如苏轼题曰赵郡，李清照题曰陇西，王穉登题曰太原，焦竑题曰北海，皆郡望也，若不悉其底蕴，几不辨其为何方人矣。

唐人最重郡望，按谱通婚，非谱裔相承，不许婚姻，并强调称："夫人立身在世，姓望为先，若不知之，岂为人子。虽即博学，姓望殊乖，晚长后生，切须披览，但看注脚，姓望分明……"

唐人李林甫《天下郡望姓氏族谱》1卷，共收398姓，刘昉有《四海姓望谱》1卷，日人有《唐代郡望表》(载《东洋学报》42卷3—4期)。所谓"郡望"实封建社会时代之所重，但能略知梗概可矣。

谱牒之说，最多妄语，埋其本支，覥事他人，以为荣耀，俗同此陋。五代已然，或自造官爵，或自记封地，有时南北为一家，秦越为父子。

47. 家谱

族之有乘，犹国之有史。宗法社会，最重睦族。《尧典》即有"以睦九族，九族既睦，平章百姓"之文。故家谱之作，所以明昭穆，重宗记，而联族属，宗族赖以维持。

氏族谱录，远肇《世本》。其书叙黄帝以来，世代所出，为帝王谱之滥觞。至于族姓谱，隋唐以降，今皆散佚。宋以后存者，仅庐陵欧阳氏、眉山苏氏而已。

宗谱又以内容而有以下不同名称：

一族之谱有宗谱、族谱、家谱、家乘、大宗谱、小宗谱、世谱、瓜瓞谱等名称。

有合同姓数族为一谱，则名统谱、通谱、合谱、大同谱等。

为一宗一派之谱，则为近谱、支谱、房谱。

谱式之制，可考者，惟欧阳、苏氏两家。后世宗谱多仿其例。

族谱之作，纯为大官僚大地主之子孙，为夸耀其先代，彰美隐恶，大都非信史，不如一般史书。在此种纯粹旧社会之旧籍中，间亦网罗不少遗文佚事，重要史料，亦不时发现（如李贽身世即《清源林李宗谱》中所发现），尚有待治史者善为爬梳。古人对族谱之评价，并不太高。如颜师古云："私谱之文，出于闾巷。家自为说，事非经典。苟引先贤，妄相假托。无所取信，宁足据乎。"（颜氏所称私谱与今日之家谱尚有区别）

家谱大多数为木活字本。因属于一家一族，故印数极为有限（10—100 部）。现全国除复本外，约有 3000 余种。北京图书馆藏有 2000 种，流入日本约 1600 余种，美国哥伦比亚大学 926 种。在全国所藏 3000 种中，有不少为木活字。

除我国外，朝鲜、越南、琉球亦有族谱传世，约有 292 种，均为抄本。日人多贺秋五郎有《宗谱の研究》（《东洋文库》1960 年）可资参考。

48. 搢绅

"搢绅"始见于《史记五帝本纪论赞》。搢（亦作缙），本意为插，绅为大带。古仕者搢笏垂绅，故称服官为缙绅。退休乡居者称绅士。以之名书者有《洛阳搢绅旧闻记》5 卷（宋张齐贤著，知不足斋本）。今兹所论"搢绅"犹近代之全国性之职员录。清季所印多题"爵禄全函"。是类性质之制作，导源甚古，但古代印刷术尚未发明前，仅能供中枢机关之应用，不能对全国广泛发行。明代刻本，存者有万历十三年（1584）《新刊真楷大字全号缙绅便览》（第二三册题《宦林便览》），共三册，清阮元旧藏，为其夫人孔氏陪奁之物，今归北京图书馆。清入关不久，即有刊行。康熙间"搢绅"已有发现。

清季所印"搢绅"分春、夏、秋、冬四季，由吏部出版。北京书坊亦有刊行。一般均印刷恶劣、模糊，不堪卒读。其内容所该颇广，由中枢至地方文武职官之升迁调补。手此一册，则当时流动情形，了如指掌。其他如全国驿站、里程、防务、驻军、官阶、品级、服饰、补服、俸禄、铨选、递补。一省之疆域、职官、赋税、关榷；一县之学校、风俗、土产、田赋、税务、养廉（薪给）；以及具缺之繁简（分简、中、要、最要四级）；事务之冲繁、疲难，莫不备载。于职名下复注明籍贯别号出身等，为考察一代故实如历史人物之浮沉进退，以及行政区划之分合省并，官制及军制之兴革变迁，均不难寻出其蛛丝马迹。论其作用，虽不足与方志、族谱相颉颃，但仍有相当价值也。有人以为“搢绅”体裁，本于《周礼》，其用寓于《禹贡》，为会典之权舆、统志之先声，估价亦不为太过。

49. 房山石经

房山，在房山县境内，有石经山之称。在琉璃河车站迤西，有云居禅寺，亦名西域（峪?）寺，位于山腹间，藏有隋僧静琬（? —639）所刻经。其徒导公、仪公、惠暹、玄法数代经营，五代时又经辽僧通理大师续刻。石片分贮七洞一室，岩穴幽邃，土室洞门，均经镕铁浇灌，后洞窟塌陷，始暴露于世，其中最大者，名雷音洞（亦称千佛洞）。静琬所刻经文，字大径寸，其余石片，均刻两面，石质光洁，字画端好，无一笔苟。第一部成于贞观五年（631），内容包罗极广，尚待整理。新中国成立后，陆续发现石片积至 15000 余，诚我国重要宝藏也。

以上石经由隋至明末陆续经营，元时有高丽僧达牧来寺修补（《兜率陀天经》及长清灵岩寺《让公禅师碑》均达牧所书），先后经营实已 1100 年之久。1956—1958 年间，北京图书馆与中国佛教会合作，共拓七全份（每份 14000 石），实有史来第一次大规模捶拓也。雷音洞就天然崖石凿成，中间为唐雕佛像，有八角石柱四，前两柱刻佛像 272 尊，后两柱刻像 256 尊。

石经山在县境西南五十里，隋大业中法师静琬居此，募工凿石愿刻佛经一藏，至唐贞观中仅了《大涅槃经》，而琬化去。其徒相继，至女真得中原时始卒业。贮洞者七，贮穴者二。洞则键以石门，穴则镇以浮图。洪武间释道衍（姚广孝）曾来观，留有诗。

石经山峰峦秀拔，俨若天竺，因谓之小西天。寺在云表，仅通鸟道，曰云居寺。迤南三里有石级长里许，级尽东折为雷音殿（节录明蒋一葵《长安客话》）。

50. 石经

历代刻石经多次，主要有以下数种：

一、东汉《熹平石经》，亦称“一字经”，灵帝熹平四年（175）所刻，七年而成。相传为蔡邕所书，刻工陈兴所刻。有《易》、《尚书》、《鲁诗》、《仪礼》、《春秋》、《公羊》、《论语》共七种。石高一丈，广四尺，共73石，晋时已残缺，今全佚（罗振玉有《汉熹平石经残字集录》可参考）。原石北周由洛迁邺，渡河没于水，至邺不盈其半；隋开皇六年，又载入长安，隋乱沦为柱礎；唐贞观间始收聚之，十不存一，汉石经自此亡矣。

二、《正始石经》，刻于魏明帝（曹芳）正始间（240—248），系用古文、篆、隶三体文字并写而成，世称“三体经”。相传古文一体，为嵇康（或作邯郸淳）所书，为《易》、《尚书》、《春秋》、《公羊》、《礼记》五种共35石（或作48、25，无定说，因立石非一时也）。三体排列，有三字直下、品字式、篆隶分列等不同式样（参看《魏石经考》，《观堂集林》卷20）。

以上两种，均损毁殆尽，仅存少数碎石。

三、《开成石经》，或称《郑覃壁经》，唐文宗开成二年（837）所刻，郑覃主持，艾居晦、陈玠、殷绛等书。其先玄宗时，曾命卫包将古文改为楷体，所刻为《易》、《尚书》、《诗》、《周礼》、《仪礼》、《礼记》、《左传》、《公羊》、《谷梁》、《孝经》、《论语》、《尔雅》共十二种，159卷。清康熙间贾汉复补刻《孟子》，共为十三经，114石。今存西安碑林，共652252字（见清林洞来斋《金石刻考略》卷中）。

关于十三经字数，因古今版本不同，注疏家、校勘家又有衍文、佚文之增损，故字数颇不一致。

唐末天祐中（905—907）韩建修筑新城，委石于野，朱梁时刘鄩守长安，幕吏尹玉羽请移入城，鄩从之。北宋吕大忠又移至府学（见黎持所撰《京兆府学新移石经记》)。

四、《后蜀刻经》,亦称《益都石经》,刻于孟氏广政间(938—965)。《孝经》、《尔雅》、《论语》(张德钊书)先成,广政十四年(951)《周易》(杨钧、孙逢吉书)、《尚书》(周维真书)、《周礼》(孙朋吉书)继之,《礼记》、《仪礼》、《毛诗》(张绍文书)、《左传》(止于十七卷,无书人姓名)。以上各经毋昭裔所主持,刻于成都学宫。石片散佚,明末仅存《礼记》数段(曹学佺[1574—1647]云)。入宋续刻《左传》(18—30)、《孟子》、《公羊》、《谷梁》,完成于宋皇祐元年(1049),已历112年矣。此经与其他刻不同处,即均有注文。后有残石碑虽刻于孟蜀,文中渊、世、民三字皆缺笔,乃唐讳。或云由广政元年(938)起始至南宋孝宗乾道六年(1170),晁公武刻《石经考异》、《古文尚书》为止,实历四朝232年。1938年在成都发现残石十余片(今藏四川博物馆),以后陆续发现。"一行篆书一行隶,贵以古文存古意"(彭文瑞诗,参看《观堂集林》20卷)。

五、北宋《嘉祐石经》,亦称汴学二体石经,北宋仁宗至和元年至嘉祐六年间(1054—1061)刻于汴京,故又称《汴梁石经》,凡75卷,皆具隶篆两体(赵克继、杨南仲、胡恢、谢佖、章友直书),上海图书馆藏有宋拓本,详见《北宋汴学篆隶二体石经记》(见《颐志斋丛书》)。

《嘉祐石经》存《周礼》残石,在陈留。《周易》残石,在开封。《尚书》残石,在开封。见孙星衍《寰宇访碑录》卷八,著录为篆正二体。

六、《绍兴刻石经》,亦称《光尧石经》,绍兴二年(1132)南宋高宗御书,为《孝经》、《易》、《尚书》、《左传》、《论语》、《孟子》、《中庸》、《大学》、《乐记》,刻石太学。元初西僧造塔,欲取碑材,申屠致远力争乃止。明崇祯嵌诸杭州屋壁。

七、《乾隆刻石经》,为金坛贡生蒋衡(1672—1743)楷书。蒋氏字湘帆,号拙守,后改名振生,寓居扬州,病《开成石经》众手杂书,发愤以十二年之力写十三经(共647560字),经马曰琯(秋玉)代为装潢进之乾隆。当时所刻石经即用此本(当时尚有李尧栋所书全经一份)。共为189石(《易》6、《书》8、《诗》13、《周礼》15、《仪礼》17、《礼记》28、《左传》60、《公羊》12、《谷梁》11、《论语》5、《孝经》1、《尔雅》

3、《孟子》10，见《顺天府志》)。其特点有四：(一) 一次刻成；(二) 楷法工整书之一人；(三) 校订精赅；(四) 保存完整。

此外尚有晋石经(裴頠为祭酒，奏立国子太学刻石写五经，他无考)，金太学石经，正隆四年(1159)，耶律隆立，或谓即嘉祐二体经，非全刻，详见桂馥《历代石经略》(2 卷)，余见《书目问答》卷一经部。

51. 云台五体文石刻

云台五体文石刻，亦称云台佛经。

居庸关位于昌平西北，距北京 40 余公里。秦始皇北筑长城，使庸卒居此，故名居庸。古亦称军督关，北齐称纳款关，唐改称蓟门关。

云台俗称过街塔，累石为基，正中有券门，其上有寺名秦安寺。元泰定帝三年丙寅(1326)刻佛像，指挥仆兀都蛮所镌(见《元史》)，及《佛顶尊勝陀罗经》，以梵、藏、蒙(新旧)、西夏、汉六体文字书之(因蒙文为新旧两体，故今称“六体文石刻”)。除梵文外，其余四种均音译。顺帝至正五年(1345)起，经 20 年而成。洞口刻四大天王像(其中用小字写之两体，一为西夏文《陀罗尼经》，一为西夏文语源之作)。

石刻工程虽极浩大，但所刻系属经咒，且系音译，故艺术价值实超过其历史价值也。

1960 年 6 月，北京文物局全部摹拓十余份。在此以前天王像从未经捶拓(《顺天通志》作蒙、畏兀、女真、梵、汉五种)。

52. 金石文字(其一　金文)

上古以竹简记事，极易朽烂，难以传之久远。是以较为重要记载，均刻于铜器或石器上，称为金石文字。其中铜器更为耐久，故存于世者更多。古代铜器依其用途，可以分下列数项：

一、祭器，亦称礼器，如鼎、彝之属。

二、乐器，如钟、铎之属。

三、兵器，如戈、弩之属。

四、饮器，如爵、觯、斝之属（夏曰醆，殷曰斝，周曰爵）。

五、生活用器，盛具，如盘、卣。汲具，如瓴、甀，均陶器。量具，如钫、权、锺、壶。炊具，如鬲、敦、釜（空足鼎为鬲，取其足空易熟）。

六、杂器，如卮、钲、盉、匜、觚（匜即䀹）。

其中工细者，有花纹：雷纹、饕餮（兽面）、绹纹、夔龙、鸟兽、回纹、桓纹、蟠虺、蟠螭、蟠鹿、涡纹、菱纹。

祭礼古称吉礼，所用鼎、彝，称吉金，故铭文亦称吉金文字。古鼎铭曰："坚久吉金，用作宝尊鼎。"

古代铜器为合金铸成，亦称青铜器。青铜器制作大约在殷朝后期（公元前 1300），当其时制造已极精工，艺术上已有高度之成就。青铜器之发现可以分以下时期：

第一时期　由出现至周中叶。制造精美，花纹复杂，气魄雄伟。殷器有文字者不多，间有少数文字，多刻于器之隐蔽部。周初文字渐多，至今多数不能识别。

第二时期　西周后期至东周（春秋）中叶。器上文字加长，往往有至数百字者，但艺术退化。

第三时期　春秋至战国末期。艺术性又加强，但趋向整齐，花纹精细，无第一期之雄伟，文字亦较长。

第四时期　由秦统一至西汉末。艺术性退化，花纹简单，体制单薄，文字亦由少而至于无。

研究金文，以西周产品为重要。毛公鼎约在公元前 840 年，文字最多者，盂鼎 291 字，散氏盘 357 字，曶鼎 403 字，毛公鼎 497 字。多为铸器时所铸成，少数为刻成，字体介于甲骨与秦篆之间。齐楚燕赵各自不同，藉此亦可判断其时期及地区。更可按其文字考证以下：

一、古代经籍之疑义。

二、解释文字（《说文》中即援引金文为重要资料）。

三、纠正古代传说之谬误。

四、校订史书记载之误。

证史工作，远在北宋已开其端，渐成专门之学。欧阳修《集古录》10 卷，赵明诚《金石录》30 卷，吕大临《考古图》，薛尚功之《历代钟鼎彝器款识》,宋徽宗之《宣和博古图》,均为披荆斩棘创辟之钜制。此类学问经过清朝迄近代而大盛。顾炎武之《金石文记》,王昶之《金石粹编》,吴大澂之《愙斋集古录》,直至近代王国维、罗振玉两氏,更有进一步之发展(以上所举旧籍各有偏重,顾氏重石,薛氏重金)。

据精于鉴别者云,铜质因年代而异,三代鼎彝黄铜质轻,汉器紫铜,六朝唐宋青铜质重。辨其制作及铜色即知何代物。青绿真者无论厚薄,刮摩不变形,沃汤不变色。

阳文在外者为款,阴文在内者为识。夏器有款有识,商周有识无款。三代款识多铸,汉以后多凿。

铜器亦有七厄之说。清潘祖荫氏在其所著《攀古楼彝器款识》序文中曾有此说。

一、秦收天下兵器作金人(前221)。

二、董卓铸钱(190)。

三、隋开皇九年至十一年间,尽毁平陈所得古器(589—591)。

四、五代周显德二年,毁各道州铜器,限五十日内销毁送官(955)。

五、金海陵王诏毁平辽宋所得铜器(1149—1153)。

六、宋绍兴六年,收天下铜器1500件,又民间铜器200万斤铸钱(1136)。

七、汴金季年毁钟鼎器(1225—1234)。

53. 金石文字(其二　石刻)

我国古代石刻文字存于今日者为石鼓,约刻于公元前770年。唐代发现于宝鸡附近秦国旧境田野中。或言在春秋战国间,共为十器,文为四言诗,字体为古籀,诗体与《诗经·小雅·车攻》相似,共十章657字。因传世已久,字渐漫灭。诗的全文,意义虽经过许多学者从事研究,尚未贯通。自秦以后,石刻更为发展,殆取金刻而代之。秦始皇巡行国内,勒石颂功。司马迁在修史时已将琅琊碣石等石刻文字收入《史记始皇本纪》。后魏以后,虽陵谷变迁,残碣断碑,墓志经幢，残存者可以证史，价值不在金文下，故谈考古者必重金石文字。

54. 拓本

拓本，又称石本、打本。

凡摹拓金石碑碣之印张谓之拓本。其法始于东汉末年。《鸿都石经》(《熹平石经》)，经刻于公元175年，当时观者摹者日千余乘(见《汉书蔡邕传》)。即石刻传拓之始。李唐以来，太宗《温泉铭》，欧阳询(557—641)《化度寺碑》，柳公权《金刚经》，均有拓片发现(在敦煌)。韦应物《石鼓诗》有句曰："今人濡纸脱其文，既击既扫黑白分。"击，今之捶打也。至于拓彝器文字，当在北宋以后，用宣纸蘸浓墨和油腊重拓，拓后研光(用石研光)，称乌金拓。用薄纸淡墨，不和油腊轻拓，望之如淡云笼月，谓之蝉翼拓。又如用硃色则为朱拓，用墨则为墨拓。

叶昌炽氏之《语石》10卷，可供初步研究的参考。

55. 碑与帖

碑帖不分，虽通人不免，以为凡刻石之文统呼为碑，及墨而拓之纸，则统呼为帖。其实碑与帖，固截然不同。碑不尽为帖，石刻不尽为碑。古者立碑之例，约有四端。曰铭功，曰述德，曰纪事，曰纂言。其余如表、碣、志、莂、石阙、浮图、经幢、经柱、摩崖、造像、井栏、柱础，均不为碑。此就其文体而言。若就其形而言，则竖者为碑，横者为帖。隋开皇十八年(598)所刻《兰亭》为横石之祖。汇刻诸家，则称丛帖，始于南唐，所刻有保大、鼎元、澄清三帖。保大七年(949)摹刻上石，故名保大，其余两种并入伪帖。

古人夸耀其先人之功德，勒之于石，即所谓"铭功述德"，文字多工整谨严。东汉以来，作者浸盛，崔琰、蔡邕多为人撰碑文。《蔡中郎集》中，碑诔之文甚多。邕尝云："吾为人作碑多矣。惟郭有道无愧词。"亦足见其谀墓之词多矣。如袁满来年十五，胡根年七岁，皆为作碑，非利其润笔不至为此(《日知录》)。

碑文亦有载及山川、宫室、庙宇、古迹者。所存之碑当以李斯所书《琅琊台碑》(秦二世元年，前209)为最早。碑拓存者以唐初之《温泉铭》、《化度寺》为最早。今原石不存，拓本发现于敦煌石窟(流于国外)。近人叶昌炽之《语石》颇谈及之。

56. 别帖与丛帖

古人欣赏名家书法，以其手迹临摹上石，供人揣摩捶拓之本(又称打本)称为法帖。专刻一家则名别帖，汇刻诸家则曰丛帖，亦名套帖(历代丛帖有130余种)。法帖以唐太宗时代所摹王右军《兰亭》为最早。《兰亭》为帖中极则，千余年来从无异词。原帖324字，其中“之”字有20个，“不”字7个，极变化之能事。米芾诗有“之字最多无一似”。据称真迹为唐太宗殉葬，流传之《定武》、《神龙》等本均为唐人摹本，近人颇疑。今所见《兰亭帖》实为右军七世孙僧人智永所书。

丛帖虽始于南唐，今之存者，以《淳化阁》为最早。由于我国刻石艺术之精湛，名家真迹多赖以保存。碑帖之属，不仅供书法爱好者之欣赏，对证史校文亦有极大作用。关于丛帖略述如下：

一、宋刻丛帖，丛帖之刻盛行于宋，以宋初淳化三年(992)为王著所编刻《淳化阁帖》十卷为最早。初刻于枣木，后毁于火。翻刻最多，古人遗迹赖此以传。清王澍有《淳化阁考证》12卷。可资参考。《大观帖》，又称《太清楼帖》，22卷，宋徽宗大观中(1107—1110)所刻。

《绛帖》(刻于绛州，故名)20卷、《潭帖》10卷、《宝晋斋法帖》10卷、《群玉堂帖》10卷、《澄清堂帖》5卷。或原石早逸，残本传世；或翻版流传，面目已非。古人遗跡难于悬揣矣。

宋帖中尚有《宝晋斋法帖》一种。米南宫得右军《王略帖》，谢安《八月五日帖》，大令《十二月帖》之墨迹，故以宝晋名其斋。崇宁三年(1104)芾知无为军，摹刻上石，因遭兵火，石有残损。无为太守葛祐之据火前拓本重刻，与米刻残石同置一处。咸淳四年(1268)曹之格任无为通判，又加重摹，并增入家藏晋帖，兼及米书多种，题为《宝晋斋法帖》。曹刻传世极稀，明代有翻刻。1963 年上海文化保管委员会得有宋拓，影印流传。近人唐兰著有《宝晋斋法帖读后记》(见《文物》1963 年 3 月)。清人孙承泽有《贤者轩帖考》、近人郑裕孚有《汇帖举要》，林志钧有《帖考》，可资参考。

二、明刻丛帖，种类甚多。其中《停云馆法帖》12 卷，为文徵明所辑自唐迄明法书。嘉靖三十九年(1560)由其子文嘉摹刻上石，为明刻精本。此外《真赏斋法帖》，亦文氏刻本，《戏鸿堂帖》16 卷为董其昌辑。以上法帖，均为名书家所辑，选刻较精，但仍以文氏辑本为胜。

三、清刻丛帖

《快雪堂帖》清冯铨集摹，以首列右军《快雪时晴帖》而得名，多从墨迹摹出，颇极精致。

《三希堂法帖》刻于乾隆十二年，原题为《三希石渠宝笈法帖》32 册(1—2，钟繇至王珣；3—4，梁唐；5 唐—五代；6—17，宋；18—22，元、赵子昂—管道昇；23—28，明；29—32，明董其昌)。

乾隆获有右军《快雪时晴帖》，大令《中秋帖》，王珣《平远帖》，均为希世珍品，故名其堂为“三希”。因命梁诗正、汪由敦、蒋溥等，编次宫中所藏名家精品，勒刻于石。内容丰富，刻石精美，为我国艺术之宝库，现藏北京北海公园之阅古楼。刻工完成后，曾拓多份，颁给臣工，精美异常。为初拓本。光绪庚子(1900)，帝国主义侵略军陷北京时，被洋兵在第一册原石上刻有西文字母。1914 年袁世凯召开所谓“约法会议”，曾拓多份馈赠参加会议者，并在第一册加盖“约法会议”图章，此种为另一较好拓本。

清陈焯氏有《三希堂法帖释文》可供参考。

清乾隆法帖尚有《敬胜斋法帖》、《墨妙轩法帖》(即《三希堂续帖》)。

57. 刻印与印谱

篆刻为我国特有艺术，日本、朝鲜略传其技，为西方国家所无。印，古人所以昭信，为一种信物，故又称印信。三代以来，即开始用印，秦汉大盛，六朝始二其文，为朱为白。朱文亦称阳文，字凸；白文亦称阴文，又称雌字（见张彦远《历代名画记》），字凹。或半朱半白，或朱白相间。在纸尚未发明以前，古代印章只用于封泥（见另条）。

曰玺（亦作鉨、坎），曰章，曰印，系因人而异（秦以前统称为玺，无贵贱之分）。帝王所用曰玺，臣民所用曰章，曰印。玺，唐以后称宝，印有官（如某某将军、某太守）私之别。私印文曰某氏图章、图记等。古印以金玉为之，宋以前率宗古法，但日趋纤巧而已。花押宋已有之，而盛于元（蒙古色目人不能书，以押印之，高官用玉，平民则用铜押），明渐反古制。入清以后，关防则用叠篆（七、八、九叠），叠篆亦称填篆，或曰方填书，取其字间满密，与蒙满文并列。私章，文则大小篆，纽则用瓦鼻、龟、驼、麟、虎、马（汉人尚有作猪纽，取其为生肖，古人好佩本人生肖，质则金银铜铁玉石，朱白俱尚。其作风，明以后有徽派浙派之分。徽派又作皖派，创于文徵明、何震、程穆倩。浙派始于丁敬（1695—1765，敬身），西泠八家，各极其妙。论其式则有名，字，号，收藏，鉴赏等。其用则有引首、押脚等。古代印章多铸成，或由锤凿而成。

印谱始于北宋，有《宣和印谱》四卷，清代有《飞鸿堂印谱》（汪启淑编）、《十钟山房印举》（陈介祺编）、《百家印谱》（吴大澂编）、《十瓶斋印谱》（孙铸编）、《赵㧑叔印谱》（赵之谦编）、《西泠八家印谱》（丁敬、黄易、蒋仁、奚冈、陈豫钟、陈鸿寿、钱松、赵之琛）等。

石章多采用青田（古人图章皆以金玉，元末王冕首先以青田花乳石制印）、昌化、寿山诸石。青田产于浙江青田东门外季井岭者为佳，五色冻石最不易致，昌化产于浙江昌化。寿山则产于福州，有坑曰五花，产石类珉（佳者俱产水坑），其种类有白田、黄田、水洞、艾绿、党阳洞、高山洞、都灵洞、芙蓉洞、月尾紫奇岗等。

元代国书官印，有用罗马字拼音。见罗振玉《隋唐以来官印集存》。如湖阳等处武勇义兵百户印刻作：

“

wn yün ni lin bag gu yin”。

管军下千户(所)印刻作:

“gon gün kya chon gu(su) yin”。

管军总把印刻作:“gon gün cun ba yin”。

卫宏《汉旧仪》曰:

诸侯王:黄金印,橐驼纽,文曰“玺”。

列侯:黄金印,龟纽,文曰“印”。

丞相将军:黄金印,龟纽,文曰“章”。

中二千石:银印,龟纽,文曰“章”。

千石、六百石、四百石:铜印,鼻纽,文曰“印”。

(此汉官印之大概,见《初学记》。)

参考书籍除上述诸书外尚有:

顾湘所辑《篆刻琐著》32 种。

罗福颐所著《印谱考》4 卷。

罗福颐所辑《古鉨汉印文字徵》14 卷。

瞿中溶所著《集古官印考证》17 卷。

罗振玉所著《玺印姓氏徵》2 卷。

《印人传》、《续印人传》、《广印人传》诸书(清周亮工、汪启淑、叶铭)。

58. 封泥

封泥,亦作泥封。

古代公私文牍之递送,为防止中途被人窃视,于简牍捆扎时,每于绳端或交叉处,封以粘土,加盖印章,其功用略同近代之火漆,惟其粘土系属特制。使用时间至汉魏晋以后,始渐消亡。其形式由所存拓片或实物中可窥其大概。

封泥所用泥，有青泥、紫泥之不同。以用水银和金屑调成之金泥，最为名贵，此种金泥为最高统治者在举行郑重典礼时所用。

关于此类书籍，有《封泥考略》（清陈介祺），吴式芬有《续考》，周明泰有《再考》，罗振玉有《齐鲁封泥辑存》。

封泥官私均有，以官印为多。

（三）子　类

59. 子集九流

我国春秋时代（前 770—403），思想不同之学派（所谓百家）著书立说，发表其不同意见（所谓争鸣），一时称盛（约与此同时，西方之希腊学术界亦有相同情形）。西汉初期，历史学家司马谈曾总括为儒、墨、阴阳、名、法、道德等六家；西汉末刘歆又扩为儒（孔、孟、荀）、墨（墨翟）、道（老庄）、名（惠施、公孙龙）、法（子产、商鞅、李悝、申不害、韩非）、阴阳（邹衍）、农、纵横、杂、小说等十家。除小说家外，九家而已，故称九流。其实“子”之范围极广。宋郑樵曰：“百家诸子，各效《论语》，以空言著书。”清纪昀亦云：“自六经以外，凡立说者皆子也。”（《四库总目》总叙）清光绪元年湖北崇文书局刊有《百子全书》一种，共收儒家 22 种，兵家 10 种，法家 6 种，农家 1 种，术数 2 种，杂家 28 种，小说家 16 种、道家 15 种，搜罗尚广，惟编次无绪，仅能供翻阅而已。至于集，载一家之言，或荟集多家之作，前者谓之别集，后者谓之总集。旧时集部以《楚词》为专栏，列于别集之先。别集始于六朝，其时自编文集行世，渐成风气。唐末始刊版印行，唐元稹为白居易《长庆集》作序。有“缮写模勒，衒卖于市井”之语。总集网罗放佚，始于梁萧统之《昭明文选》，及陈徐陵所编之《玉台新咏》。

60. 古代农书

我国自古重农，有“农为政本”之说，因此农业专家及完整农书，在我国早已出现，约 200 余种。如《神农书》、《野老书》、《范子》、《计然》、《尹都尉书》、《蔡癸书》、《养鱼经》、《养羊法》，《吕氏春秋》中《尚农》等四篇。此后汉《氾胜之书》2 卷、《士农必用》、《务本新书》、《岁时广记》、《四时类要》、《博闻录》、《种莳直说》、《蚕桑直说》、《蚕经》等，至北魏贾思勰之《齐民要术》、元官修之《农桑辑要》(苗好谦、畅师文主编)、陈敷之《农书》、崔实之《四民月令》、王祯之《农书》、鲁明善之《农桑衣食撮要》、明俞宗本之《种树法》、马一龙之《农说》、徐光启之《农政全书》、清代官修《授时通考》、清杨屾(音申)之《豳风广义》、清陈淏子之《花镜》。逐代渐次丰富。兹择要略述如下。

一、《齐民要术》10 卷，贾思勰著。书约成于 543—559 年，共为 10 卷 92 篇。从农林、牧畜、养鱼、蔬菜、伐木、酿造、生产技艺、加工以至烹调作料制法，无所不备。多年以来，传抄传刻错讹极多，往往不得其意。《四库全书总目》以为文辞古奥。作者自云：“采捃经传，爰及歌曲。询之老成，验之行事。起自耕农，终于醯醢。资生之业，靡不毕书。”足以见其内容之丰富，为切于实用之巨著。

二、《农桑辑要》7 卷，元司农司撰。书成于宋亡之前数年。当时已为世所重。元代一再重申颁布，又不止一次翻刻，现在通行本，系清乾隆三十八年(1773)四库馆臣由《永乐大典》中辑出。内容为典训、耕垦、播种、栽桑、养蚕、瓜菜、果实、竹木、药草、孳畜。其中栽桑、养蚕各占一卷，故书以“农桑辑要”为名。

三、《农政全书》60 卷，明徐光启著，陈子龙编，另有 46 卷本，绝少流传。原书分十二目，由理论到实践，包罗极广，为我国古典农书中最伟大著作之一。

四、《豳风广义》3 卷，清杨屾撰。杨屾，字双山，陕西兴平人，县志有传(《四库全书总目》误作长安人)。邃于医理，善针灸，学尚实用。书刊于乾隆初年。主要部分谈关中植桑饲蚕问题，第三卷有养家畜法，分 72 目，有择种法（第四），养猪七宜八忌（第五），饲豚子法（第六），收饲料法（第七），医猪病法（第九）。农书谈养猪者，无以过之。又兼及养羊、养鸡鸭等。杨氏自营园圃，躬自操作其间，所著均经验所得，深切实用之论。原叙中有"书系平常，言亦不文，实为治生要务"。足见著者深切实际，非空谈可比。

书中有谈及丝价者，云水丝一斤货银一两四五钱，能买棉二十余斤。可见关中乾隆初年丝价之一斑。

杨氏尚有《知本提纲》、《天人会编》等书，内容不详。

除以上诸书，尚有《农历》120 卷，宋邓御夫著，较《齐民要术》内容多二十倍。南宋以后即绝迹。

据今人考证，古代伟大农学家除徐光启外，多为山东人（氾胜之曹县、贾思勰益都、王祯东平、蒲松龄淄川），足证山东地区宜于垦殖，始有此优良传统也。

蒲松龄，人但知其为文学家，不知亦有农学书传世，蒲著《农桑经》，残存稿本两册，存东北图书馆。上册记谷物、蔬菜、树木、花卉的栽植、培养，分月记载，下册记染纸、造墨、书画装潢、石谱等。

《夏小正》为今本《大戴记》中之第四十七篇，全文仅 463 字。过去相传为夏代所记，其实我国文化在夏代尚无足供记录之文字，况《小正》经文典雅朴实，词义简奥，决非当时人所能办，出诸西汉以后之手可毋庸置疑。全文所记，系以农田、园艺、畜牧、蚕桑、狩猎等为主，并涉及星象、风雨、冰雪。自宋迄清，校注者不下五十余家。可称为我国现存最古农书之一。

关于农书目录，有近人王毓瑚之《中国农学书录》（1957），可以参考。

61. 连环图画

连环画，北方称为"小人书"，江浙称为"菩萨书"，湖北称为"牙牙书"，南洋则称为"公仔书"。名虽不同，其实一也。我国绘像书籍，早见于宋椠《列女传》，相传为顾恺之（虎头）所绘。一版图文并列(上图下文或上文下图)。明代所刊最为工细。万历甲午(1594)有余象斗双峰堂刊本《水浒志传评林》,有插图版画1235幅。近代连环画,实肇始于清光绪三十四年(1908)上海文益书局出版之《三国志》,为郭文英所绘;1920年刘伯良所绘之《跨海征东》继之。当时所取题材,多摘取旧小说,画法恶劣,但求牟利而已。建国后认为连环画系拥有广大读者的通俗文艺读物,在工农兵群众中有重大的影响,特别是在少年儿童中,因此始行有计划、有领导的大量出版,作为有力的教育工具。绘制亦极工细美观,与旧日所出,不可同日而语矣。优秀作品如《鸡毛信》、《风暴》、《刘三姐》、《铁道游击队》、《渡江侦察记》、《穷棒子扭转乾坤》、《山乡巨变》、《毛主席的好战士雷峰》等均是。

62. 书法与书家

书法成为艺术,全世界中仅有东方国家。由我国传至日本、朝鲜。我国古代因书体之演进,出现不同书家。相传史籀作大篆,《石鼓文》为其所作,但年代悠久,难于稽考。先秦伟大书家当推李斯,小篆之精,古今无两。评者认为,书法至此,无以加矣。所存遗迹,有徐铉所临《峄山碑》,略见矩范(原碑早佚,"峄山之碑野火焚",见杜诗)。迨至汉代,扶风曹喜,工作小篆,少异于斯。汉魏之际名家辈出,有邯郸淳、韦诞、蔡邕(132—192)、梁鹄、嵇康(223—262)。入晋以后,钟繇(151—230)、卫夫人(铄)、二王(羲、献父子320—379,344—386)均独步一时。嗣后,南朝有萧子云,唐有虞世南(556—638),大小欧阳(询551—641,通? —691),褚遂良(598—659),薛稷(649—713),颜真卿(709—785),柳公权(778—865),徐浩(793—?),孙过庭,李北海(678—747),张旭(张长史,又称张颠,创永字八法说),僧智永,怀素(725—785),李阳冰。五代有杨凝式、郭忠恕。宋有苏轼(1036—1101),黄庭坚(1045—1105),米芾(1051—1107,"芾"应作"黹",米书真迹莫不如此),蔡襄(1012—1067),宋徽宗赵佶(1082—1135)。元有赵孟頫(1245—1322),康里巎巎(1295—1345),鲜于枢(1257—

1302)。明有文征明(1470—1559),祝允明(1460—1526),董其昌(1555—1636)。清代书家包世臣《国朝书品》所评颇为谨严(道光以前),先期有成亲王(永瑆),刘墉 1719—1804),翁方纲(1733—1818)。后有伊秉绶(1754—1815),邓石如(1747—1805),张裕钊(1823—1894),梁同书(1725—1815),张照(1691—1745)。清季有何绍基(1799—1873),包世臣(1775—1855),康有为(1858—1927)。

以上所叙,特其著者,自此以外,代有名手,有不胜举者。过去对善书者往往强调天才,甚至以为神授。如蔡邕得笔法于神人,传女文姬等说,其实均出于苦练。伯英(张芝)临池,池水尽墨。锺繇画被,被表为穿。逸少(王羲之)作书,暮年方妙。曾巩曾云:"羲之所能,精力自致,非出天成也。"俗传"字无百日功"实无稽之谈,白首攻之尚不能工,况百日乎。欧阳询之《九成宫》,颜真卿之《勤礼碑》均作于70岁以后,王羲之书家之圣者,亦至53岁,乃称成书。足见大书家之成熟多在晚年。

以上书家虽各有千秋,但仍有不同评定。对逸少父子少贬语,仍有"羲之俗书趁媚姿"之说(韩愈《石鼓诗》),卫夫人已有微辞。唐以后诸家,颇有异言。对鲁公之作,誉之者则谓"羲、献而后非公莫属"。"颜、柳始集古今笔法,而尽发之,极书法之变,天下翕然宗之"。毁之者则曰"书法之坏,自颜真卿始,自颜而下,终晚唐无晋韵矣"(明杨慎语)。又谓"颜书有楷法,而无佳处,正如扠手并脚田舍翁耳"(李后主语)。米芾直谓之"丑恶可厌",又云"颜行书可观,真书便入俗品"。元章对柳书目之为恶札。类此相反意见,均由各抱主观。善于取法者,宜广泛浏览,慎所选择。多读多临,融会贯通,勿为一家一体所拘斯可矣。

我国书法尚有一特点,即重格之说,亦即政治标准第一,艺术标准第二之说也。有时字以人重,如文天祥、谢枋得、史可法诸公,字非极则也,而片纸只字,得者以珠宝视之。宋之蔡京、元之赵孟頫、明之严嵩、清初王铎、近人郑孝胥,字非不工也,而不为人所重。清傅山直以学赵同与匪人游。清人对董其昌、刘墉、张照亦认为有姿无骨,不被人重视。对赵书亦有肯定之一面,以为赵书奄有登善(褚)、北海

(李)、平原(颜)之胜,起两宋之衰,兼工四体,自是宋以后一大宗(见《语石》)。

我国书法,更有帖学、碑学之别。自宋迄明尚前者,清中叶以还,碑学乃兴。大概考古之士,受金石学之影响,倡为斯学。直至清末,斯风未艾。如邓石如即由石刻而悟笔法,其得力处,全在秦汉玺印、碑额、瓦当、砖款,邓氏以下,何蝯叟(绍基)、张濂卿(裕钊)亦莫不如此也。

我国书法,在三世纪传入日本,大和时代、奈良时代(一至八世纪)已有名书家出现。以后有三笔(空海和尚即弘法大师、嵯峨天皇、橘逸势),三迹(藤原行成、藤原亩敏、小野道风)之盛。假名即由汉字草书转化而来,以后渐由唐式化为和式。奈良时代白凤(673—685)、天平(729—748)间,右军大令父子书法,极为盛行。空海、橘逸势均曾来唐,橘逸势并曾学书法于柳公权。

有关书籍约有以下数种可资参阅。

《书谱》	唐·孙虔礼(过庭)
《宣和书谱》	宋·(著者不详)
《书史》	宋·米芾
《书史会要》	元·陶宗仪
《王氏法书苑》	明·王世贞
《墨池篇》	宋·朱长文
《九品书人论》	韦续
《宝真斋书法赞》	宋·岳珂
《六艺之一录》	清·倪涛
《艺舟双楫》	清·包世臣
《国朝书品》	清·包世臣
《广艺舟双楫》	清·康有为
《书林藻鉴》	清·马宗霍

63. 历史画与故事画

历史画在汉代有山东武梁祠画像、孝堂山画像。如孔子见老子、泗水升鼎、周公辅成王、荆轲刺秦等。

我国汉代已有雕像(半凸雕、浮雕)及镌像(线雕),如武梁祠、孝堂山等,表现历史人物故事及当时生活。唐代始有木刻画出现,如唐咸通九年(868)之《金刚经》扉画。其余画像内容亦多涉佛教故事。

宋时所刻《列女传》上图下文,相传为晋顾恺之原绘。《宣和博古图》、《营造法式》、《大观本草》,亦作于北宋。

孔子画传《圣迹图》已见有明初刻本,当有更早于此者。此外在小说方面如《全相平话三国志》(元刻本)、《全相注释西厢记》(明刻本)、《中山狼图》(明刻本),均绘刻极精。

以生产为题材者有:

《耕织图》 宋代已有是类刻本,但已失传。系清康熙间济宁人焦秉贞所绘,朱圭木刻。另一本系乾隆间据原本刻石,原图耕织各23幅。焦氏官钦天监五官正,画受西画影响,对透视法有所领悟。朱圭亦一时能手,绘画雕版均精绝。其后冷枚、王素均有临本。

《棉花图》 乾隆中方观承所呈进,凡16幅。绘刻者不详。

《熬波图》 系关于制盐生产过程,元陈椿所绘,凡47幅。(有珂罗版本)

另有以战役为题材者,系夸耀武功之作。乾隆、嘉庆间有16种之多,未能尽见,如《平定伊犁受降图》、《平定回部献俘图》等。为西人画家郎世宁、艾启蒙所绘,罗巴等所刊。

自石印印刷发明以后,光绪十年(1884)上海石印之《聊斋志异》、《红楼梦》、《封神榜》、《三国演义》、《水浒传》、《今古奇观》等书,均前有人物图,每回复有分图,绘画工细,印刷精良,系出吴嘉猷(友如)等人之手,间有名画家钱慧安之作品。

64. 画与画家

我国绘画发源甚古，相传史皇作画(《世本》所载)，殷高宗梦帝赉予良弼，乃审厥像，俾以形旁求天下，得傅说于版筑之间。此皆年纪悠邈，难于稽考。后于此，齐景公好马，命画工图而访之，殚百乘之值，期年而不得，像过其实也(见《太平御览》)。此画马最早纪录，曹霸、韩幹之远师也。

汉武梁祠画像，约建于桓帝元嘉元年(151)。据《武梁碑》称，良匠卫改雕文刻画，罗列成行，摅骋技巧，委蛇有章。所画人物车马屋宇殿阁鸟兽花木，雄壮质朴，为我国人物画之祖(法人沙畹有缩印本全部，傅惜华有汉画研究专著)。

晋唐之间，画家辈出，顾恺之、陆探微、张僧繇、吴道玄(约685—758?)有四圣之称，虽名垂千古而不见其迹，徒令人向往而已。道子画，行笔纵放，如风云之骤至，雷雨之交作。

唐王右丞维(699—759)与大李将军思训(651—716)创为南北两宗，各自争长，亦犹文中韩柳，诗中李杜，秀润雄伟，各有千秋(古称思训数月之功，道子一日之迹，各极其妙)。

古时对画家有故神其说者，如张僧繇画龙破壁，韩幹画马通灵，李思训画鱼入池，王右丞画石飞去。如此传说均夸张失实，画家之成功全恃功力之深，写松万本方得其真(荆浩语)，艺术造诣始能日臻化境。得心应手，运斤成风，射石饮羽之妙，决非从天而坠也。世称摩诘《辋川图》意动尘外，怪生笔端，文与可墨竹疑风而动，不笥而成，或非过言也。

隋唐五代迄宋，画家接踵，如隋之展子虔，唐迄五代之阎立德、立本兄弟，尉迟父子，曹霸、韩幹、戴嵩、周昉、边鸾，韩滉(723—787)、荆浩、关仝、李成(919—967)、董源、巨然。宋有范宽(？—1026)、李公麟(1049—1106)、郭忠恕(？—977)、黄荃(？—965)、黄居寀(933—?)、徐熙、徐崇嗣、赵佶(徽宗，1082—1135)、苏轼(1036—1101)、米芾(1051—1107)、米友仁(1086—1165)、王诜(1036—?)、张择端、苏汉臣、夏珪、马远等家，不可胜数。

65. 南北宗

南北宗之分，始于唐，北宗创于大小李将军父子，李思训(651—716)、李昭道，李氏工金碧山水，为青绿山水之祖，流传至宋，王诜、郭熙、张择端、赵伯驹、赵伯骕，李唐马远、夏珪、刘松年皆是。

南宗创自王摩诘(701—761，或699—759)，王氏不但为伟大画家，且为杰出诗人，兼工音乐。画法超逸，笔致劲爽。开我国所谓“文人画”之先河。后之张璪、荆浩、关仝、李成、范宽、李公麟、董源、巨然。元之黄、吴、倪、王。清之四王、吴、恽、八大、石谿。近代之陈师曾均其流派(郭忠恕、大小米、高克恭、马和之可另成一派)。

至于两派之消长，南宗实为主流。北宗至宋元之际而式微，盖已由分而合矣。或云南北宗之说，晚明华亭莫是龙(云卿)创为此说。前此实未之闻(见《画说》,《宝颜堂丛书》)。

66. 元四家

元四大家：黄、吴、倪、王。

黄公望(1269—1354)，字子久，号一峰，别署大痴，常熟人。擅山水，学于赵孟頫，兼通音乐，游踪所至辄领略山水之奇，随时模记。笔势雄伟，设色者以浅绛居多。

吴镇(1280—1354)，字仲玉，别署梅花道人，嘉兴人。善水墨山水，兼擅松竹，工诗词。有《梅花道人遗墨》1卷行世。

倪瓒(1301—1374)，字元镇，号云林，无锡人。性迂僻有洁癖，人称之曰“倪迂”。所作以水墨山水为多。有《清闷阁集》若干卷，载其诗文。云林作画古淡天然，米痴(芾)而后，一人而已。元四家中实居其首。

王蒙(1308，或1301—1385)，字叔明，别署黄鹤山樵、香光居士，吴兴人。赵孟頫之外孙。赵氏婿王琏，叔明父也(见《元人诗抄》)。或云其甥，实误。唐阎立本《秋岭归云图》，王叔明题字曰"昔年外大父松雪公……"云云。画宗董（源）、巨（然），有独到处，为元四家之殿焉。

67. 清初六家和扬州八家

所谓清初六大家，太仓王时敏烟客（1592—1680）、王鉴元照（1598—1677）、王原祁麓台（1642—1715）、王翚山谷（1632—1717）、常熟吴历渔山墨井（1632—1718）、武进恽格寿平（1633—1690），是也。

六家均擅山水，被称为正统派，二百年来影响艺苑极大。恽氏兼工花卉。吴氏为天主教徒，曾至日本。或以为诸家多摹古之作，缺乏创造精神，在艺术成就上有其局限性，但诸家笔墨功力之深，确非一般画家所能企及也。

扬州八家旧称"八怪"，非尽扬州人，盖流寓扬州，独创风格以画名显者，当时目为怪物，故有是称。八人者：金农冬心（1687—1764）、李鱓复堂（1686—1762，鱓又作觯）、郑燮板桥（1693—1765）、李方膺晴江虬仲（1695—1754）、汪士慎（1686—1759）、高翔西园（1688—?）、罗聘两峰（1733—1799）、黄慎瘿瓢（1687—?）。亦有易高翔为高凤翰（南村），易李方膺为闵贞（正斋）。兹数人者，在书画两方面均有独到处，在取材上不取当时最流行之山水，专画竹、兰、梅、菊（所谓四君子），写意花鸟及人物。罗两峰《鬼趣图》尤有名，其用意实系对人的讽刺，颇接近近代漫画。金冬心、郑板桥诗书画三者兼工。二百年来其独创精神在艺坛中异军突起，独树旗帜，非无故也。

68. 我国古代绘画

我国绘画，起源甚早，可以远溯至商周以前，但今日所见真迹，至唐而止（隋画展子虔作品可能系伪作）。纸寿千年，米元章亦谓纸本可千年，绢本八百年而已。金石之寿，远过纸绢。唐以前画，只能求之于金石刻中。商周铜器花纹如饕餮、夔龙、龟、象、鸟、鱼，终属图案一类，汉镜间有人物画，如东王公、西王母等画，但亦极为少见。汉代绘画至今可见者多在石刻中，如武梁祠、孝堂山、滕县诸刻，而以武梁祠为最。《武梁碑》建于汉桓帝元嘉元年(151)，可能与武梁祠之建约在同时。在艺术方面，雄伟古朴(巧匠卫改所刻)，所绘人物衣冠车马屋宇台殿楼阁鸟兽花木之属，无不显示我国古代绘画之特色及高度之成就。所绘荆轲刺秦一段，荆轲怒发上指，秦武阳震慑伏地，秦王负剑而走，极有神致。汉绘事今日可见者莫古于此。

武梁祠画像最初著录于宋赵明诚之《金石录》，内载："……武氏有数墓皆在今济南任城(今济宁)，墓前有石室，四壁刻古聖贤画像，小字八分书题记姓名(杨柳青之年画及初期之连环画，尚保留此种作风)，往往为赞于其上，文词古雅，字画遒劲可喜，故尽录之以资博览。"以后洪适《隶释》，乃定为武梁祠石。自宋人拓后久埋土中，清乾隆间，黄易复发现于嘉祥县城南，始就地创立祠堂，嵌诸石于壁，其内容约为：

一、属于古帝王(伏羲、女娲、神农、黄帝、尧、舜十余事)

二、节妇(梁高行、秋胡妻八事)

三、孝子(曾子、闵子、老莱子、董永等十余事)

四、刺客(专诸、荆轲、豫让、聂政等八事)

参考可阅：

《武梁祠堂画像考》6卷　瞿中溶

《汉武氏石室画像题字补考》　陆和九　1926版

《汉武梁祠画像题字补考》　陈培寿　1934版

《汉武梁祠画像考释》　容庚

69. 第一部画谱及其他古画谱

我国第一部画谱为《梅花喜神谱》，原书2卷，每画一幅有一命名，并各配五言诗一首。宋伯仁所编，刊于宋景定间(1260—1263)。此后陆续刊印之画谱，有武林顾炳之《历代名公画谱》、苑陵汪氏之《诗余画谱》、新安黄凤池之《集雅斋画谱》、海阳胡曰从之《十竹斋画谱》。以上诸谱，均刊于明代，以《十竹斋画谱》为最流行。

胡曰从(正言)明末徽州人,寄居金陵,家于观龙山侧,种竹十余竿,因以名其居。胡氏精研六法,善制墨兼工篆刻绘画,创饾版、拱花两法,“饾版”即将画稿按其深浅浓淡阴阳向背各刻一版,以次套印,有至十余次之多者。“拱花”创始于崇祯十七年(1644),其法将纸压于版上使花纹凸现纸上,在世界印刷界开一新纪元。以后《芥子园画谱》、《北京笺谱》均以上法套色印刷。《芥子园画谱》系李渔为支持其婿沈心友、王概(安节)三兄弟所创,陆续刊行,刻于李渔在南京之别墅芥子园,故名。第一集分以下各部:1. 画学浅说,2. 树法,3. 石法,4. 点景人物,5. 仿各家画。第二集:竹、兰、梅、菊。第三集为草虫、翎毛、花卉、诸色浅说。第四集为晚笑堂画传(人物为上官周所绘)。以后又有多种重摹增编本,石版印行,流传甚广。

荣宝斋为北京之著名木板画出版机构,创于清光绪末,新中国成立后受到政府之支持,1952 年改为国营。出品敷色雅致,生动活泼,富有浓厚民族风格。复制名家作品,可以乱真,享有国际极高荣誉。上海朵云轩复制品亦佳。

70. 木刻插图

书中有插图,早在宋前,古人常以图书并称,《汉书艺文志》论语家,有《孔子徒人图法》2 卷。

《列女传》初刊于宋嘉祐八年(1063),建安余靖安氏勤有堂刊,有插图 123 幅,实我国较早插图本。

《宣和博古图》,为记载古器物最早刊本,雕版精致,在考古方面,极有价值。我国最古画谱《梅花喜神谱》2 卷,刊于南宋,《竹谱》7 卷,元李衎编绘。

版画最鼎盛于明代,当时徽州名刻手辈出,有黄氏、汪氏、汤氏、刘、郑诸氏,其中黄氏最盛,由明万历间至清乾隆,二百年间父子相承不绝。其次为汪氏,其雕刻歌诀有“多看多刻还要想……雕工难处学到老”,足见其作品之精湛,非无故也。明代著名作品约如下述。

《历代名公画谱》(即《顾氏画谱》)刊于万历三十一年(1603)。

《程氏墨苑》　休宁程大昌编，丁天鹏绘，黄应泰刻。

方于鲁《方氏墨谱》　丁南翔、吴左千等绘，黄德时、黄德懋等刻。

《九歌图》　陈鸿绶(老莲)绘。

《离骚》　萧云从绘，汤氏刻，155 幅。

《博古叶子》　48 幅　黄子中刻。

《水浒叶子》　40 幅　黄肇初刻。

《状元图考》　黄应端刻。

《列神传》　黄一木刻。

《列仙酒牌》　48 幅，萧山任熊(渭长)绘，蔡兆初刻。

《十竹斋木刻》　胡正言编绘。

以上诸刻，画法生动，雕刻精细，一毫一发无不骇目怵心。

除上列名刻手外，尚有汤尚、汤义、黄应绅、黄应组、鲍承勋、项南洲诸家，此所谓徽派。尚有浙派。两派分散于徽、杭、苏州、南京各地。所作均刀法精熟，线条流动柔和秀润，堪称绝作。

71. 大藏经(汉文)

佛经经过历代翻译，以至汇集编次，至唐代已极完备，自宋以后，大藏刊本，无代无之。宋初开宝四年(971)至太平兴国八年(983)，刊佛经于益州(今成都)即《开定藏》亦称《蜀本藏》，共 1176 部(或作1076部)5148 卷(或作 5048)。靖康之变(1126)金人掠而北，后经辽、金、元、明、清增补收集，1000 年间，不下十余次。比较重要者约如下述：

一、辽藏(契丹藏)。刊于兴宗迄道宗时(1031—1055 年)，据宋藏翻刻卷轴本，共 6000 卷，今佚。相传为字小行密，仅有千卷(以上两说不同)。近代学者颇疑《赵城藏》中有辽刊本，但无佐证。

二、金藏。金皇统八年(1148)迄大定十三年(1173)所刊，相传信女崔法珍以 30 年之力募化而成。原为 6900 卷，藏解州天宁寺，1936 年发现于赵城广胜寺。现存 4541 卷或作 4300 卷，藏于北京图书馆。此外山西博物馆尚存 152 卷(卷子装、黄表纸、赤轴)，经过数年修整,使破烂残损之著名佛典,已日就恢复其本来面目矣。又说原为7182卷,现存4330卷,1368年补刻,与上说小异。

三、碛砂藏。刊于平江碛砂延圣寺(在吴县南陈湖中),宋绍定四年(1231)迄元顺帝至正九年(1349),经百余年而成。西安开元寺、卧龙寺藏有80%,1922年全部影印,共为1522部,6362卷。或云原经刻于乾道四年(1168),迄元至治二年(1322)。

四、明南北藏。明南藏,明太祖修于南京,共1610部,6331卷。成于洪武二十五年(1392)。成都图书馆藏全部。明北藏,明成祖修于北京,共1615部6361卷,刊于永乐十五年(1417),万历十二年(1584)续刻,今留存。明尚有武林藏、径山藏(嘉兴藏),均方册本。

五、清大藏,简称龙藏。刊于清雍正十三年(1735)迄乾隆三年(1738)于北京,共1669部724函。

六、频伽精舍大藏。1913年印于上海,英籍犹太人哈同出资所印,俗称哈同藏,共1916部,8416卷,414册(线装本)。因校勘疏忽,错误甚多。

宋藏尚有福州藏	东禅寺觉院大藏1080—1103	中国无全本。
	开元寺大藏1112—1151	日本有配本。

宋思溪藏(湖州本),1132—?,北京图书馆有藏。

元余杭大普宁寺大藏(1277—1296),雕工甚精。

72. 少数民族文字大藏

(一)蒙文大藏

元武宗时(1307—1311)开始以畏吾儿蒙古字译大藏经,包括《甘珠尔》、《丹珠尔》全部。其后雕版术输入西藏,蒙文大藏始在藏付刊,即今所传之本。

(二)西夏文版(亦称河西字版)

宋仁宗景祐元年(1034),西夏国王元昊得宋版大藏,设番汉两字院,造西夏文,请回鹘僧翻译全藏。当时有无刊本不可知,世传刻本,系元成宗大德中(1297—1307)所雕,全藏不可得,间有残卷经论发现

(伪造流传颇多)。

元代西藏葛玛尔巴一派,曾到西夏传教,同时翻大藏为西夏文。《番汉合时掌中珠》中之词汇,系以藏文注音,足见当时藏文在西夏流行之普遍。

(三) 满文大藏

清康熙中由藏蒙文大藏中先译出甘珠尔,乾隆末年全部雕成。有藏、满、蒙、汉四体文目录,可以互相参照沟通,最为有用。

(四) 藏文大藏经(亦称西番字藏)

包括《甘珠尔》、《丹珠尔》两部分。甘珠尔义为佛部,为佛所说,亦称正藏,又分经律两部(律中间有佛弟子所说)。丹珠尔义为祖部,为佛弟子为阐明佛说而作,亦称续藏,又分论与经部注释。

第一次编辑藏文大藏经,约始于1260年(相当元世祖中统元年),由世尊智剑主持,当时搜求善本,进行校勘,集中人力物力,使此卷帙浩繁(331帙4577种)之全部写本,终于完成,其功绩之大,诚不可思议(地点在后藏那塘寺)。过去曾有藏文大藏在元皇庆元年(1312)印有刊本之说,其实印刷术传入西藏,系1345年以后事,前说之误,可不攻自破。

此第一次写本大藏,先后经过若干佛学大师之披阅修订,成为最负盛名之权威本。

第一部刊本明永乐八年(1410)刊于北京(仅甘珠尔)。兹将历来刊本分刊如次:

北京刊本

永乐版(1410)甘珠尔。

万历版(1602)甘珠尔。

康熙(二十二年)版(1683)甘珠尔。

雍正(二年)版(1724)甘珠尔。简称北京版,被毁。

藏区刊本

理塘版　明弘治正德间(1504—1510),全。

那塘版　清雍正间(1724—1730),朱印。亦称赤字版。

德格版　乾隆补版,全。

卓尼(交尼)版(地址在甘肃),被毁。

古绷版(塔尔寺),甘珠尔。

拉萨版(1920—1934)十三世达赖所刻,甘珠尔。

昌都版,甘珠尔。

库伦版(蒙区)1920刻本,甘珠尔。

甘珠尔分7部(包经律二部共1055种):1. 秘密部,2. 般若部,3. 华严部,4. 宝积部,5. 诸经部,6. 戒律部,7. 目录。

丹珠尔分18部(包括经部注释共3522种),北京图书馆有索引。计:

1. 礼赞部,2. 怛特罗部,3. 般若部,4. 中观部,5. 经疏部,6. 唯识部,7. 阿毘达摩部,8. 律部,9. 本生部,10. 书翰部,11. 因明部,12. 声明部,13. 医方部,14. 工巧部,15. 修身部,16. 杂部,17. 阿底沙小部集,18. 目录。

汉文大藏与藏文大藏,其内容并不一致,据学者对勘,甘珠尔内有670种,不见汉藏,属于显教者115种,属于密教者555种;甘珠尔内有3452种,不见汉藏,属于显教774种,密教2678种。按以上数字,两藏相较重见者仅455种,居全藏十分之一而已,谓为截然不同之两种,亦未为不可。藏文大藏包有大部密教典籍,汉藏中则较少。

以上系参照日文《藏文大藏版本考》、周叔迦《大藏经雕印源流纪略》(《佛学月刊》)、王克《藏文大藏经述略》(1963年打字本)。

73. 国外刻本大藏

一、朝鲜本

(一) 官版大藏,开雕年代,约在高丽显宗、靖宗朝(十一世纪),文宗末始完成,其版式系依开宝藏覆刻。

(二) 高丽宣宗七年(相当宋哲宗七年),为义天和尚所主持,由宋搜集佛经三千余卷,旁求日本、契丹诸本,刻为《新编诸宗教藏总录》。是为续藏,其版罹元兵祸毁于火。

(三) 高丽再雕版,刻于高宗二十三年(1236)至三十八年

(1251)，共1524部，6558卷，628函。今存。

二、日本藏

始于弘安(1278—1287)本大藏，其后有天海藏(即宽永寺藏)、黄檗藏(铁眼藏)、弘教藏、卍字藏(正续刻)诸刻，最后为大正藏，完成于1924—1934年，共为3493部13520卷，100函，其中收录敦煌古逸之本及日本著述，图像中尤多名作。

各藏分类虽不一致，但可以约略言之，其法先以教义分为大乘、小乘，再依大乘众经、大乘众律、大乘众论，小乘众经、小乘众律、小乘众论，冠以群经总录，以总括群经，再附以经疏、传记、著述(圣贤集)、总目等，实大同而小异也。

我国文化事业之发展，尤其是雕版事业与佛教宣传有密切关系。我国大规模刻版，实自佛经始(前此五代时冯道刻五经，后蜀刻书，但规模较小)，开宝藏雕于益州，经十余年而成，版片十三万余，以后历代刻本不下二十余次。除翻译汇集编次外，仅镂版动辄数年或数十年，卷帙之广，版片之多，以至书写之工(无一肆笔)，校对之细，雕刻之精，诚为伟大事业。所可惜者，除清藏外，不仅原版无存，即印本亦成珍本。

74. 佛教宗派

佛教有大乘小乘两大派，大乘教派于佛灭后逐次兴起，形成于公元初期，此派建立后方将原始佛经称为小乘。佛入中国时，大小乘同时并入，兼听并信。所谓“乘”，其义为“渡”，小乘但求个人解脱，大乘则在普渡众生，使人人得渡也。佛于东汉初入中国，二千年来，渐成不同宗派，列表于次，俾治图书馆学略得梗概而已。

佛教入中国，说者不同，有谓东汉哀帝(前6—1)时，有谓在后汉明帝(58—75)，纷纭莫一，然东汉初已为人所知，则毋庸置疑。明帝《报楚王书》已有浮图、桑(沙)门、伊蒲塞诸西土译名(楚王为光武之子刘英)。

名称	开山祖	行于何处及其盛衰	附记
1. 俱舍宗	真谛三藏	印度有，不盛；中国盛行	属小乘
2. 成实宗	鸠摩罗什	印度创而未行	属小乘
3. 律宗	南山律师道宣	印度极盛，中国次盛	以下大乘
4. 法相宗	玄奘大师（601—664）	印度极盛，中国次盛	摄论宗并入，亦称慈恩宗。
5. 三论宗	嘉祥大师	印度有，不盛；中国极盛	三论即中论、百论，十二门论。罗什译经而广传之
6. 华严宗	杜顺大师	印度无，中国极盛	杜顺、智俨、法藏合称三祖。
7. 天台宗	智者大师	印度无，中国极盛	涅槃宗并入，盛行于日本
8. 真言宗	不宜三藏	印度极盛，中国甚微	
9. 净土宗	善寻大师	印度极盛，中国次盛	亦称莲宗
10. 禅宗	达摩大师	印度无，中国极盛	传慧可，僧灿，道信，弘忍，慧能（南），神秀（北）

佛教传入中国后，对于我国思想界影响不小，在文学、艺术、音乐的发展亦起不少作用。

75. 道藏

第一部道藏成于宋大中祥符九年（1016），同时或稍后加以雕印。1254 年宋《德方道藏》刊成，贮于纯阳宫。元至元十八年（1281）诏焚河中府等处道藏经版（版存永乐宫），禁道经，全真势衰。

道教创于东汉中叶，顺帝时宫崇曾以其师于吉所传《太平清颂书》170 卷，360 章，献之朝廷。因其妖妄不经，未予接受。此实道教中最早经典也。道书始于周，盛于汉，荟萃成藏，始于六朝，经唐、宋、金、元历朝迭修，卷帙浩繁，今皆不传。明永乐朝始，命四十三代天师张宗初修纂（后汉张道陵子房八世孙，章和间人，杖策游龙虎山，成道，后世称张天师），正统十年（1445）刊行，由邵以正督核，十年告成，分三洞四辅七部与《云笈七签》，共5305卷480函。以《千字文》为序，始天终英，梵夹装，是为《正统道藏》。万历三十五年（1607），又命五十代天师张国祥续刊180卷，始杜终缨，共32函，是为《万历续藏》；合《正统藏》共520函，5485卷，板片121500方。清光绪二十六年（1900）尽毁。现北京白云观、南京朝天宫、苏州玄妙观、太原崇善寺、崂山上清宫，均藏有明刊本。商务印书馆据北京白云观所藏影印。道藏除经箓符图外，尚包地志、传记、医药、占卜，其中周秦诸子，多据宋刊金元等籍，尤多秘籍。所谓"三洞"，即洞真（上清）、洞玄（灵宝）、洞神（三皇）。所谓"四辅"即太玄辅、太平辅、太清辅，正一部。其中《太平经》大体可信为汉代旧文。本书原170卷，残存57卷，为研究黄巾起义之重要文献。道书之有目最早见《抱朴子·遐览编》，明天启间道士白云霁有《道藏目录详注》4卷。唐初尚有崔湜、薛稷、沈佺期等人编之《道藏音义目录》113卷，但书已佚。详见《道藏源流考》（陈国符，1949年中华书局）。

道藏为方士之学，久不为人所重，引起学者兴趣实自近代始，其原因有三：（一）道藏所收有不少古代佚书；（二）多收宋元旧刊；（三）多科学内容著作，如医药、炼丹术等。乾隆以后学者如钱竹汀、惠松厓均注意及之，孙星衍亦校订《抱朴子》。

道藏中另一古籍为《化胡经》，曹魏（晋）王浮撰。相传老子西入流沙，化胡成佛。唐神龙元年（705）被禁流通。敦煌石窟曾发现唐人写本《化胡经》，并八十一化图。

老子入摩羯国，现希有相，以化梵王，立浮图，教名清净，佛号末牟尼。原书一卷，后好事者增补成11卷。末卷佚，前九卷文后一卷歌。近人陈垣有《南宋初河北新道教考》文中述及元道士宋德方（披云真人）主持刊印道藏事。另见《太平经合钞》（王明，1960年，中华书局）。

76. 小说(其一)

《汉书艺文志》其三曰诸子略,所录凡十家,小说附于末,得15家1380篇。其书多佚。班氏自注云"诸书大抵或托古人,或记古事",已与近世小说相近。明胡应麟《少室山房笔丛》分小说为六类:曰志怪、传奇、杂录、丛谈、辨订、箴规;清纪昀则别为三派,为叙述杂事、记录异闻、缀辑琐语。实具近代小说规模。古代小说存于今者,盖自晋始,所传汉人小说,无一真出于汉人(鲁迅语)。题为晋人之作,存于今者,为干宝《搜神记》、刘敬叔《异苑》、刘义庆(刘宋人)《世说新语》。前两种疑伪,仅有后一种传世而已。"唐人始有意为小说"(鲁迅语),一扫过去粗陈梗概的作风,精雕细镂,屈折婉转,文词工巧。开元天宝以后,作家蔚起。大概文词华赡,当时名为"传奇"(裴铏以"传奇"二字名其小说集,原书已佚,仅存数篇,实为采用"传奇"最早之人),为唐代独特之作。多数作品留存于《太平广记》中,如《柳毅传》、《无双传》、《李娃传》,不但久为人所传诵,且搬为戏文。可见唐人小说影响之大。

宋代官修书中,以《太平广记》500卷,网罗小说最为宏富。书成于太平兴国二年至三年(977—978)李昉监修,采用书籍有344种之多。自汉晋至五代小说家言,往往赖以保存,真小说之渊海:私人著作以洪迈之《夷坚志》420卷为最多。虽遣兴之作,亦颇详于考订。不过意在取盈,或不暇删润耳。

77. 小说(其二)

北宋盛时,汴京游乐之事甚多,有人以"说话"为业。操此业者,讲说古今惊听之事,以娱听众,颇多匠心独运,随时生发,但亦赖底本,以作凭依,即所谓"话本"。是项话本,大概写以俚语,叙述简率,但以提醒说者,由此推演,加以波澜(如今日之提纲)。明季之柳敬亭,今日之王少堂,莫不有此底本。《七侠五义》一书,即石玉昆(字振之，天津人，擅说唱，自编自唱，号为石韵，道光间有名京师）说话底本，经俞曲园补订而成。一般形式以诗起，次入正文，终以诗结。此种形式，说书人至今犹多沿用。今日所传《五代史评话》、《通俗小说》残本，均话本之流（《宣和遗事》可能出于元人之手）。是类“平话”，已滥觞于唐，敦煌千佛洞所发现之俗体文，实开其端。不过至宋始盛，南宋亡后，繁华消歇，“说话”亦无当年之盛，而话本尚存。曩时体裁，犹被保存，渐次发展为讲史（即演说史事）。后来之《三国演义》、《隋唐志传》、《残唐五代演义》、《水浒》，均由是演变而来。“说话”底本，北方评书艺术家呼为“梁子”（即故事梗概）。按照“梁子”用固定词句照本宣科，谓之“实口”，若触景生情加以敷演，流畅生动，谓之“踹冰”，则非老于艺事者不能。

78. 小说（其三　章回小说）

宋之讲史，仍为平话形式，粗具梗概，不加润饰。降至元、明，演为章回体裁。其著者：

一、《三国演义》　240 回，元罗贯中（1330—1400）著，所叙起自汉灵帝中平元年（184），终于晋武帝太康元年（280），首尾 97 年间事。贯中名本，钱塘人，或云名贯，字贯中。元明间人。所著小说甚多，存者除上书外，有《隋唐志传》、《残唐五代演义》、《三遂平妖传》（系叙述宋仁宗庆历间[1047—1048]，河北贝州军卒据州起事之事，虽神怪小说体裁，但铺陈当时社会活动颇生动可观，冯梦龙订）、《水浒传》等。多就史实而加以推演（所谓“演义”），有七实三虚之说（章学诚云）。

三国故事在国内早有流传：如唐《石默啜墓志》（唐元和十一年816）文中有“七纵七擒之略”，“百战百胜之劳”。唐《杨孝直墓志》有“时人方之张飞、关羽……”等。足见七擒孟获及关、张诸故事，民间流传当然尚早于此也。

二、《金瓶梅》　100 回，明佚名著。相传太仓王世贞所著，或谓出其门人。过去因其宣扬秽德，目为淫书之最。其实著者意有所属，观其指斥时事，颇具苦心，至描绘世态，尽其情伪，洞达条畅，同时说部无出其右。

三、《水浒传》 元罗贯中编，有 100 回、115 回、120 回、70 回、110 回、124 回六种不同本。

水浒故事，为人所熟悉。宋史实有其事，宋以后久已流传人口，播于遐迩，其汇集众本而缀辑之者，有云出于罗贯中，或云出于施耐庵。有李贽、金人瑞批点本。文词犀利，久已脍炙人口。清道光中俞万春作《荡寇志》一书（又称《结水浒传》），立意一反前书。使梁山英雄非死即诛，纯粹为统治阶级张目。清陈忱又有《水浒后传》之作，全书 44 回，及天花藏主人之《后水浒传》45 卷，罕见，大连图书馆著录。

四、《红楼梦》 清曹霑（雪芹，1715—1763）著，有 80 回、120 回两种。又名《石头记》、《金玉缘》、《情僧录》等。

此书之作，显有所指，原书题诗有"满纸荒唐言，一把辛酸泪。都云作者痴，谁解其中味"。曹氏又有题句"字字看来皆是血，十年辛苦不寻常"可以证明。是书出现至今已二百年（乾隆中北京始有传抄本）。殆家喻户晓，研究此书极多，旧时称为"红学"。120 回本曾经高鹗（兰墅）、程伟元修改。80 回本有脂砚斋评，传为曹氏原本。

以上四书有四大奇书之称，但说法亦有不同。明人以《金瓶梅》、《水浒》、《西游记》为三大奇书，又增《三国演义》为四（因《红楼梦》出世较晚也）。康熙五十三年四月曾下令严禁小说，故明季以来小说颇少传世。

79. 小说（其四　章回小说续）

除以上四书外，《儒林外史》一书，系章回小说中另一体裁。作者清全椒吴敬梓（1701—1754），字敏轩。著有《文木山房集》4 卷行世。书约成于乾隆初年（约 1745—1749 间）。对当时科举制度（所谓举业）尽抨击之能事，所写均据所见闻，笔足以达，使腐儒无有遁形。全书无主人翁，一事自为首尾。此其不同于前数书处。本书有 50 回、55 回、56 回本，最早刻本可见到的有嘉庆八年（1803）卧闲草堂刻本。清季李宝嘉（1867—1906）之《官场现形记》即仿此而作。

《西游记》 明吴承恩(1510—1580)作。吴氏字汝忠,淮阴人,曾官长兴县丞。故书中多淮郡方言。

《封神榜》 明许仲琳(原题钟山逸叟)作,或云实出明道士陆西星(长庚),兴化人。

以上二书作者均淹博通才,故叙述神怪,铺张俶诡,虽凭空虚构,而构思之巧,奇恣动人。不过许氏之作,较之《西游记》尚有逊色。

《野叟曝言》 154回,为江阴夏敬渠(1705—1787)所著。夏敬渠,字懋修,号二铭,康熙间曾游滇黔,足迹半国内,郁郁不得志,又失意于科场。少游京师,指斥权贵,不少避,尽交国内知名之士,既归以著作自娱,晚年成此书。又题"人间第一奇书"。盖欲于小说中见其才藻。鲁迅以为"意为夸诞,文复无味"(见《中国小说史略》)。此外尚有《儿女英雄传》(满洲文康)、《镜花缘》(大兴李汝珍松石)、《三侠五义》(天津石玉昆)。清季之《官场现形记》(武进李宝嘉)、《二十年目睹之怪现状》(南海吴沃尧趼人)、《老残游记》(丹徒刘鹗),均能叙景状物,时有可观。

80. 短篇小说

情节简单,人物集中,选取生活中片段加以描写,谓之短篇小说。旧小说中有以下数种:

一、三言两拍 《喻世明言》(即《古今小说》)40篇,《警世通言》40篇,《醒世恒言》40篇,合称"三言"。

明冯梦龙(1574—1646)辑。冯梦龙,字犹龙,号龙子犹,别署墨憨主人,长洲人。根据宋元旧本,兼录其自著,辑为是书。当时称为"话本",凡模拟之作,则称"拟话本"。

《拍案惊奇》 初刻40篇,二刻40篇,明凌濛初(? —1654)辑。凌濛初,字玄房,号初成,又题空观道人,乌程人。此书系杂辑旧文,间以新作。

两书大致铺叙悲欢离合之事,以资谈助,亦足反映当时市民生活。早在明末已极风行一时(后之评论者称为"市民文学")。

《今古奇观》40 篇，即从上书选辑，选辑者题为抱瓮老人，名姓待考。

二、《聊斋志异》 初名《异史》，蒲松龄（1630—1715）著，蒲松龄，字留仙，山东淄川人。鲁迅称其书“描写委曲，叙次井然，用传奇法而以志怪，变幻之状如在目前……”原书为 431 篇，经过整理，已增至五百余篇。是书为王士祯所推重。纪昀则谓是才人之笔，非著书者之笔，似有微词也。

三、短篇中有名者尚有纪昀之《阅微草堂笔记》，鲁迅称其书谓“纪本长文笔，多见秘书，又襟怀夷旷，故凡测鬼神之情状，发人间幽微，托狐鬼以抒己见者，隽思妙语，时足解颐，间杂考辨，又有灼见，叙述复雍容淡雅，天趣盎然，故后人无人能夺其席……”

此外，尚有袁枚之《新齐谐》24 卷，续 10 卷（又名《子不语》），其文过于率意，亦多芜秽，以视纪作不如远甚。

尚有纯法《聊斋》者，如《谐铎》10 卷（沈起凤）、《夜谈随录》12 卷（和邦额）、《萤窗异草》3 篇（长白浩歌子）、《跻人十三种》（吴沃尧）等多种。

81. 杂剧与传奇

元明两代之戏剧，分杂剧与传奇两种体裁。杂剧只有四折，一韵到底，自为首尾，由一个角色歌唱。陶宗仪《辍耕录》载，宋金院本 690 种。《武林旧事》载官本杂剧 280 余本，惜多数不传。

传奇可以换韵，由几个角色分唱。此类形式最适宜于铺叙复杂长篇故事，便于上演，因此杂剧渐退居书斋读物，而传奇成为真正剧本。汇刻元人杂剧，有臧晋叔之《元曲选》100 种，汇刻明杂剧有明沈泰之《盛明杂剧》初、二集，邹式金之《杂剧新编》。清人杂剧，则有郑振铎氏之《清人杂剧》40 种。至于传奇汇刻本，在明末有汲古阁所刻《六十种曲》，脉望馆抄校本《古今杂剧》，内包元明刻本抄本共 242 种，分订 64 册，原为也是园（钱遵王）所藏，后归季沧苇。季氏书目载有元曲 300 种 100 册（抄本），散出被郑氏发现于上海，终归国有，现（1963—1964）已影印发行。此外尚有吴梅氏所辑《古今名剧选》，收元明人作品40种。

我国戏曲至隋始盛,当时谓之“康衢戏”,意谓演之于街道通衢。唐时谓之梨园乐,宋谓之华林戏,元谓之升平乐,盖已进一步发展为有专用剧场演出也。宋人谓之“瓦子”,舞台则谓勾栏。“瓦”者来时瓦合去时瓦解,野合易散之意,犹昔日之天桥杂技场。剧之内容有杂剧十二种之说(说见《都城纪胜》)。

1. 神仙道化　2. 林泉丘壑　3. 披袍秉笏　4. 忠臣烈士

5. 孝义廉节　6. 叱奸骂谗　7. 逐臣孤子　8. 钹刀赶棒

9. 风花雪月　10. 悲欢离合　11. 烟花粉黛　12. 神头鬼面

根据王静庵所说,剧本凡有名目可稽者,自宋金至近代不下4000种(地方剧抄本、口传不在内)。元剧中有三大杰作:

1. 马致远之《破幽梦孤雁汉宫秋》。

2. 白仁甫之《唐明皇秋夜梧桐雨》。

3. 郑德辉之《迷青琐倩女离魂》。

元明剧本中,最流行之剧,由明初即风行一时,直至今日尚不时演出,亦称四大名剧。即荆(《荆钗记》)、刘(《刘知远》,亦称《白兔记》)、杀(《杀狗记》)、拜(《拜月亭》)。

元曲作家中之四大家。关(关汉卿)、马(马致远)、郑(郑光祖)、白(白朴)。又称关、马、王(王实甫)、白。

除元曲外,在明则有高则诚(1305—1380)之《琵琶记》、汤显祖(1550—1617)之《四梦》(《南柯记》、《邯郸记》、《还魂记》、《紫钗记》)。在清则有孔尚任(1648—1718)之《桃花扇》、洪昇(1645—1704)之《长生殿》。均有名。

82. 变文、宝卷、子弟书

唐、五代时通俗文字渐为流行。寺院中有以说唱体裁讲说经文及演佛经故事,称为变文,又称俗讲,盖以悦俗而邀布施。至于宋代,说经之作杂糅以摩尼教经典。自敦煌石室发现后,变文始渐为人所熟悉。变文中关于宗教宣传,有《降魔变文》、《目莲救母变文》、《地狱变文》。关于故事有孟姜女、伍子胥、张义潮、张淮深、王陵、李陵、昭君、董永、秋胡等变文(王重民等编有《敦煌变文集》)。

宝卷,为古代民间文学重要形式之一。与秘密社会及宗教活动有密切关系。由明代起,流传民间,并受后来之鼓儿词、诸宫调、散曲、弹词影响而形成。流行者多为刻本,间亦有传抄者。当时之秘密宗教白莲教、红阳教,往往利用为宣传品。明正德间(1506—1521),红阳教经典,始以宝卷为名。万历、崇祯间蔚为极盛。清康熙后渐形式微,直至道光仍有其踪迹。

子弟书,亦称清音子弟书。创于清乾隆间,远渊源于变文。当时旗籍子弟度其寄生生活,终日无所事事,其间不乏能文之士,辄摭拾故事谱为俗曲,七字为句,音韵和缓,文词雅驯,多采自明清通俗小说,亦有描述旧日社会风土之作,词句故事为妇孺所易晓。为北京俗文学最有代表性之作。其调有东城西城之分,东激昂而西婉转,而西城尤胜。其书词多传抄本,有"百本张"者,世以售卖抄本为业,绝少椠刻。清季有蒙族车王所藏最富(约一千余种),后归之孔德学校,现部分藏于戏曲学校及北京图书馆。

作者均当时文人,但以雕虫小技,姓名至今多淹没无闻。其中以韩小窗、罗松窗、文西园、鹤侣渔村、竹轩尚为人所知。近代鼓词艺人白云鹏以韩作改为鼓词,颇博时誉。

子弟书尚有满汉兼一体,系以满汉两种文字贯串造句,叶通俗京韵、词语滑稽,读之解颐。所见有《螃蟹段》一种。道光间北京文萃堂所刊印,今日渐趋散佚矣。

是类书籍,其史料价值远过其文学价值,治史者可以爬梳利用也。

同治、光绪间,宣讲宝卷已由布道劝善发展为民间说唱,少数尚存有宗教气息,今存者尚有五百余种。

郑振铎氏所藏明写彩绘本《目连救母出离地狱升天》宝卷(嘉靖刻本)及《药师本愿功德》宝卷系流传最早之两种(见《西谛书目》)。俗传《太阳经》词句俚鄙,岭表尤盛。据清李文田云,此明遗民思故君之隐语,如第一句云"太阳明明朱光佛",涵义可见;又有"太阳三月十九生”,余词可以类推。此等流传,似邪教而其实非是,不可不察。

83. 民歌

我国民歌,发源甚古。我国最早一部诗歌总集《诗经》,其中《国风》部分即保存大量周代民歌(《小雅》中少部为民歌),《诗经》之 305 篇,代表我国 2500 年前约 500 年间诗歌创作(周成王前 1063——陈灵公前 613)。其中十五国国风,以今语言之,即某地地方民歌,如秦风、郑风,即陕西民歌、河南民歌。周代采集民间歌谣,职在行人,“行人振木铎(似钟而小,有柄,有舌,振舌发声),徇于路,以采诗,献于太师,比其音律,以闻于天子”(《汉书食货志》)。《诗经》中恋歌居多,所谓“男女相与咏歌,各言其情者也”。劳动人民子女恋爱生活,大都坦率、真挚、热烈。此外劳动人民对剥削者之控诉、愤怒及反抗思想,亦多有表现。如《伐檀》、《硕鼠》(《魏风》)等篇。至于军中歌谣,如《无衣》(《秦风》)亦反映捍卫国土,慷慨从军之精神。

汉武帝设立乐府,采集歌谣,于是有赵代之讴、秦楚之风,保留不少民歌,反映人民真挚感情。两晋南北朝民间歌谣,更为盛行,赖后人所辑《乐府诗集》以传(郭茂倩辑,100 卷,由汉至五代),《木兰辞》至今为人传诵。

唐代民间曲调《竹枝词》、《杨柳词》当时极为流行,诗人白居易、刘禹锡均曾利用其曲调,写为新词。宋代民歌资料流传至今者虽不太多,但均有其特色。元明两代辑录民歌均少专集。

清乾隆以后,民歌俗曲亦颇流行,民间不少刊行(刘半农曾加统计,有 6000 种之多),乾隆初北京“永魁斋”发刊《时尚南北雅调万花小曲》一种,已收集俗曲 100 余种。由上所述,可见在过去各时代一贯重视民间歌谣俗曲之收集。

“五四”以后,鲁迅先生很重视民间文学研究和整理。新中国成立以后,特别是 1958 年后全国各地广泛开展群众性诗歌运动,搜集民歌进入新阶段,新民歌集已不断涌现。

84. 武则天所造字及异体字

武则天造字在载初元年(689),由宗秦客拟定,共为12字,后增入数字,据郑樵《通志》,元陶宗仪《书史会要》,毛晋《宣和书谱》,叶昌炽《语石》等书所载,写法及字数颇有不同,列表如下。

	《通志》	《宣和书谱》	《书史会要》	《语石》	唐写本《华严音义》行书
天	𠀑	𠀑	𠀑	𠀑	𠀑
地	埊				埊埊
日	𡆠	𡆠		𡆠	𡆠𡆠𡆠𡆠
月	𠥱	𠥱		𠥱	𠥱𠥱𠥱𠥱𠥱𠥱
星	〇				〇〇〇
臣	𢘑				𢘑
载	𡕀	𡕀	𡕀		𡕀
初	𡔈	𡔈		𡔈	𡔈𡔈
年	𠡦	𠡦		𠡦	𠡦𠡦
正	𠙺(𠙺)				𠙺
照	曌				
证	[illegible]	[illegible]	[illegible]	[illegible]	[illegible]
圣	[illegible]	[illegible]	[illegible]	[illegible]	[illegible]
授	𥠢	𥠢		𥠢	𥠢
戴	[illegible]	[illegible]	[illegible]	[illegible]	
国	圀				圀
君		𠁈	𠁈	𠁈	𠁈𠁈
人		𤯔			𤯔
生		[illegible]			

以上恴(臣)、埊(地),隋末已有(见陆德明《经典释文》),𡔈,古文“初”字,《唐韻》、《集韻》、《说文》均有,日字作㊀,早见于魏碑中(见正光五年新城成罗造像题名),由此可证,武氏所颁亦有所宗,非尽自己造(钱大昕说)。埊、圀等字日本至今沿用。

至于字数,《通志·六书略》则云 18 字,其余均作 19 字,钱大昕则云 12 字。或云壹贰叁肆伍陆柒捌玖拾亦为武氏推行。新字使用时间始于载初元年(689),终于神龙(705)。武氏卒后禁止再用,睿宗时又一度恢复,当时全国无不奉行惟谨,而日本(当时已有国交)独未承认,始终用中宗嗣圣年号(一年至二十一年)。

好用异体,莫甚于北朝(魏、齐、周、隋),所谓文字之不同,人心之好异,世易风移,正此时也。

先于此,三国吴时朱育造异体字千余,及北魏太武(拓跋焘)始光二年(425)创新字千余,颁行国中。诏曰“在昔帝轩创制造物,乃命苍颉因鸟兽之迹以立文字。自兹以降,随时改作,故隶篆草楷,并行于世。然经历久远,传习多失其真,故今文体错谬,会义不惬,非所以示轨则于来世也。孔子曰,名不正则言不顺,言不顺则事不成。此之谓矣。今制定文字,世所用者,颁之远近,永为楷式……”(《魏书·太武本纪》)。字虽无考,但新字迭出则系事实也。

其余朝代间有创制,如北齐武帝小字龙儿作“䶮”字,南汉刘岩作“龑”字以自名,取龙飞在天之义。

日本天武天皇(644—655)亦造有新字八:1. 桙(原为鉾),2. 坏(原为杯义,坏为土制),3. 椿(原日本所无),4. 萩(秋草也,中国有)5. 榊,6. 襷(义为举袖),7. 裡,8. 鞆。但未影响中国。

总之我国文化悠久,新字屡次出现。关于武后创造新字,可参考日人常盘大定所作《武周新字の研究》一文。载《东方学》(东京版)第6卷。至于别字可参考罗振鋆、罗振玉兄弟之《碑别字》,罗福葆《碑别字续拾》等书。

古碑中,别体触目皆是,足为读时障碍,不可不加以讲求也。

宋元碑奇字,宋慈云院碑宋董淳书作彔慈ヱ寘辟蔑,即“新慈云院碑文”六字别体。

元(重修)佛堂院记,建于至正三年(1266)二月八日(在元氏)。

题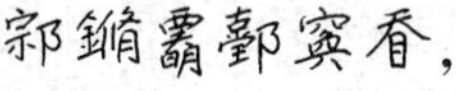,即“重修佛堂院记”,六字别体。碑阴题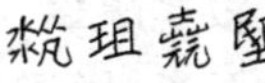四字,至今尚无人识。

宋代宗室取名多奇字,如

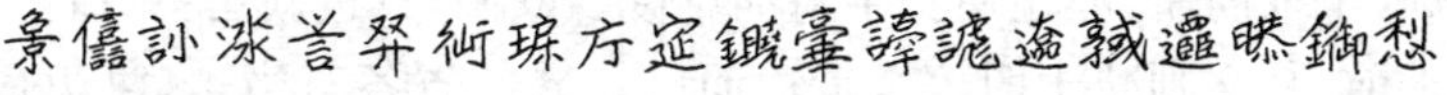

等,复非世所经见。

唐元结在语溪造亭曰庴亭,台曰峿台,庴、峿二字皆出自造。

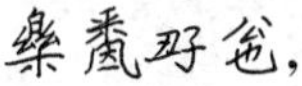,即“乐善好施”,见陕西华阴某氏牌坊,所题馪航旐掛,见傅惜华《子弟书目录》。

85. 我国文字尚简

我国许多名著,言简意赅,辞达而理举,故无取乎冗长。人亦有言,倘去字而意留,总以简约为尚。屈原《离骚》仅373句,2490字,而为千古传诵。皇皇巨著如《史记》,述3000年间事,亦仅526500字。班固著《汉书》叙200年间事,用80万字。后人每以此言班马之优劣。旧籍中《孝经》1903字,《论语》12700字,《孟子》7篇24685字,《老子》5380字(《老子》五千言,字数因版本而不同,所举系唐定本)。

宋张无垢《祭洪皓》20余字,宋赵介如《祭贾似道》16字,宋陆游祭朱熹不满百字,清彭绍叔为妻作墓志200余字。

至于短篇,刘禹锡《陋室铭》81字,王安石《读孟尝君传》88字,李白《夜宴桃李园序》117字,周敦颐《爱莲说》119字。皆至今为人所传诵。

唐大诗人王之焕,天宝间与王昌龄、高适相唱和,名动京师。其诗存至今日仅六首,《凉州词》(黄河远上白云间)一首,28字,千余年来流传人间,为千古绝唱。

鲁迅一生最重简练,曾曰:“文章重在言近而意远,辞浅而义深,纵发语已尽而含义无穷,剪裁浮词归于简洁而已。”

古之解经家,一经之解至百余万言,但说“若稽古”即三万言。

(《桓谭新论》)邺下谚云:博士买驴,书券三纸,未有"驴"字。颜之推氏引为笑谈。足见当日之文风,盖所谓言多枝叶也。(《颜氏家训》)烦琐支离极矣。反之,若过求简洁,亦易使文章隐涩,亦有叙述疏略,如陈寿《三国志》叙诸葛南征用 20 字,宋祁《新唐书》刻意文章,力避冗烦,宁求简僻,亦足使文字晦涩难读。欧阳修《进新唐书》曰:"其事增于前,其文则减于旧。"文贵达而已。繁与省各有当也(洪迈《容斋随笔》)。

86. 我国现在仅存之象形文字

上古时代,人与人之间交换思想,常依实物形象以代表语言,如言牛则画牛,言马则画马,即原始文字也。许慎《说文》,在 9353 字中,象形字仅 246 字,其余指事 125 字,形声 7697 字(居百分之八十强),会意 1167。足见象形文字,在文字发展中,已为形声字所替代,且象形字亦渐变形,篆书楷书迥异其体,对物写照,依类象形之迹,渐不可寻。谓汉字已无象形字亦未尝不可。

我国纳西族文字语言流传甚久(首见于唐樊绰《蛮书》),系藏缅语系之一支,分布在我国云南西北部,西康东南部(东经 99°—102°间,北纬 28°—29°),以丽江距城 8 里之中和村方言为标准。其文字为象形字,可分两种,刻于木上者为木记号,刻于石上者为石记号。一个符号,得读一串音,或一句话,写法自左而右,自上而下,笔以竹制,醮墨写于厚纸上,普通使用者约有 2000 字。

纳西文珍贵遗产为《东巴经》,全书 500 卷,约开始于唐代,经六七百年之久而完成。当时纳西民族定居于金沙江流域一带,人民信仰多神教东巴教,其主要经典为《东巴经》,系以象形文字写成,有 700 余万字,此皇皇巨著,包括纳西人民许多优秀文学作品,美丽神话故事,以及历史掌故、人民生活等。但其中亦有不少迷信落后糟粕。已经译出者仅有 120 卷,其中以叙事诗写成者有《创世纪》,现已出版。所余部分,仍在整理翻译中。兹将纳西文与甲骨文相近者,略择数字以资对比,有季霖灿所著《摩些象形文字字典》,1944 年出版,可供参考。

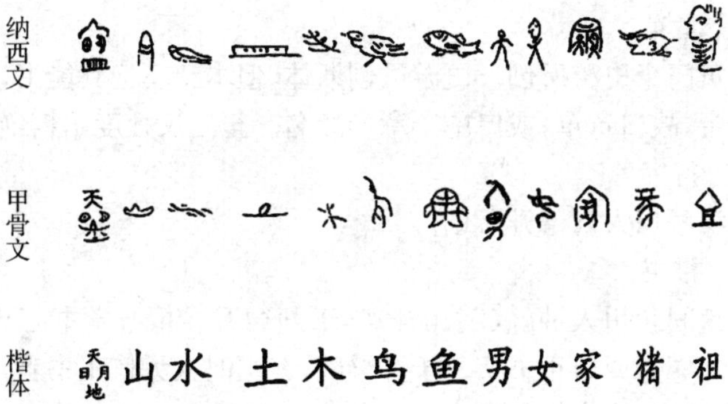

87. 中国书法之演进

一、大篆

创于史籀(周宣王太史),又称籀文。又传黄帝时苍颉写鸟兽之迹,为文作篆。又言高阳氏作科斗,变科斗文以为大篆。盖文字之创制,系经长期的演变,决非出于一人,种种传说,均不足据。

二、小篆

创于秦丞相李斯,变《苍颉篇》,取籀文,省为小篆。

三、隶书

创于下邽人程邈(字元岑)。邈因得罪系云阳狱,覃思十年,变篆为隶。或云隶书在春秋时已有,程氏修改,非创也。(见《封氏闻见记》引《水经注》)

四、八分

相传创于秦始皇时上谷人道士王次仲,或云汉灵帝时人。增广隶书,而成八分,盖起于官隶事繁,为求简易,渐转变而成。或云王次仲实创楷书。蔡文姬尝言臣父(邕)造八分书,割程隶字八分取二分,割李篆二分取八分。故曰八分,大抵比秦隶则易识,比汉隶则类篆,以篆笔作汉隶即得之。

八分之名实兴于汉末,《熹平石经》、魏《上尊号碑》、《受禅碑》皆此体也。古称八分亦为章程书，言其合于功令也。

五、章草

汉黄门令史游所创。史游虽创斯体，但本纪不记其能书，此体兴于汉章帝，故曰章草，或曰施于章奏故名。至后汉杜度始精绝。

六、行书

后汉颍川人刘德升所创。

七、楷书

汉魏间颍川人钟繇（字元常）学于刘德升。精心学书三十年，实开楷法之端。或曰正书实起于齐梁间，三国时人无作正书者，今帖中钟繇、索靖书，皆唐人伪造。

八、飞白

汉左中郎将蔡邕所创，邕本精于隶，汉熹平一字经出于其手，飞白本为宫殿题署，邕偶变其体，率意为之也。

九、草书

汉张芝所创，芝字伯英，敦煌人，临池作书，池水尽墨，人称草圣。

唐张怀瓘《书断》，以为书有十体。1. 古文、2. 大篆、3. 小篆、4. 籀文、5. 八分、6. 隶书、7. 章草、8. 行书、9. 飞白、10. 草书。

古书法，大小篆谓之篆，东汉诸碑减篆笔有隶法，谓之隶，以篆笔作隶，谓之八分，亦可谓之隶，正书谓之今隶，亦称楷书（见明赵崡《石墨镌华》）。

88. 六书

古代文字依类象形，故谓之文，形声相益，则谓之字，字者言孳乳而浸多也，著于竹帛谓之书，凡得九千余字。

所谓六书：

指事　视而可识，察而见意，上下是也。

象形　画成其物，随体诘诎，日月是也。

形声　以事为名，取譬相成，江河是也。亦曰谐声。

会意　比类合谊，以见指㧑，武信是也。

转注　建类一首，同意相受，考老是也。

假借　本无其字，依声托事，令长是也。

推此六书，文字大端可见。《周礼》保氏教国子以六书，即其事也（《周礼·地官篇》，参见《封氏闻见记》）。

89. 秦书八体

一、大篆　史籀所作。

二、小篆　李斯、赵高、胡毋敬所作。

（以上）皆简册所用。

三、刻符　施于符传。刻符书符节令掌之，今传虎符是也。

四、摹印　亦曰缪篆，或以刻符摹印为一体。宋徐锴以为符者竹，而中剖之，字半分，应别为一体。摹印字屈曲缜密，秦玺文是。

五、虫书　即鸟书，以书幡信，首象鸟形。秦玺李斯以虫书书之，今唯见于古印。

六、署书　门题所用，相传萧何所定，以题苍龙、白虎两阙，覃思累月然后题之，今无传。

七、殳书　殳，古武器。书于戈戟，故名殳书。殳体八觚，随其势而书之。百氏所职，文记于笏，武记于殳。见于印，亦见于瓦当。

八、隶书　施于公府。

又有科斗书　与鸟虫书、虫书同体而异名，小尾大头，形似虾蟆子故名，不知始于何代（参见《封氏闻见记》）。

王莽时代命司徒甄斗校文字，复有六书。

一、古文　孔壁中书，鲁共王坏孔子宅壁所得。

二、奇字　古文异体。

三、篆书　即小篆。

四、佐（左）书　即秦隶书。

五、缪篆　所以摹印。

“缪”字常误读作“缪误”之缪，应读作“绸缪”之缪。义为篆文填满，如绸缪也（桂未谷说）。

六、鸟虫书　所以书幡信。鸟书常见古铜器，唐《升仙太子碑》

额即飞白书，作鸟形（见《说文》叙）。

90. 古书法别体

宋张怀瓘《书断》以为书有十体（见前），亦有书有十二法之说。

宋僧梦英有十八体书：

一、古文　苍颉所作。

二、大篆　史籀所作。

三、籀文　史籀所作，同上异体。

四、回鸾篆　史佚所作。

五、柳叶篆　卫瓘所作。

六、垂云篆　卫恒所作。

七、雕虫篆　秋胡妻所作。

八、小篆　李斯所作，即秦篆。

九、填篆　字间满密，古已有之，韦仲将点定。

十、飞白　作于蔡邕。

十一、芝英篆　汉陈遵作。

十二、剪刀篆　韦诞所作，又作金错书。

十三、薤叶篆　务光作。

十四、龙爪篆　王羲之作。

十五、科斗　出于古人。

十六、璎珞篆　刘德升作。

十七、悬针　曹喜作。

十八、垂露　曹喜作。

以上所作信笔诘诎，所云作于何人，并无所据，米芾已讥其非古失真。

简体

我国简体字之推行，由于文字工作者之努力，在 1957 年以前共公布三次简化字 484 个，其中 132 字可作简化偏旁，使用另 14 字为偏旁。

现在可见到最早的汉字是甲骨文，时间在商殷（前1600—前1301，又作：前1300—前1028）时代，在春秋（前722—前481）战国（前480—前221），由于国内生产力发展，青铜器往往铸有款识，即所谓钟鼎文（亦称金文）。战国末期，六国均用小篆，但形体微有不同，秦统一中国，专用秦篆，废止其余各国所用。汉代通用隶书，在形体上其重要变化，是由匀圆均称弯曲之笔，变为方折平直。原来之象形字体，至此已保留无几（如☉☽变化为日月）。隶书实际上是古今字体的分水岭，是文字上重要之变革。西晋后，又渐转化为楷书。今日之简化字，仍系在形体上的改革，去拼音字尚待进一步的变革。

91. 旧时代之儿童启蒙书——三、百、千

我国在新型教科书未使用以前，旧社会中儿童启蒙书有《三字经》、《百家姓》、《千字文》、《弟子规》、《千家诗》等，尤为重要者是前三种。

一、三字经

相传为宋王应麟（伯厚）所撰，多经后人增补，有清王相训诂，尚兆鱼作注，章炳麟有重订本。原作文字简洁易记，全书共1146字，系以三字为句之韵文体裁，韵调抑扬顿挫，书内叙述历朝世系，仅用318字，排列整齐，叙事分明，手法之高明，无出其右，其余亦极精炼之能事。此种体裁，若易以新内容，作为启蒙教材，虽在今日，当仍为儿童所乐于接受也。江西老解放区列宁小学，即印有三字经式之课本一种，开首数句为“人之初，本自由，都平等，是一流……”（原书藏历史博物馆），另有第一次国内革命战争时期老根据地儿童读物一种，1964年江西教育出版社调查研究，根据农民反映，认为《三字经》、《百家姓》、《四言杂字》等传统形式，读来顺口，便于记忆，为农民所深喜。在目前，一种有革新内容，切合于农村之课本，亟待产生也。

《三字经》又有集注音疏一种，为清刘业全所注。刘字玉才，大兴人，同治甲子恩贡生，书成于光绪初年，颇罕见。

二、百家姓

百家姓出自《兔园策》。《兔园策》10卷，唐虞世南著，虞氏纂集

古今事为四十八门，皆偶俪之语，五代时流行民间，乡村以授儿童；或以为唐林嗣光所撰，原本30卷，今鸣沙石室发现佚书，有兔园册残卷序文。《百家姓》宋时已流传极广。陆放翁有郊居诗云："儿童冬学闹比邻，据案愚儒却自珍，授罢村书闭门睡，终年不着面看人。"自注云："农家十月遣子入学，谓之冬学，所谓《杂字》、《百家姓》之类谓之村书。"足见南宋时，《百家姓》已极流行(见《十驾斋养新录》)。

该书杂纂姓氏成四字句，漫无文意，惟音韵铿锵，童年熟读，则喉舌流通，唇齿便利，有裨音韵之学。有人以为，溯五音清浊之源，合四声翻切之谱，诚不为过。是书相传为宋初钱塘老儒所作，故首赵氏(宋国姓)，次钱(吴越王姓)，孙(钱俶妃)，李则指南唐。全书共收单姓408姓，二字复姓28，共436姓，464字。1962年所翻印，较此增多共568字。

唐太宗朝官撰《氏族志》，共收293姓。宋邵思《姓解》收2568姓(《古逸丛书》)。

明洪武四年(1371)三月，翰林院编修吴沈典籍刘仲质、吴伯宗据户部黄册编为《千家姓》，共收1964姓(书不传)，首句为"朱承天运……"(天字无此姓)。旧籍中常以"张王李赵"连称(朱弁《曲洧旧闻》)，张甲王乙，李丙赵丁(见范缜《神灭论》)，足见四姓之多。清俞正燮有《百家姓书后》一文(见《癸巳类稿》卷7)。我国姓氏，王、李、张、刘约占全数三分之一，次多为赵、陈、杨、孙、吴、徐六姓，以上十姓实占我国人口之半，其余姓氏共占半数(据北京协和医院根据120万病历统计)，此有关姓氏常识，约略介绍如上。

三、千字文

梁·周兴嗣次韵，清汪啸尹等释。

梁武帝(萧衍)命殷铁石摹取王右军1000字，萧子云写以进呈，始有"千字文"之目，音韵极铿锵顿挫之致。据传说，周氏以一夜之力成之，须眉皆斑。全文共250句，起"天地玄黄"，止"焉哉乎也"。或云千字文有两本，另一本为萧子范撰文。又云梁武帝得钟繇书破碑千余字，命周兴嗣次韵(《日知录》21卷)，均与上说异。《千字文》很早即流入日本，1831年译为英文。千字文一出，历代名书家以为范本，临摹不下数十家，南朝萧子云，隋虞世南，唐欧阳询、欧阳通父子，褚遂良，柳公权，裴行简，孙过庭，贺知章，张旭（草书），李阳冰（篆书）、宋徐铉（篆），米芾（草），黄庭坚（草），苏轼，蔡襄，元赵孟頫，鲜于枢，揭傒斯，明文徵明，僧人中之智永，怀素，高闲，贯休（俗姓姜，所书号姜体），莫不有临本，可谓盛极。

此外，尚有《弟子规》（不著作者姓名）、《蒙求集注》（后晋李瀚）、《史鉴节要便读》（清鲍东里）、《龙文鞭影》（明萧良有等）、《幼学琼林》（清程元升等），均为旧时童蒙必读书。

92. 谶纬

谶纬图象，古占验术数之书。以今语译之，“谶”是占卜吉凶的宗教预言，“纬”是以宗教预言的观点来解释儒家经典。由此可见“谶纬”虽有其不同处，但牵强附会则一也。“河出图，洛出书，圣人则之”，已见于《易》。谶（初禁反）者，验也（颜师古云），意谓有征验之书，多涉及阴阳五行星占，诡为隐语，预决吉凶。纬（围也，反复围绕以成经也）者，经之支流也，衍及旁义，则多经所不载。古称圣人作经，贤者纬之，故曰纬书配经，亦曰可以翼经。

秦汉以还，儒者推阐论说，各自成书，与经不相比附，甚至益以妖妄之词。虽谶纬连称，其实谶自谶，纬自纬，绝不相同，不得因谶而病纬也。西汉末季哀平之世，纬书益出，王莽附会其说，遂其政治野心。光武以赤符即位，即笃好图谶，上行下效，流弊浸广。张衡、荀悦、桓谭辟之，认为欺世罔俗。终东汉之世尚极流传，当时文字常杂用谶纬，聱牙不易通晓，在金石文字中，所见尤多。如《礼器》、《史晨》诸碑中，文字怪诞，多恍忽不经之谈。但谶纬之作，其来已久，儒者取纬书以资发明者，尤不胜举。古人认为纬与经实相表里，不为大儒所弃，故东汉之际，以通七纬为内学，通五经为外学。洎乎隋大业，焚谶纬，无复全书，惟《易》尚存，四库著录尚有《乾坤凿度》、及《易纬》若干种。清赵在翰所辑七种纬书，有《易》、《书》、《诗》、《礼》、《乐》、《春秋》、《孝经》。吾人每因谶纬连称，辄认为悉古代迷信图书，加以否定。兹略加叙述,俾有所区别。清朱彝尊《经义考》、全祖望《原纬》、近人蒋清翊《纬学源流兴废考》、楚图南《纬学导论》,可供参考。

(四)集　类

93. 文体

书名常涉及文体,兹择要简介如次。

一、记　纪事之文,以备不忘。古文以叙事为主,杂以议论。记之名,始于《戴记·学记》。

二、论　论者议也。直言曰言,论难曰论(见《说文》)。以言析理精微曰论。论史曰史论,论事论人则简曰论,始于史臣传末“论赞”,用以断人善恶(《汉书》曰“赞”,《后汉书》曰“论”,《三国志》曰“评”)。

三、说、解　释也,述也。《易》有《说卦》,许慎著《说文解字》。

四、传　创于司马迁。《史记》列传,载一人之事,又有小传、家传、外传、别传。盖人之事迹,虑其久而湮没无闻,作为传记,以垂久远。亦有事迹虽微,而卓然可为法式,传之行迹,固因其人,而辞之善否,又出于作者。其变体则《毛颖传》等。

五、杂著　杂著之文,或评议古今,或泛论政教,或读书杂记。随著立名,无一定体裁。

六、赋　盖古诗之流,《左传》郑庄公入隧而赋。屈原、宋玉演为别体,因谓之赋。盖屈宋实创其始,曰骚曰歌不以赋名耳。又歌而诵谓之赋(见《汉书》)。

七、序　绪也。意为次第有序,故谓之序。苏轼祖父名序,苏文中改序为叙(或作引)。最早见“诗序”,作于东汉卫宏。又有小序,序其篇章之所由作,对大序而言。

八、题跋　随文题以赞语,或作评介。于前则为序,于后则为跋。跋始于欧阳永叔、曾子固诸氏。尾语贵简峭。

九、诏 亦称诏令。统治者颁行之文也。犹后代之“文告”、“令”,古曰诰、誓、命,其实一也。秦改曰诏,历代因之。或用散文,或用四六。1962 年出版之《宋大诏全集》,即北宋时所颁诏令。

十、奏疏 古代臣向君进言曰上疏,始于汉文帝广开言路。当时有贾山《至言》、贾谊《陈政事疏》。

十一、露布 露版不封,布诸视听也。犹今之布告。古代每战,欲使天下闻知,乃书帛于漆竿之上,名曰露布。

十二、实录 为一种史体,专记王朝帝王一人之事迹。唐以来各代均有(见《清实录》条)。此外如明清《实录》,朝鲜《李朝实录》(太祖康献王至哲宗,共 848 册)等。均包括广泛,为绝好史料。

十三、起居注 实为一种史体,专记帝王生活言行动止之事。多由近臣之工文者掌之。汉有《献帝起居注》五卷,无撰人。晋有《惠帝起居注》二卷,陆机著。唐温大雅有《大唐创业起居注》,约有 30 余种 1000 多卷,均佚。后变为官名,初由宫中女官任之,后魏置起居令史。唐、宋有起居舍人,明设起居注,清仍之,由翰林任之。《穆天子传》之体制与起居注正同,可谓起居注之最古者,但颇类小说传记,不可以为信史。

十四、墓表(阡表,殡表) 表其大略,可以传世者。文体略同碑碣,有官无官均可用。碑碣则有官阶之限。宋赵明诚云:“史牒出于后人,不能无失。石刻当时所立,可信不疑。”碑表、墓志以之证史,实绝好资料。葬者墓路称为神道,意为神行之道。树碑于墓道,则为神道碑。西汉时已有此称。

十五、墓志铭 志,记也,或作识。铭,名也。显立于外曰碑、曰表。纳于圹中,曰志,曰铭。前叙为志,韵语为铭。古之人,功烈可名于世,殁则铸器以铭,俾传之久远。铭作散文或韵文,三言或四言,读之可证旧史之缺失。墓志有盖,多请工书者,以篆书为之,名曰篆盖(亦有隶书、正书者)。墓志之作,昉自两京。最早墓志,为西汉初贾武仲夫人马姜(马援女,贾复媳)墓志,建于延平元年(106),至北朝而浸盛。魏太和(477—)以降规制方整,文体亦渐趋邃密。下迄李唐,几乎人尽有志。

十六、碑　碑者古人述其君父之功。刻于石上谓之碑。或曰碑，埤也。专制帝王封禅树石埤岳，故曰碑（高者为坧，低者曰埤）。碑立于墓，志埋于圹中。此其不同。帝王用大木为碑，曰丰碑。其臣工所立，五品以上则置龟趺螭首，五品以下为碣（亦作楬，以木为之），方身圆首。又谓三品以上为神道碑，四品以下则为墓表。东汉以来，作者始盛。山川、域地、宫室、桥梁、壇井、寺庙、家庙、古迹皆有碑。又有功德、灾祥、风土、墓道、寺观，以石代金，冀其存于不朽。

碑之体，主于叙事，间杂以议论。唐以后，始有碑阴。古碑皆有孔，谓之碑穿，可穿鹿卢以下棺。碑表私美，兴长虚美，莫大于此。故魏晋间屡申碑禁。曹操尚薄葬，晋承其后，均禁立碑，故魏晋以后墓志兴焉。

十七、檄　檄者，激也（见颜注《汉书》）。古代官府文书，所用木简，长一尺二寸，征召晓谕诘责，皆用之。司马相如有《喻巴蜀檄》，陈琳有《讨曹操檄》，骆宾王有《讨武曌檄》等皆是。

十八、行状　行状、行实，名异而实同。六朝以来已有之。多由门人故旧书死者行状，上于史官，为议谥而作，或为铭志而作。约始于汉初。《文选》已载任昉《竟陵王行状》。韩柳文中逐渐增多。

十九、铭　名也，其源甚远。盖称颂先祖之功德勋劳，以显扬其声名于后世也（或以告诫后人如《汤盘铭》）。鼎、彝、尊、盘、匜之属，莫不有铭。以后施之于山川、宫室、门、井之类，皆有铭。“夫鼎有铭，铭者，自名也。自名以称扬其先祖之美，而明著之后世者也。为先祖者，莫不有美焉，莫不有恶焉，铭之义，称美而不称恶，此孝子孝孙之心也，唯贤者能之。”（见《礼记·祭统篇》）

二十、颂　诗之一体，美盛德之词。今之所谓歌颂。古人每以成功告之神明。文体用散文或韵文。《毛诗》有《周颂》、《鲁颂》、《商颂》。

二十一、赞　称美也，本作讚，《晋书》有赞。

二十二、评　品论也。史家褒贬之辞。曰赞，曰论（《后汉书》），曰评（《三国志》），其实一也。

二十三、箴　诫也。刘勰曰：“斯文之兴，盛于三代。”规诫之辞，若针之疗疾，故以为名。夏后氏命百官箴王阙，故有《虞人之箴》(《左传》襄公四年)。有官箴、私箴，大抵用韵语。

二十四、规 为图之器。《夏书》曰“官师相规”(见《左传》襄公十四年)，使不敢越，若木之就规。箴规常并称。箴上之阙，为箴。互相劝诫为规，亦有自箴者。

二十五、书、牋、啟 事理发挥，对面则以言，暌隔则以书。不能对面，则托书以传。此书问之不容阙也。如谈情则为情书，寄家人则为家书，论政治则为政书，关于个人则为私书等。

二十六、戒 警勅之辞。本作诫。有散文韵文两体。

二十七、骈体文 全篇用对偶之韵文。以对仗工稳为长，亦有不用韵者。

二十八、四六文 为骈文之一体，以四六为句之韵文。渊源于南北朝，盛行于唐。偏重形式，堆砌词藻，足以影响内容。

二十九、乐府 诗体名。可以谱入乐歌，因其可以配音乐，故名。古诗无不入乐，《诗经》皆弦歌之作，汉孝惠始立乐府。

三十、制义 亦作八比或制艺，或称时文。系对古文而言。此种文体，以破题、承题、起讲、入手、起股、中股、后股、束股，共为八段，故又称八股。明清封建王朝以此文体考试取士。

三十一、楹联 亦称对联。新春所张挂则曰春联，悼亡者则曰挽联。系利用汉语语音结构特点之一种文学形式，上下联不但词类相对(动词对动词，名词对名词，形容词对形容词)。且要求平仄相对，阴阳平为平，上入为仄(目前普通话少入声)，下联末字一定为平。相传楹联之作始于蜀孟昶之“新春纳余庆，佳节号长春”，宋以后大盛，至今不衰，但对仗之工已无以往之严格耳。

三十二、小品 文字隽永而简练短小精悍称为小品文字。如唐人小品、六朝小品、《涌幢小品》均是，足见由来已久。考“小品”一词实出佛典，称详者为大品，略者为小品；足本为大品，节本为小品。如鸠摩罗什《摩呵般若波罗密经》，有 27 卷本及 10 卷本两种，前者称《大品般若经》，后者称《小品般若经》。

三十三、杂文 移、驳、述、难、喻、札子、诔(哀词)……别称甚多,不可胜数。可因事而施,难于尽述。

三十四、誓、诰、命　约束于军中曰誓,如《书·汤誓》、《牧誓》。申儆于国人或臣下亦曰誓,如《书·泰誓》。告诫之辞,犹今日讲辞也。告诫臣下及国人曰诰,如《书·康诰》,《洛诰》。《梓材》、《多方》亦为诰,即后世之书。命为任命之辞,如《蔡仲之命》、《文侯之命》。

94. 诗体

在心为志,发言为诗。诵其言谓之诗,咏其声谓之歌。

我国古代早有古诗传诵人口,故古有采诗之官。如《击壤歌》:“日出而作,日入而息,凿井而饮,耕田而食,帝力与我何有哉。”《尚书·益稷》中:“股肱喜哉,元首起哉,百工熙哉……元首明哉,股肱良哉,庶事康哉!”,“元首丛脞哉,股肱惰哉,万事堕哉!”《尚书·五子之歌》:“内作色荒,外作禽荒,甘酒嗜音,峻宇雕墙,有一于此,未或不亡。”等句实即诗之滥觞。

诗之为句,由二言至十二言(说见《陔余丛考》),亦有一字为句者(见《日知录》)。《三百篇》所传,以四言为主,降及两汉、晋、魏、六朝无大变化。唐代以后四言遂绝,五言古诗创于《古诗十九首》及苏李赠答,七言出于《柏梁》。汉武《柏梁台》诗,人各一句,句皆用韵,不但为七言之始,且开联句之端(联句至韩愈始盛)。古体诗篇章,不拘长短,不限平仄,不求对仗。

五七言律诗,八句四韵,为定格,中间两联对仗。创于唐初沈佺期、宋之问,绝句亦作截句(即截取律诗四句),七绝初唐尚少,以后始盛。律者,协律之谓,调平仄,求对仗,格律谨严。

唱和之作,有次韵、和韵之不同,次韵则先后无易,和韵则同在一韵而已,亦有和诗不和韵者。

集句系袭取古人成句,宋初已有,至石曼卿而大著。王荆公晚年喜为此,故有人认为始于王氏者。亦有专集一家一朝者(如集杜、集唐)。

此外诗体尚有可以谱之音律,播为歌章者,则为乐府《竹枝词》,

亦称为巴渝词。乐府之源出于巴渝，始作于唐白居易、刘禹锡，后人效其体，多咏土俗琐事。

以诙谐俚语入诗，为打油诗，唐人有张打油作《咏雪诗》云："江上一笼统，井上黑窟窿，黄狗身上白，白狗身上肿。"又有"大雪洋洋下，柴米都长价，板凳当柴烧，吓得床儿怕。"均为同样体裁。

专为科举所采，八韵排比，戒律谨严，则为试帖诗。

诗之内容则有咏史、怀古、咏人、咏物、纪游、宫体(宫词)、悼亡。至于寿诗、挽章纯为酬世之作，不为人所重。

词亦称诗余，又称长短句，为诗之一体，始于唐，而盛于五代。宋以后体制益繁，现存词集，当以《花间集》为最古。唐末词家之作，多赖以保存。词，调有定格，句有定言，韵有定声，作者依式填字，故曰填词。词不及六十字为小令，六十字至九十字为中调(如《蝶恋花》)，九十字以上为长调(如《沁园春》)。

新体诗始于"五四"以后，不为旧诗格律所拘，亦不限韵，每句不限字数，略等舒情短文。因抒写任情，为人所喜，有宜于朗诵者为朗诵诗。亦有长诗，经分段排列，即所谓组诗，均近代体裁。

95. 全唐文

《太平御览》、《册府元龟》、《文苑英华》，均为 1000 卷之巨制，再加以清嘉庆时所编之《全唐文》1000 卷，俗称"四大千"，盖书业中人为便于记忆而简化之也。《全唐文》共收 3042 人，18488 篇，系由《永乐大典》、《四库全书》、《古文苑》、《文苑英华》、《唐文萃》诸书所收集，由董诰、阮元等所编。

以上所述，宋人所编仅三大千，其实当时尚有医方 1000 卷，曰《神医普救》，因书已佚，不为人所熟知耳。

96. 最难懂的一部书

《樊绍述集注》(2卷),唐樊绍述著。樊氏著书291卷,诗719首,均佚。至今仅存两篇;一、《绛守居园池记》(777字,见《四库全书总目》);二、《绵州越王楼诗序》(297字)两篇,共一千余字。文笔诙诡险怪,极为难解,称为涩体,原文难于句读,好奇者递为笺注,得其本意与否,终不可知。韩愈之子昶(字有之)学诗于张籍,学文于樊宗师,足见其当时文学地位。昌黎称其文必己出,不蹈袭前人一言一句,古人未尝有。当时有人语曰"文章学奇于韩愈,学涩于樊宗师"。世称周诰殷盘,诘屈聱牙,樊文之难解,殆远过之。吾人不必求解其文,但晓有此一体足矣。樊氏作品除以上两篇外,尚有《樊涚墓志》(涚,樊氏从祖),艰涩程度稍逊。近人岑仲勉有研究樊文之书目提要一种(见《研究院集刊》第九十册)。

(五)类书、丛书

97. 类书

凡荟萃成语,兼收群籍,裒次故实,区分部类,以利寻检,则名"类书"。区分之法,或以类分(分门隶事),或以字分(按部检字),或以韵分。韵分中又分齐句头、齐句尾(即首一字或末一字)。总期便于读者,略同近代之词典或百科辞典。

我国最早类书为《皇览》(四十门,120—130卷),三国时刘劭所编,但此书已佚(《问经堂丛书》存一册,全书约80万字)。此后齐梁间,有《华林遍略》(当时即流传北朝),《御览》(宋初尚存),刘孝标编有《类苑》,约100卷。晁公武之《郡斋读书志》,类书类载《同姓名录》三卷(梁元帝萧绎著)。《四库全书总目提要》以是录为类书之首。由此前溯,《尔雅》一书亦系分类编成,若推为类书之首,似亦可据。

类书之功用，除便省览外，存古之功用亦不小，“古籍散亡，十不存一，遗文旧事，往往托以得存”（见《四库全书总目提要》类书类小序）。故后来学者多从类书采辑佚书，此种风气，清代颇盛。但类书多因袭旧作，陈陈相因，据此辑佚，往往辗转抄袭，以讹传讹，此其弊也。类书体裁，除专辑故事外（《皇览》），或摭拾字句，兼采本文，（如《艺文类聚》、《初学记》），或专及华藻，终为事文兼采之体。现存类书在唐有：

一、《北堂书抄》160卷，唐虞世南辑。北堂者在隋秘书省之后，盖书成于隋时。书分80类，多摘录字句，不尽注所出，所引古书，考证家援以为据，但不如欧阳书之首尾完具也。

二、《艺文类聚》100卷，唐欧阳询辑。46门，727类，约一百余万字。以事实居前，诗文列后，在诸类书中体例最善。

三、《初学记》30卷，唐徐坚辑。

四、《群书治要》50卷，唐魏徵辑。

五、《白孔六帖》100卷，唐白居易辑。入宋以后，由宋人孔传续辑，合为一书。自宋已然，不知出自何人。

宋以后类书日渐增多，较为重要者有：

一、《太平御览》、《册府元龟》（见另条）。

二、《事类赋》30卷，宋·吴淑辑。

三、《事文类聚》170卷，宋·祝穆辑。

四、《翰墨大全》125卷，宋·刘应李辑。

五、《玉海》200卷，宋·王应麟辑。

六、《小学绀珠》10卷，宋·王应麟辑。

七、《事林广记》42卷，元·陈元靓辑，有插图，中华有影印本。

明代类书有：

一、《天中记》60卷，明·陈耀文辑。

二、《荆川稗海》120卷，明·唐顺之辑。

三、《学海》164卷，明·茅绚辑。

四、《五车韵瑞》160卷，明·凌稚隆辑。

五、《锦绣万花谷》80卷，明·佚名辑。

《永乐大典》合丛书、类书为一，故不列。

清代类书有：

一、《古今图书集成》(见另条)。

二、《渊鉴类函》450 卷，清·张英辑。

三、《骈字类编》240 卷，清·吴士玉辑。

四、《子史精华》106 卷，清·吴士玉辑。

五、《佩文韵府》443 卷，清·张玉书辑。

六、《古事比》53 卷，清·方中德辑。

七、《格致镜源》100 卷，清·陈元龙辑。

燕京大学类书目录，收 316 种，分 10 类：1. 类事，2. 典故，3. 博物，4. 典制，5. 姓名，6. 稗编(小说)，7. 同异，8. 鉴戒，9. 蒙求，10. 常识。

98. 丛书

丛者聚也，或支分于盈尺之部，或散见于片楮之间，裒而聚之也。又，丛者杂也，或述经史，或辨礼仪，或备劝戒，或资考订，事类纷纶，杂而列之也(清王晫)。

丛书亦可名为“汇刻书”。即荟萃群书为一书，少者数种，多者数百种，一般均随得随刊，无一定次序，各就编者所好，多数按四部分类。

兹依其内容将所有丛书分为以下数种：

一、个人丛书，包括氏族，如《章氏遗书》、《袁氏家集》等。

二、地方(郡邑)丛书，如《畿辅丛书》、《岭南丛书》、《湖北丛书》、《吴兴丛书》等。

三、时代(断代)丛书，如《汉魏丛书》、《唐宋丛书》等。

四、专题丛书，如《许学丛书》、《武经丛书》、《古泉丛书》等。

五、辑佚丛书，如《古逸丛书》、《玉函山房丛书》等。

丛书之辑，始于南宋，现代尚存者有以下两种。

一、《儒学警悟》，宋俞鼎孙、俞经合辑，10 种 41 卷，书成于宋宁宗嘉泰元年(1201)。

二、《百川学海》，宋左圭辑，100 种 177 卷，刊于宋度宗咸淳九年(1273)

以往学者，多以《百川学海》为最早之丛书，清代缪荃孙指出《儒学警悟》，实早 72 年，以上两书，虽为丛书，但尚未以丛书命名，至明程荣所辑《汉魏丛书》，始以丛书命名。明代编辑丛书之风渐盛。清代愈多而精，如士礼居、岱南阁，多仿刻宋元旧椠，以多为胜者，如鲍氏《知不足斋丛书》207 种 781 卷，伍氏《粤雅堂丛书》208 种 1289 卷。丛书之作用，清代张之洞对之评价最高，其言曰："丛书最便学者，为其一部中，可包群籍，欲多读古书，非买丛书不可。"清代丛书可逾二百种，可谓盛极一时矣。丛书究有若干种，亦难于遽答，最近编制之《中国丛书综录》(书成于 1959—1963)，共收 2797 种，子目38891种，新学、佛学尚不在内，但仍有漏收(北京图书馆戚志芬同志曾著文指出)。

最早出版之汇刻书目，为清顾修辑于 1799 年，仅收 216 种(《丛书集成》收 100 种，子目 4107 种)。丛书中又有以丛书名者，如《墨海金壶》中之《荒政丛书》。又有虽名丛书，而内容实非丛书者，如陆龟蒙之《笠泽丛书》三卷，实文集也，其义为丛脞之书，犹言细碎无当之著作。宋王楙之《野客丛书》30 卷，则杂录杂考之类，《四库提要》入于杂家类杂考之属。

99. 太平御览

《太平御览》，为宋初编辑之巨型类书之一，宋太宗太平兴国二年(977)开始，八年完成。初名《太平总类》，由李昉、扈蒙、徐铉等担任编辑，分 55 门，4558 类，共约 4784000 字，引用书籍 1689 种(不包诗赋杂书)，其中不少同书异名者，实际约 1000 余种，至今已十之七八失传。此书搜罗浩博，至今为考证渊薮，其他类书不能先也。版本约有十余种之多，明有饶刻活字本、倪炳刻本，清代有歙县聂崇诚刻本、昭文张海鹏刻本、广东重刻本。其后有 1935 年商务印书馆影印本，1960 年中华书局有铅印本。或云《太平御览》之纂辑，实以南齐所修之《御览》为蓝本。

100. 册府元龟

31部,1104门,门有小叙。宋王钦若等编。其义例多由真宗自定,由景德二年(1005)至祥符六年(1013),经八年之久,始克完成。本书惟取六经子史,不录小说杂书。所辑自上古至五代,皆北宋以前古本。直至明代,只有一刻。"册府"见于《穆天子传》,"元龟"见于《尚书》"西伯戡黎",意为大龟之占,能以先知。古时求神以卜,以龟为主。当时图书,不少以龟为名者,《汉书艺文志》有《龟书》53卷,《夏龟》26卷,以及《南龟》、《杂龟》等书,有以龟为鉴之意。此书命名,盖取于此。旧有《音义》10卷,今佚。原书参加编辑者有钱维演、杨亿、陈彭年等15人,均一时著名学者。彭年博洽,不可欺毫发,实主其事。1962年中华书局有新印本。

101. 文苑英华

宋李昉等辑,由太平兴国七年(982)至雍熙三年(986),经五年而完成。广收南朝梁至唐代诗文集(唐文占十分之九),系赓续《文选》而作,内容丰富则远超过之。唐代遗文佚书,赖以保存。明《古诗纪》,清《全唐诗》、《全唐文》之辑,多取材此书。编成后,直至嘉泰四年(1204)由周必大校订后,始刻印成书,当时并未传播于外,只作内庭秘藏,外人不得见,故历来藏书家均无著录,直至明隆庆元年(1567)胡维新始根据流传钞本刊印,此后四百年间,无重刻本。辛亥革命后,曾发现宋刻残本140卷,1965年商务印书馆据胡刻本860卷,益以宋残本140卷影印,并附考订。

102. 永乐大典

明成祖(朱棣,1359—1424)永乐元年(1403)命解缙修一部类书,翌年书成，名为《文献大成》。永乐以其太简略，又命姚广孝重修，从事工作者2169（或作2186）人，编入古书七八千种。永乐六年（1408）全书告成，共22877卷，书目60卷，11095册，总字数约3.7亿字，定名为《永乐大典》。

《永乐大典》虽依韵分列，但非严格依照类书体例编辑，同时兼有丛书性质，因在一个韵目中，经常收入全书，一字不遗。若以体例而言，《古今图书集成》类书也，《四库全书》丛书也，《永乐大典》则合丛书类书为一，此不可不知。

《永乐大典》以《洪武正韵》为纲，分列单字，全书收入之书，不加改易，是胜于《四库全书》处。

永乐十九年（1421）迁都北京，书亦随之北来。嘉靖四十年（1562）至隆庆元年（1567）副本写成，（或者有原、正、副三本）分藏于文渊阁、皇史宬。明季文渊阁被焚，原本可能毁于火，但亦未能证实。副本于清雍正间移藏翰林院，乾隆间已缺2400余卷。光绪甲午（1894）前仅存800本，（见《翁同龢日记》）。光绪二十六年（1900）遭帝国主义侵略军焚烧掠劫，据鹿传霖所奏遗失607本，（见《骨董琐记》卷4），清末仅存64册，移存京师图书馆。新中国成立后，增至215册（内苏联还64册，德国还3册，捐赠23册，购入若干册）。又收集地方存书16册；1960年9月经中华书局影印（缩印），分订202册（未依原样），影印用金属板套色，保持原书朱墨本来面目，共730卷，仅全书百分之三。原书存于世者约800册，今已得其百分之九十以上，可谓难得（以上节录郭沫若序文）。此外另有仿制本一种，版式尺寸装帧悉依嘉靖底本不爽毫厘，藉此可见原貌。

1962年，广东佛山市市民钟毅弘捐献三册，为去声19敬韵“命”字条，《诸家星命》一书之126—133卷，前影印本未收，故补录于此。

此书为我国最早之百科全书，宋元以前旧籍多赖保存，非四库任意删改古书可比。《四库全书》编辑时由其中辑出佚书达500种，《水经注》保存全部，尤为难得。清徐松又辑出《宋会要》一部，实为不可多得之珍贵资料。

103. 武英殿聚珍版

清乾隆三十八年(1773)诏儒臣辑《永乐大典》中罕见之书,共138种2411卷,以活字排印,凡经部32种,史部29种,子部34种,集部43种,称为"内府聚珍版"。

清高宗(弘历)聚珍版诗序曰:"校辑《永乐大典》之散简零篇,并搜访天下遗籍不下万余种,汇为《四库全书》。择人间所罕觏,有裨世道人心,及足资考镜者,剞劂流传,嘉惠来学。第种类多,付雕非易,董武英殿事金简以活字法为请,既不滥费枣梨,又不久淹岁月,用力省而成功速,至简且捷。昔沈括《笔谈》记宋庆历中,有毕昇为活版,以胶泥烧成,而陆深《金台记闻》则云毘陵人初用铅字,视版印尤巧便,斯皆活字版之权舆。顾埏泥体粗,镕铅质软,俱不及锓木之工致。兹刻单字二十五万余,百十种书,悉可取给,而校雠之精,今更胜于古所云者。第活字版之名不雅驯,因以'聚珍'名之,而系之以诗。……"

读以上序文,对聚珍版印刷源流,可以略悉梗概,除上述内聚珍外,尚有外省所刊:

乾隆间浙江刊本。

乾隆四十二年(1777)福建刊本(种类最多,达148种)。

道光同治递修,光绪二十一年(1895)刊本。

同治十三年(1874)江西刊本。

光绪二十三年(1899)广州广雅书局刊本。

以上除武英殿本为聚珍版,其余福建、江西、广州诸本,均悉翻刻,并非活字。

以上由外省翻版通行办法,系依照董诰所请,于乾隆四十二年九月特准办理,原奏略称"……近日闻风购买者甚多,所印之本尚不敷给,查江南、江西、浙江、福建、广东五省,向来刊行书籍颇多,刻工版料亦较他处为便,……准将现已摆印过各书,每省发给一份,如有情愿刊者,听其翻版通行,并请嗣后于每次进呈后陆续颁发照办。此后远方购书较易,流传益广。"

104. 四库全书

是书为继《永乐大典》之后，另一部官修大丛书，我国重要文化遗产之一。自乾隆三十七年(1772)下诏征求遗书起，至乾隆四十七年第一部抄成止，费时10年，若以完成7份写本计，则为17年。主要负责人为纪昀(1724—1805)、陆锡熊、戴震、邵晋涵、周永年(1750—1791)，均当时知名学者。分经、史、子、集四大部，纪氏总其成，经部戴氏，史部邵、陆两氏，子部周氏。清高宗亲自检查，督责严厉，工作人员中有处分受责积累至3728次(见办理全书档案)。实收图书3457种，79070卷，成书36000册，存目6766种(共分经10类，史17类，子14类，集5类)。又作3471种，79218卷，6819存目(《四库学典》、《四库修纂考》)。

四库又一说：

经:695部	10271卷	存1081部	10177卷
史:564部	21911卷	存1572部	16355卷
子:925部	17877卷	存2016部	41420卷
集:1277部	79250卷	存2124部	25601卷
总:3461部	79306卷	存6793部	93551卷

内410无卷数

同时刊行尚有下列数种：

一、《四库全书荟要》，464种12000册。

共抄两部，一部毁于英法侵略军(咸丰十年1860)，一部在台北，已部分损坏。

二、《四库总目提要》，200卷。

三、《四库简明目录》，10卷。

当时除正本外分缮七份，分藏下列各处。

1. 北京文渊阁
2. 北京文源阁(圆明园)
3. 热河行宫文津阁
4. 奉天(沈阳)文溯阁

以上北四阁

5. 扬州大观堂文汇阁

6. 镇江金山寺文宗阁

7. 杭州行宫文澜阁(圣园寺)

以上南三阁

另副本一分存翰林院。

封面按经黄,经解绿色,史红,子蓝,集棕分别装订,精美异常,现全国尚存四部。

1. 原文津阁本,存北京图书馆。

2. 原文溯阁本,存沈阳图书馆。

3. 原文澜阁本,存杭州图书馆(经丁氏钞配本)。

4. 原文渊阁本,存台北。

清代修书,尚有其政治任务,即由选书中,以达到查禁目的。按史册所载,在修书期间,被查禁、抽毁、全毁之书达 2413 种。仅浙江一省,8 年期间送京销毁即有 24 次之多,共 538 种,13862 卷,就地销毁者尚不在内。历史家认为是图书上一大厄也(参见另条)。

《四库全书》共钞 8 份,每份 36000 册,《荟要》两份共 24000 册,共 312000 册,均用楷书写成,其工程之大,亦世所罕见。

四库不包之书,据乾隆当时指示,"坊肆所售举业时文及民间无用之族谱、尺牍、屏幛、寿言等类,又其人本无实学,不过嫁名驰骛,编刻酬倡诗文,琐屑无当者,均无庸采取……"此外宋人集中有青词一体,乃道家之流,祈祷之章,认为非斯文正轨,亦认为迹涉异端,尤为不经,亦予删去。此外,词意媟狎,有乖雅正,如《美人八咏》等作,均撤出不使入选。

105. 古今图书集成

《古今图书集成》,10040 卷,6 汇编,32 典,6109 部,内目录 40 卷,共 10040 卷。由设计(1701)至印成(1728),共 28 年。

每卷字数约 10000 字,共为 100000000 字。

原为闽侯人陈梦雷(字则善,号有斋)所辑。当时统治王朝内部矛盾，梦雷依附诚亲王胤祉，胤祉得罪，陈亦配边，由他人赓续成之。书题“圣祖仁皇帝钦定”，雍正原叙有云：“……皆皇考指示训诲，钦定条例，费十年圣心”，未免掠美。本书原名“汇编”，后改今名。原书每部之下，先汇考，次列总论，并有图表、艺文、选句、纪事、杂录、外编等项目，编排系统井然，便于使用。

雍正四年（1726）铜板活字排印 64 部，开化纸、太史连纸各半（现均罕其传），半页 9 行，行 20 字白口，四周双边。为世界上从未有之大百科全书，同时亦为历史上规模最大之金属活字印刷工作（法国《百科全书》成于 1751—1780 年，实晚于此书约 50 年）。

106. 四部丛刊及其他大型丛书

辛亥革命后，陆续编刊出版了几部大型丛书，主要有以下几种：

一、四部丛刊

共三编。商务印书馆近代著名出版家张元济等编辑。民国八年（1919）倡议编辑，民国十一年（1922）出版初编，收书 323 种，8548 卷（其中四种无卷数）。后又将其中 21 种更换版本，多出 25 卷。初为影印线装，后改成平装缩印。初编问世后，得到学术界重视。于是又在民国二十三年、二十四年（1934、1935）继续编纂影印《四部丛刊续编》和《三编》。《续编》收书 81 种，《三编》收书 73 种。合计 477 种。

商务印书馆出版这部丛书的宗旨是要挽救旧籍日趋沦亡的趋势，保存善本。在《印行四部丛刊启》中云：“自咸同以来，神州几经多故，旧籍日就沦亡。盖求书之难，国学之微，未有甚于此时者也。上海涵芬楼留意收藏，多蓄善本，同人怂勇景印，以资津逮。间有未备，复各出公私所储，恣其搜览，得于风流阒寂之会，成此《四部丛刊》之列。”

在这个宗旨下，这部书注重版本的价值，各书所据的底本，多为商务印书馆的涵芬楼所藏的善本和当时公私藏本的善本书。以重印的《初编》而言，内有：

宋本 45 种　影宋 13 种　明活字本 8 种

金本 2 种　影元 4 种　日本高丽刻本 7 种

元本19种　校本25种

所收各本，以涵芬楼所藏为主，复集其他公私所藏。出版者自称有以下特点，一、切实用，二、择善本，三、存真本，四、均铨配。实不失为较好大型丛书也。

二、四部备要

1920年中华书局陆费逵等编辑，经14年而成书。全书共351种11305卷2500册（子种），除全书外，另有选印十一种（丑至亥种），读者可依其需要采购，不必尽购全书。

三、四库全书珍本

1933年商务印书馆选印文渊阁四库未刊珍本，1935年7月书成，用毛边纸影印。

初集经61种、史19种、子34种、集117种，共213种1960册。

该馆原计划影印四库全书，因限于财力，先选印一部，此其初集，后未继续。

四、丛书集成

1935年，商务印书馆由丛书100种中，汰其重复，选印4100种约20000卷，分7集铅印出版，共3467册，原定4000册，未出齐。

五、万有文库

王云五氏主编，由商务印书馆1929—1934年所出版。内容包括四库旧藏、百科新著、外文译作，分两集出书。

第一集　1010种，2000册，附10大册115000000字

1. 国学基本丛书（初）　2. 汉译世界名著（初）
3. 学生国学丛书　4. 国学小丛书
5. 新时代史地丛书　6. 百科小丛书
7. 农学小丛书　8. 工业小丛书
9. 商业小丛书　10. 师范小丛书
11. 算学小丛书　12. 医学小丛书
13. 体育小丛书

第二集　700种，2000册，附28大册120000000字

1. 国学基本丛书（二）　2. 汉译世界名著（二）

3. 自然科学小丛书　　　　4. 现代问题丛书

此书所选除极少数外,今日已陈腐过时,仅供参考,不宜推荐。

107. 外国百科全书

一、大英百科全书(原名 Encyclopedia Britannica)

其前身为《技术词典》(Lexicon Technician)或作《世界艺术和科学词典》(An Universal English Dictionary of Arts and Sciences)首卷出版于1768年,主编人为John Harrison,后两年又续出两卷。约韩哈里斯是《技术词典》主编,1704年出版,他被认为是第一个创立了现代意义上的百科全书。

正式《大英百科全书》1771年(乾隆三十六年)发刊于爱丁堡,比我国《四库全书》筹备早一年,初版共三卷2670页,内容偏重苏格兰介绍,主编人为威廉·斯梅利(Wiliam Smellie),第三版以后改由科林·麦克法卡尔(C·Mmacfarquhar)续编。

2版3册1776年　　3版10册1788年

4版10册1801年　　5版10册1809年

6版10册1823年　　7版(不明)

8版21册1853年　　9版24册1875—1889年(内容提高,远销世界各地)

10版35册1902年

11版29册1910—1913年

12版1922年,只出报导第一次大战之补编3册

13版1926年分别由英Caroin美H·Hooper主编

14版24册1929年

1936年以后采取分类修订,由伦敦、芝加哥,或在多伦多(加拿大)分别出版。第二次大战后,附出年鉴(Year Book)一册,以后每年作部分增订,不出新版。

该书初期宗教气息极为浓厚,逐渐变为大型综合性参考书,初刊仅3000000字,发展至38000000字(1963年)。1960年作全面

增修，至1963年内容改动已达全书三分之二，1964年即出新版23卷。

英国出版尚有《Chamber's百科全书》一种，开始出版于1859—1860年，每5年改版一次，虽规模较小，但富于英人彩色，且供稿人多知名人士。

二、苏联大百科全书

第一版刊行于1925—1947年，共为66册，收入条目为65000条。第二版由1949年起经过10年陆续刊行，1958年出齐，共51册。其内容由苏联科学院院士涅斯米扬诺夫等三人共同撰文介绍。此书字数、条目均超过英、法、美各国同性质书，材料之新颖准确均较他书为胜。

参加编纂者15800人，其中有科学院院士或通讯院士685人，艺术家、教授、博士共6478人，包罗70个不同民族，共有5000著作页，超过第一版1000页，词汇数目100000个，较第一版多35000个。

三、此外，法国百科全书发刊于1751—1780年，尚早于大英百科全书。德、意等国均有类似书籍，并各具地方彩色。

日本出版有《大百科事典》，发行于1931—1934年，共为26册，1955—1958年改为《日本世界大百科事典》，共32册（末一册为索引），全书由国内著名学者执笔，较其他各国所编有后来居上之感。德国同类书有《泽德勒（Zedler）大辞典》或称Grones Vollstandizes Univeral Lexicon Aller Winonschaflen《科学艺术通用大辞典》，1732—1750年出正编64卷，补编4卷。

勃洛克豪斯（Brockhans）公司出版之《百科全书》（Conversation Lexicon）10卷，1819—1824年初版，1928—1935年出第15版，正编20卷，补编9卷。1936年、1941年两次出新版，1952年战后出第16版。

法国有《大百科全书》Grand Encyclopidie为M. Berthelot主编，共出31卷，1886—1902年出刊，1960 Grand Larounse Eneyclopédie共出6卷Encyclopédie Feancaise1937。

美国有《新美国大百科》New American Encyclopedia（1858—1863年）内有马克思、恩格斯著文80条，现已收入《马恩全集》。

另外一种为Encicopedia Americana，均富于美国彩色。

意大利《科学、文学艺术百科全书》（Encicopedia Italiana disceizehettre ed arti）共16卷，1929—1939年在罗马出版，1939—1949年每年出补编，地方气息极重。

《伊斯兰百科全书》（Encyclopedia of Islam）以英文发行，共4卷补1卷，1931—1938年出齐，由三百余专家及东方学者供稿，再版预计5卷，索引1卷，《伊斯兰世界地理图》一册，1960至1965年只出首卷（A—B字头），内容包括历史、地理、宗教信仰、社会风俗、种族、工业、科学、奥托曼帝国（Ottoman Enapire）及伊斯兰国家，尚有《伊斯兰小（Shorter）百科》，在伦敦出版。

以上所述苏联之《大百科全书》之外，尚有《苏联小百科》一种，已出三版11卷，《简化百科全书》4卷，尚有专科应用之本，如医药、历史、地理、艺术、文学百科全书等，此类内容丰富之工具书，在世界范围内，为适应需要，已日趋发展。

我国《古今图书集成》在欧洲称为Kang His's Imperial Encyclopedia（《康熙帝国百科全书》）或作Chinese Encyclopedia（《中国百科全书》）。

108. 近代辞书

一、辞源

开始编辑于1905年，陆尔奎主编。1915年出书，1931年方毅等续编，1939年正续本合印，1949年出简编，约原书四分之一。此书之出，为我国新型辞书发端之始。共收名词十万余条，其最大贡献，为我国辞书第一次在单字条目之后收入大量复词、成语及各类术语，以及外语借辞、重要人名、地名等。为打破旧形式之先锋，可称旧式辞典之一大进步。

1959年计划重修专为阅读古籍工具，重点在收集古典词汇，与

《辞海》分工。删去全部社会科学与自然科学名词,并删冷僻词汇,增补常见词目。先出第一册(原计出四册)。共收单字 13578 字、辞 84336个、图 2800 幅。

二、辞海

较前书晚出 20 年,初版于 1937 年,上海中华书局舒新城等所编。历时 20 年,收词 10 万条,单字复词并收,新词较多。因参考前书,纠正不少缺点。内容体例均较前书为胜。至于立场观点上之错误,仍同前书,现正从事修订,已于 1961 年出有试行本一种。语词部分,淘汰过去偏僻单字及陈词,增加大量新词目。于 1965 年 4 月刊行"未定稿"本,共为 4257 页,11613000 字,由陈望道主编。国内学者参加者不下 700 人,由 1959 年 6 月至 1965 年 4 月,经 6 年之久始完成初稿。

三、辞通

朱起凤编,1934 年开明书店出版,分上下两册。全书收词连说解共 300 余万言。历 30 年之久。易稿至十余次,始克成书。收辑古书中之两个字的合成词,排比整理,依平上去入四声,以词尾韵分韵编次,常见词排列在前,词意相同而形体相异附后。其举例加以解释,网罗颇富,考订亦精密,于阅读古籍颇有帮助。

四、联绵字典

符定一编,36 卷,分 12 集。1943 年商务印书馆出版。共 10 册,索引 1 册。多收双声叠韵及重叠的联绵字,并包括助字虚词中之双音复词。广收博采,引文审慎,解释亦精详。较之《骈雅》(明朱谋玮编)、《叠雅》(清史梦兰编)更为周密。实为同类书中之后劲。是书系按字典部首排列,每词又依笔划多少分先后,颇合近人使用习惯,仍以反切标音。

109. 清内府所辑丛书、类书多以书斋命名

渊鉴斋在畅春园土山北,循河岸西上即是。佩文斋在渊鉴斋后。《渊鉴类函》、《佩文韵府》、《佩文斋咏物诗选》、《佩文斋书画谱》所

自昉。

淳化轩在长春园含经堂后，廓庑间嵌《重刻宋淳化阁帖》石，此又因帖而名轩，与上小异矣。

三希堂，清高宗得右军之《快雪帖》，大令《中秋帖》，王珣《伯远帖》，皆希世之珍，就养心殿温室贮之，易其名为“三希”。

摛藻堂，在御花园，《四库全书荟要》12000册藏于此。

天禄琳琅，在乾清宫东仁寿殿，额曰“天禄琳琅”，贮宋元镌本于此，有《天禄琳琅书目》。

110. 杂志

以杂志名书，自古有之，如宋张耒之《明道杂志》，曾敏行之《独醒杂志》，张友仁之《研北杂志》，周密之《癸辛杂志》（识），廖莹中之《江行杂志》，阙名之《云间杂志》，周辉之《清波杂志》，陆懋功之《泉南杂志》，王念孙之《读书杂志》，金武祥之《赤溪杂志》等皆是。但其内容均系笔记体裁，非近代所谓杂志也。近代之杂志，其体例盖来自欧洲（magazine journal）有定期（periodical）与不定期之别，定期者有年刊、半年刊、季刊、双月刊、月刊、半月、旬、周、五日、三日不等，其内容在初期约分论说、新闻、译丛、来件、文苑、杂俎等。

中文杂志，以清嘉庆二十年（1815）南洋马六甲出版之《察世俗每月统记传》为最早，共发行7卷（1815—1821年），距铅字之出现尚早25年。这本杂志扉页上端有“嘉庆乙亥年七月”数字，嘉庆乙亥七月（1815年8月5日）右方所引孔子语，既不相连，亦非全句，前半出《为政》，后半出《述而》，足见编者汉文水平并不高明。左方“博爱者”系米怜笔名（英名 William milne，1785—1822）。

嘉庆乙亥年七月

子曰多闻择其善者而从之

察世俗每月统计传

博爱者纂

系雕版印刷，共十四页，半页七行，行二十字(原书存伦敦大英博物院)，刻工为粤人蔡高梁发，发行份数为500—2000份，英文名为Chinese monthly magazine，发行地为麻六甲(malacca)(在马来半岛西南隅)1821年停刊，共发行7卷，为时六年半，524页，主要为宣传教义。

此后汉字字模及排字法相继发现，印刷术亦日益革新，刊发更为便利。由清道光直至中华人民共和国成立100余年间，共刊发杂志约19115种，北京专门经营杂志之书店松筠阁，所搜罗已超过1万种，积藏50万册之多(1963)。

我国早期刊物，有《上海汇报》，同治十三年(1874)容闳(纯甫)(1828—1912)所编。容氏于1847年赴国外求学，为我国留学最早之人。《万国公报》1895.8.17发刊，4个月后改为《中外纪闻》，共出一个月。《强学报》1896.1.12出刊，3期即停刊。《国闻汇报》(旬刊)，(严复编，1897年天津)，《天演论》译文最早登此刊。

我国杂志连续出版最久者，为上海商务印书馆出版之《东方杂志》，由1904年3月起，1948年12月止，经44年之久，虽历经迁徙馆址，变更编辑部，终至延续816期，最后一期为第44卷第12期。此外，延续尚久，质量亦有可观，甚少脱期，为《大公报》刊行之《国闻周报》，由 1924 年 8 月至 1937 年 12 月，共出 14 卷，每年出 50 期，首尾完整。

其中政治性刊物影响较大，在清季则有《清议报》，创刊于 1898 年起至戊戌 10 月辛丑(1901)11 月，共出 100 期而止。《新民丛报》由 1901 至 1905 年。以上两刊均由梁启超主持，印于日本横滨。继此则有孙中山创刊之《民报》，由 1905 至 1911 年，共发行 26 期。

"五四"之先则有《新青年》，创刊于 1915 年，刊至第 9 卷第 6 期而止。学术性杂志则有禹贡学会编印《禹贡》杂志(1—7 卷)，北京地学会编印之《地学杂志》，后者延续 25 年之久。

《湘江评论》周报，创刊于 1919 年 7 月 14 日，为早期传播革命思想之刊物，重要文章均毛泽东所亲撰，第一期发行 4000 份，第二期增至5000份，在当时实为巨大之发行量，只出 5 期即被反动派所封禁。

《新青年》月刊，1915 年 9 月创刊于上海，初名《青年杂志》，半年后改名《新青年》。十月革命后，由李大钊任编委，发表其名作《庶民的胜利》、《布尔什维主义的胜利》，1920 年 9 月，该刊成为上海共产主义小组机关刊物。1921 年 5 月迁广州出版，1923 年作为中国共产党党中央机关理论刊物，由瞿秋白同志主编，改为季刊，1925 年 4 月以后改不定期刊物，1926 年 7 月停刊。

1925 年，是我国第一次国内革命战争高潮时期，《新青年》当年第一号系"列宁号"，第二期译载斯大林所著《托洛斯基主义还是列宁主义》，第三期刊载瞿秋白同志之《国民革命运动中之阶级分化》(1926. 3. 20 出版)，第四期刊登《中国革命武装斗争问题》(1926. 5. 25出版)。

1930. 3. 2 创造社李初黎、冯乃超，太阳社蒋光慈、阿英及茅盾、郁达夫等 50 余人，组成"中国左翼作家联盟"(简称"左联")，其理论纲领为："我们的艺术是反封建阶级的，是反资产阶级的，又反对'失掉社会地位'的小资产阶级的倾向，我们不能不援助而且从事无产阶级艺术的产生。"左联刊物为《萌芽》、《拓荒者》、《北斗》、《文学月刊》等，除翻译相关新兴文学理论和作品外，并从事新兴文学的创作。

（六）少数民族图书、翻译

111. 我国少数民族著名作家

我国为多民族国家，各民族人民长久在民族大家庭中，文化交流亲密无间，在旧社会中，虽然受到一定限制，但仍然涌现不少伟大作家。如金元好问，所著有《遗山集》若干卷，才雄学赡，金元之际屹然为文章大宗。元耶律楚材，为一代政治家，有《湛然居士集》及其他若干种。元蒲寿宬文笔冲澹闲远，有《心泉学诗稿》；耶律玮（字仲成）先世和林，家于辽上，有《双溪醉隐集》8 卷；元萨都剌，蒙古人，文笔流利清婉，有《雁门》等集；元余阙本色目人，有《青阳集》传世，兼工篆隶；元纳新（即迺贤），才具宏秀，有《金台集》；王翰，西夏人，有《友石山人遗稿》。唐辛文房有《唐才子传》。元贯云石工词曲，创海盐腔，有《酸斋集》；元高克恭，西域人，家于房山，以名画家兼从事著述。元察罕、瞻思，均著述宏富。入清后，满蒙族作家更多，纳兰成德（性德）幼而有成，法时帆著作等身，均非徒拥虚名者可比。成德所刊《通志堂经解》，虽出诸徐乾学之手，为世诟病，乾隆曾痛加斥责，然纳兰《饮水集》、《侧帽集》，仍为世所传诵，梁启超且誉之为满族学人第一（徐乾学《神道碑》终嫌溢美）。

以上所述，指其著名者而言，此以下难于历历数。至明代大思想家李贽（卓吾）（1527—1602），生于回族家庭，今已为人所熟知，女词人顾春（太清）亦传出于满洲。

清末蒙族人尹湛幼希（1837—1892），汉名宝衡山，以本民族文字写成名著，如《青史演义》、《一层楼》、《泣红亭》，均为不朽之作。此外藏文名作更多，除宗教哲学外，亦涉及文艺、历史诸方面，但多不题作者姓名，难于稽考。

明张萱，字孟奇，万历间人，回族，住南京，颜所居曰清真馆，著有《汇雅》20 卷、《疑耀》7 卷等书行世。

112. 我国少数民族文字

我国为多民族国家，汉字流通固然较广，但其他民族文字在某一地区或在某一时代亦曾发生不小作用。兹略述如下：

一、契丹文

辽太祖耶律阿保机神册五年（920），取汉字隶书之半损益之，由耶律庶成制成契丹字 3000 余，同年迭剌又仿回鹘制成小字，字数较少（古碑中契丹书最少，潘祖荫藏一双钩本）。

二、西夏文

李继迁子元昊建国于宋真宗明道元年（1032）。制成《番书》12 卷（见《辽史》及《书史会要》），形若符篆。又《宋史》载李元昊于大庆间（1036—1037）自制番书，命野利仁荣演绎得 12 卷，名“小番文”，6000 字，字形体方整，类八分书，而笔画重叠。或以为野利遇乞所造（见《梦溪笔谈》）。自是以后，国内纪事悉用蕃书，历二百年，不复再用汉字。西夏史失传，良由于此。古碑中有《云台石刻》、《感通塔碑》（一面为西夏文），此外尚有仿刻西夏文《大藏经》若干页，国内专门研究尚不乏其人。西夏文图书存世者百余种。《感通塔碑》（在武威）额题篆书 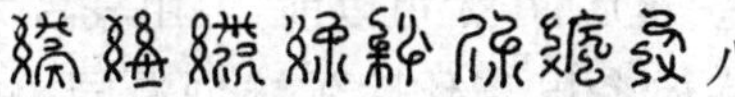 八字。

三、女真文

金完颜希尹（又称古绅或作谷神）叶鲁依汉文楷体制成女真大字，字体波磔繁密，颇类籀书。金熙宗（完颜亶）又制成女真小字，颁行于金皇统五年（1145）。《宴台国书碑》（在开封）额题为“”12 字，今已无人能识之矣。

明永乐间，尚设有女真馆传习其字，其后渐不传。

古碑中有金天会十二年（1134）所刻《宴台国书碑》，可资观摩。罗福成有《女真译语》。

四、蒙古文

蒙古原无文字，在元代初期系利用畏兀儿文字记录蒙语。世祖时，有萨加僧人棍噶札拉散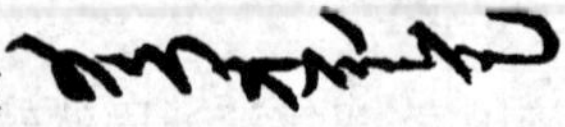造字母44(内阳刚14、中平14、阴柔14、余音2)。中统元年(1260)国师八思巴造成字母42(方块拼音字)，因笔画复杂，书写繁难，未能推行，未久即行绝迹。武宗海山时，绰吉特鄂斯尔又据棍字发展为100字，其实为20余(渐转化为今之29字母，加外来字为33)。

蒙文字母实棍、绰两氏继续努力而创制成功。八思巴虽亦创制，实未应用。后人不察，每谓八思巴所造，二氏姓名反为所掩(元刊本《事林广记》有八思巴文《百家姓》，居庸关石刻五种文字有一种为八思巴文，另一种为明赵崡《石墨镌华》所入之盩厔《万寿宫元碑》)。

五、清文

满洲文最早创制于明万历二十七年(1599)。清太祖以蒙古字制国语，创立满文，命额尔德尼榜式、大(达)海榜式(能书者之称)立字母十二兀拉头，与汉人反切相类，或一语为一字，意尽则两点节之。其书左行，与汉反，波撇仿佛汉隶，盖蒙古字从隶字变出，而满书又从蒙古变出……(《柳边纪略》第三卷)。在太祖以前，习用蒙古大字，一如蒙古之习用畏兀儿字。太宗始命巴克什库尔缠创造国书十二字头，贯一切音，因音而读字，合字而成语。嗣后因使用不便，天聪六年(1632)又由达海增加圈点，音义益详，乾隆十五年(1750)重增音训，更臻完备(见《东华录》乾隆31卷)。

六、朝鲜文

亦称谚文，系由李朝世宗(李祹)二十八年(1446)所创制，字母凡28，称为“御制训民正音”。正式推行使用，尚系近年事。推行之初，尚保留一、二、三、四、五、六、七、八、九、十、百、千、万13个汉字，近已全部用谚文替代。宋徐兢《宣和奉使高丽图经》尚言“书同文，车同轨”，无使用新文之记载。

七、藏文

系由松赞干布之文臣端美三波罗（亦作通米[屯弥]、三菩扎）在公元七世纪参照梵文字母所创制。

八、爨文

古代彝族所用，今已不再用。相传唐阿畇隐居山中，以二年之力创为爨文，如蝌蚪形，凡1840字，号为“韪书”，流行于川滇交界之大凉山一带（北至大渡河，西至西康，东至乌江），常用字约770余（均见《云南通志》）。

“爨”原为族中大姓。（见《爨龙颜碑》刘宋大明二年（458）、《爨宝子碑》晋安帝义熙元年[406]）何时变为“族”名，不知其始。

贵州大定（今大方）有汉彝合璧文之《千岁衢碑记》，立于明中叶，易棐撰文（见《爨文丛刻》），为爨文中少见石刻。

113. 古代有关边疆问题的名作

古代作家关心边裔者（包括国外），代有其人。除正史中有关传记，如《匈奴传》、《西南夷传》、《四裔传》等传外，私人著作尚多，如法显之《佛国记》，玄奘之《大唐西域记》，义净之《南海寄归传》等名著外，尚有以下种种：

一、《华阳国志》12卷	晋·常璩
二、《蛮书》10卷	唐·樊绰
三、《岭表录异》3卷	唐·刘询
四、《北户录》1卷	唐·段公路
五、《桂林风土记》1卷	唐·莫休符
六、《岭外代答》10卷	宋·周去非
七、《桂海虞衡志》原3卷今存1卷	宋·范成大
八、《松漠记闻》2卷	宋·洪皓
九、《诸蕃志》2卷	宋·赵汝适
十、《契丹国志》27卷	宋·叶隆礼
十一、《大金国志》40卷	宋·宇文懋昭（依托）

十二、《河朔访古录》2 卷 元·纳新
十三、《南诏野史》2 卷 明·杨慎
十四、《炎檄纪闻》4 卷 明·田汝成
十五、《四夷考》8 卷 明·叶向高
十六、《咸宾录》8 卷 明·罗曰褧
十七、《殊域周咨录》24 卷 明·严从简
十八、《平播全书》15 卷 明·李化龙
十九、《赤雅》3 卷 明·邝露
二十、《蛮司合志》15 卷 清·毛奇龄
二十一、《岭南风物记》1 卷 清·吴绮
二十二、《龙砂记略》1 卷 清·方式济
二十三、《蒙古游牧记》2 卷 清·张穆
二十四、《朔方备乘》80 卷 清·何秋涛
二十五、《新疆识略》12 卷 清·松筠
二十六、《藩部要略》18 卷 清·祁韵士
二十七、《渤海国志》4 卷 清·唐晏
二十八、《西域闻见记》8 卷 清·七十一
二十九、《说蛮》1 卷 清·檀粹
三十、《黔书》4 卷 清·田雯
三十一、《续黔书》8 卷 清·张澍
三十二、《圣武记》14 卷 清·魏源
三十三、《海国图志》50 卷或 60 卷或 100 卷 清·魏源
三十四、《赤溪杂志》2 卷 清·金武祥
三十五、《异域录》1 卷 清·图理琛
又有：
《黑鞑事略》 宋·彭大雅
《蒙鞑备录》 宋·孟珙
《征蒙记》 金·李大谅
《长春真人西游记》 元·邱处机
《西游录》 元·耶律楚材

《张参议耀卿纪行》	元·张德辉
《西使记》	元·刘郁
《辍耕录》	元·陶宗仪
《北征录》	明·金幼孜
《夷俗记》	明·陈大享
《使西域记》	明·陈诚
《瀛涯胜览》	明·马欢
《马可波罗游记》	(约成于 1297 年)

114. 少数民族藏书家

一、耶律倍名突欲(东丹王),辽太祖阿保机长子,号人皇王,幼聪敏好问,尝聚书 5 万卷,藏于豎巫闾山之望海堂(后改为寺)。氏知音乐,工书画,善本国人物,通辽汉文字,尝译《阴符经》。

二、元好问,字裕之,号遗山,金太原定襄人,兴定五年(1221)进士,天兴初入翰林,诗文为一代冠,金亡不仕。富藏书,元兵南侵,藏书壁间得存,其后屡经丧乱,焚荡之余,盖无几矣,金源一代藏书家,元氏足为代表。

三、乐善堂藏书,清怡亲王,康熙第十三子,名允祥,其藏书之所曰乐善堂,大楼九楹,积书皆满。明末清初江南藏书家以钱牧斋之绛云楼首屈一指,有大椟七十三,寻毁于火,焚余之书付族孙钱遵王(述古堂),此外毛晋之汲古阁亦积善本至 84000 册,以上两家散出之书,半归昆山徐健庵(传是楼),及泰兴季沧苇。徐、季之书,大部归之怡府。乾隆中四库馆开,国内藏书家多进呈,惟怡府之书未进,自是汲古、绛云、传是、述古之精华,均相继流入怡府。同治初年其裔孙(载垣)被罪,所藏又归之聊城海源阁。有《怡府书目》抄本 1 卷,共收 4500 种。

四、纳兰成德,亦名性德,字容若,明珠之子,康熙癸丑进士,精鉴藏,尤工于词,所著《饮水集》、《侧帽集》最有名。

五、富察吕龄,字敷槎,号堇斋,性嗜书史,筑谦益堂,藏书数万卷，满洲世族中一时称盛，卒后遗书归礼亲王昭梿。

六、法式善，字开文，号时帆，清蒙古正黄旗人，乾隆四十五年进士，所居梧门书屋藏书数万卷，平生以研究文献为己任。

七、穆缉香阿，字向九，满洲镶红旗人，家藏邸抄最富，自清初至同治几备。

八、崇恩，字仰之，号敔龄，觉罗舒敏之子，满洲正蓝旗人，官至山东巡抚。富藏书，著有《香南精舍金石契》、《香南居士集》。

115. 少数民族建立之王朝(唐以后)

我国少数民族建立之王朝，除辽、金、元、清各代，均有史籍可按。十六国之建立及衰亡，有《十六国春秋》及《晋书载记》诸书可供阅读，易为人所熟悉。此外尚有南诏、渤海诸王朝，南诏建国几三百年，渤海亦二百余年，不可谓不久，只以统治地区僻处边陲，与中原交通阻塞，一般人难道其详，兹列表以助了解。

朝代	建国			亡国		享国	附记
	姓氏	公元	相当朝代	公元	相当朝代		
高昌	麹氏	500	魏景明二年	640	唐贞观十四年	141 年	传九世而亡(见黄文弼《高昌麹氏纪》)
南诏	蒙氏	649 738	唐贞观二十三年 唐开元二十六年?	936	五代晋天福元年	288 年	见杨慎之《滇载》、《南诏野史》
大理	段氏	937	五代晋天福二年	1094	宋哲宗绍圣元年	158 年	见上
后理	段氏	1097	宋哲宗绍圣四年	1253	元宪宗蒙哥三年	157 年	见上，灭于元

续表

朝代	建国			亡国		享国	附记
渤海	大氏	698	唐武后圣历元年	926	五代唐明宗天成元年	229年	灭于辽十四传
		713	唐封渤海郡王		五代唐明宗天成十四年	—215年	初名震国713改称渤海
东丹	耶律氏	926	五代唐明宗天成元年	982	宋太宗太平兴国七年	57年	契丹灭渤海以其地为东丹国，灭于元
西夏	拓跋氏	1032	宋仁宗明道元年	1226	宋理宗宝庆二年	195年	见《西夏书事》
西辽	耶律氏	1124	宋徽宗宣和六年	1211	宋宁宗嘉定二年	87年	篡于乃蛮屈书律

高昌人杀其君马儒而立麹嘉(字灵凤，金城榆中人)，都城在今吐鲁番。元军取大理后段氏仍世为土酋。明洪武十五年(1382)，明军入大理，段明被俘，段氏始绝。渤海高王祚荣姓大氏(原称舍利氏)，乞乞仲象(齐齐克仲象)之子。前为粟末(靺鞨)人(今松花江畔)，自号震国王。唐武后圣历间贡于唐，开元中卒，谥高王。后唐天成元年(926)亡于契丹。国人勇猛善战，有“渤海三人，可敌一虎”之称。西夏由拓跋思恭节度夏绥王赵德明封夏王，十一世，合154年，由元昊称帝至亡，十一世，合195年。

后纪年契丹天显元年(926)，安边、定理、鄚颉三府不肯臣辽，复为渤海，贡于后唐。

辽天庆五六年间(1115—1116)大欲称天王，为辽所攻，又有渤海高永昌与数十人持勇杀辽使，称渤海国皇帝，寻失败，遁入海，女真追之于长松岛。

渤海故都(旧名敖东)遗址在今吉林省敦化县东南约二里。1949

年有墓碑发现。

渤海国境西至开原,北至黑龙江,东至於海,南至朝鲜北部咸镜、平安道、大同江,共有五京十四府六十六县。都于龙泉府,亦称都忽汗城,后称宁古塔(见《渤海疆域考》)。渤海旧京城址调查,见《文物》1960年第6期。

渤海有二十八族:大,高(佳),张(佳),杨(佳),窦,乌,李(佳),贺(赫佳),木(穆佳),公(恭佳),辛,茆申(佳),裴(培佳),平,列,崔(佳),文梁(良佳),任(佳),马(佳),葱,卫,贯燕(彦佳)(见《渤海国志》)。

西辽约在今苏联哈萨克联邦共和国,都于虎思斡耳朵、寻思干两处(详见汪远孙《西辽纪年表》,丁谦《西辽立国本末考》)。

116. 满文图书

满文创制于明万历二十七年(1599),经300余年而渐就澌灭。清建国之初,经统治者之提倡,复以财力支持,一时称盛。

清统治三百年来,历史资料、重要档案,尤其有关边疆问题者,不少保存于满文中。有许多文件,仅存满文而无汉文。新中国成立以后,由于人民政府之重视,许多满文珍贵史料,将大显于世,诚治清史者之好音。

满文图书大多系迻译汉文著作,清初出于达海者居多。达海,觉尔察氏,通满汉文字,有满洲圣人之称,卒年仅38岁。满文加圈点,实创始于达海,译书颇多,如《明会典》,黄石公《素书》、《六韬》,《资治通鉴》,《孟子》,《三国志》、《大乘经》等,在沟通满汉文化上曾起不少作用。因其早卒,未译竟者颇多,接续翻译者有更多译著,如著名小说中之《水浒》、《三国演义》、《西游记》(顺治七年,1650)译后印行;《西厢记》、《金瓶梅》、《聊斋》、《平山冷燕》等皆有译本。其他如《王叔和脉诀》、《雷公炮制书》,皆稀见之书;小说《归莲梦》题为苏庵主人撰,十二回,原本殆绝迹,满文译本尚存。

《琴谱合璧》18卷,系由和素取明杨抡(字桐巷,号鹤溆)所辑之

《太古遗音》以满文译出。和素,满洲镶白旗人,官至内阁学士。《太古遗音》另有同名三种:1. 明谢琳雪峰著,刊于正德六年(1511);2. 明黄士达行可著,刊于正德十年(1515);3. 明袁均哲著二卷。袁,万历间人,焦竑《国史经籍志》作4卷,书已佚。杨氏原书三卷,第三卷题作《伯牙心法》,刊于万历三十七年(1609),著者本金陵琴工,辑旧谱为是书,所传指法五十三式,颇得师授。和译于五音指法改减字法为满文对音(减字谱创于曹柔,赵邪利修之,如劈、托、抹、挑、勾、踢、摘、打[右手指法],减字为尸、乇、木、乚、勹、乌、产、丁)。

清初翰林兼习满文。顺治十年,将学有成绩者3人加以擢升,胡兆龙升侍读学士,李霨升中元,庄冏生升赞善,沙澄、王紫绶、王熙等10人,责令勉力学习,以俟再试。尚有不及格数人调离翰林院(见《东华录》)。翁方纲、钱大昕均识满文。

117. 我国古典名著早期外文译本

我国古代名著,译为外文者应以《老子》梵译本为最早。译文出于玄奘,约在7世纪50年代,伯希和有《玄奘译老子为梵考》见1912年通报。此外《四书》、《五经》、《老子》、《庄子》英译本出于苏格兰人莱格(James Legge 1815—1897)(但《大学》译于1662年,《中庸》译于1673年,《论语》译于1678年,似非始于莱格)。辜鸿铭有英文《春秋大义》、《中庸》、《孟子》译本,或云《四书》英译,出于王韬,待考。

《周礼》法译本出于法人皮特亚(Biot,1803—1850)。

《史记》法译本出于法人沙畹(Chavanes,1824—1898)。

以上诸书在19世纪初期,介绍我国古典著作于西方,颇起作用。小说译本中,早期有下列数种:

《好逑传》,18回,又名《侠义风月传》,题为名教中人编次。

《玉娇梨》,20回,又名《双美奇缘》,无撰人姓名。

以上两种系明人所作言情小说,见鲁迅《中国小说史略》。前书述铁中玉与水冰心离合故事,后书述白红玉与苏友白婚姻经过,均不离旧小说才子佳人滥调。前书文字较佳,近年绝少有人能道出其名,早已为人所遗忘,殊不知其书“在外国特有名,远过其在中国”(鲁迅语)。

《好逑传》1719 年即有英译本,1766 年转译为法文,在里昂出版,同年在来比锡有德文译本出现,翌年荷兰文译本出版。此外仍有由中文直译成英法文者,至 20 世纪前期,各种译本不下 15 种。

《玉娇梨》译本虽较晚出,但在 19 世纪 70 年代以前亦极风行,德国伟大作家歌德、席勒,均曾读《好逑传》,歌德并曾读《玉娇梨》及《赵氏孤儿》译本。哲学家黑格尔亦曾读前书,在其名著《历史哲学》中,曾引用《玉娇梨》中材料,此两书虽曾一度驰誉国外,但在国内久已湮没无闻。盖译者对我国文学名作,无深刻了解,只能选译二三流以下作品。经书、《庄子》、《史记》均在 19 世纪中期始有译本,实晚于《好逑传》约一百年。

《赵氏孤儿》(Tchao Chi Kou Ehe)最早译本为法传教士普雷马雷(Joseph Henride Premare)所译,1735 年发表于巴黎出版的《中华帝国全志》(Description de’L’Empire de la Chine)第三卷。

以后英、意、德、俄文本陆续出版。除上述法文译本外,尚有法人赫尔特(Du Halde)译本一种,译于 1762 年,裘利安(Jalian)一种,译于 1834 年,英译一种,出于大维士(Davis)。

《老生儿》译于 1817 年,《汉宫秋》译于 1829 年。

裘利安所译尚有《灰栏记》(1962 年古巴曾译演此剧于哈瓦纳)。《看财权》、《连环记》译于 1830—1840 年间。拔残(Bazin)所译更多,如《金钱记》、《薛仁贵》、《秋胡戏妻》,《窦娥冤》等。《元曲选》中译成外国文者已达 30 余种。说见王国维《宋元戏曲史》。

以上所传迻译成书的时期微有不同,可能系传说者所见版本有异也。

118. 我国早期译著

自佛教传入我国后(东汉初),梵文经典输入,始有译文出现。东汉桓帝二年(148)名僧安清(字世高,安息国太子)至洛阳,完成其第一部译作《安般守意经》。前此所传《四十二章经》为明帝摩腾竺法兰所译,已经学者证明,为晋人所伪托(参见“我国历代杰出科学家及其著作”条中关于陶弘景)。

安氏译经共95部,115卷。初译本均为译意,能辩而不华,质而不野,弃文存质,保存经意,深得本旨,毫不加饰。后世译者,无以加焉。

其后姚秦时,鸠摩罗什始大量译经。译经于长安逍遥园,参加者八百人。见《十六国春秋》。唐代玄奘(俗名陈祎)不但大量由梵译汉,且译《老子》为梵文,为介绍我国哲学名著于国外之始。译书组织亦至严密,分为:1. 译主,2. 笔受,3. 度语,4. 证梵,5. 润文,6. 证义,7. 总勘。

隋僧彦琮制定“八备”,为译经准则。所谓“八备”:

1. 诚心爱法,志愿益人,不惮久时。
2. 将践觉场,先牢戒足,不染讥恶。
3. 筌晓三藏,义贯两乘,不苦闇滞。
4. 旁涉坟史,工缀典词,不过鲁拙。
5. 襟抱平恕,器量虚融,不好专执。
6. 沉于道术,澹于名利,不欲高炫。
7. 要识梵言,乃闲正译,不坠彼学。
8. 薄阅苍雅,粗谙篆隶,不昧此文。

足见当时要求之高(原文见道宣《续高僧传》卷三)。与安世高同时,西域名僧尚有支娄迦谶,亦从事翻经,但偏重直译。

二、书的历史、版本

119. 简与策

古时文字，有书于木者，有刊于竹者，有铸于金刻于石者。书于木谓之版，亦谓之方，又称为牍；土地、政令，万民之数，皆书于版。刊于竹者谓之简，截竹为筒，破以为牒（短简为牒），去其皮为杀青，炙去其沥为汗青，可历久不腐蠹。加笔墨之迹，乃成文字。牒之尤密者谓之签，简亦称曰毕（见《尔雅》），单根竹片为简，联编诸简为策，策亦作册（册，古文作笧）。编策上品用韦，下品用丝（孔子读易“韦编三绝”），简上下各一孔，以韦丝贯穿其孔。编策之外，别有二简称为赘简。策长者二尺四寸（汉尺约当今尺五寸余），《六经》用之；《孝经》半之，《论语》三之一。每简字数约二十至三十不等，或更少，无定制。《论衡・量知篇》载：“截竹为筒，破以为牒，加笔墨之迹，乃成文字。大者为经，小者为传记。断木为椠，析之为版，力加刮削，乃成奏牍。”

简策上文字，均用笔写。我国笔墨使用，当远在殷以前，仰韶时代彩陶上花纹，系用类似笔一类工具。古简在用笔之先则用漆书（见《仇池笔记》）孔壁汲冢皆漆书，或云竹得漆则不裂，以漆涂竹色黑而光泽。书以刀笔就漆地划之，随划之处漆脱如其迹，所书文字则明白显著矣（如此则非用漆书也）。

甲骨文有先写后刻痕迹。

简策之使用约始于殷，迄于东汉末。东汉以后，纸虽已广泛流行，但策的使用直至东晋中叶始渐就消灭。

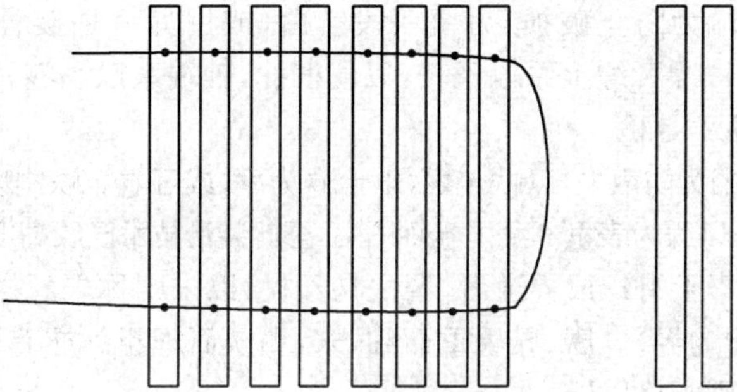

简 策

120. 帛书

帛书在战国后期，即渐被采用，因使用材料之不同，有时称为缯、缣、绢、素等不同名称。战国迄前汉为简策、帛书并用时期，后汉则简、帛、纸并用，仍以简策为主。三国以后，纸书逐渐代替简策，而帛书仍旧通行。南北朝帛书渐少。隋唐以后，书籍均为纸制。

书籍材料，因采用质料轻软之缣素，在携带、阅读及收藏上，均有极大便利，但产量少，价值高，仍不能广泛使用。帛书既有上述缺点之限制，不能普遍应用，但影响所及，实促进卷轴制度及纸的发明。

素贵而纸贱，在东汉末季，尚以用纸为不敬，高自矜持者非素不用。相传蔡邕自矜非纨素不妄下笔。曹丕以所著《典论》及诗赋，素书以赠孙权，纸书以赠张昭。足见当时风气贵素而贱纸之情形也。

121. 卷轴

可舒可卷，故名曰卷。其兴，始于帛书，用细竹木棒作舒卷中心，名之曰轴。豪华者以珊瑚、琉璃、旃檀、象牙、玳瑁装饰轴端。卷子约长一丈二尺（汉尺），或曰长短无定制。文长则不便舒卷，故以一卷分上下；文短有合数篇为一卷者。

其初帛、纸并用，专用纸则始于晋。

在卷端为防止破损，另留一段空白（或用另一种接合）称之为“首”，或曰“缥”，缥上系以丝带，以便捆扎，轴端系以小签，以标记书名卷数，便于寻检。

多卷书为防散失，以帙包之，以十卷为率，或五卷。帙制以锦，或以细竹为帘，以缣为表里。我国卷轴图书，至此装治技术已臻高度华美。

在绢素上有织成界道者，谓之乌丝栏，以朱则称朱丝栏（上下框为栏，直行为界）。唐，界墨重而细，宋，墨淡而理粗。亦有画作方格者。纸书则画格以铅。

《古逸丛书·琱玉集》2 卷，即依旧抄卷子本影印，旧式依稀可见。

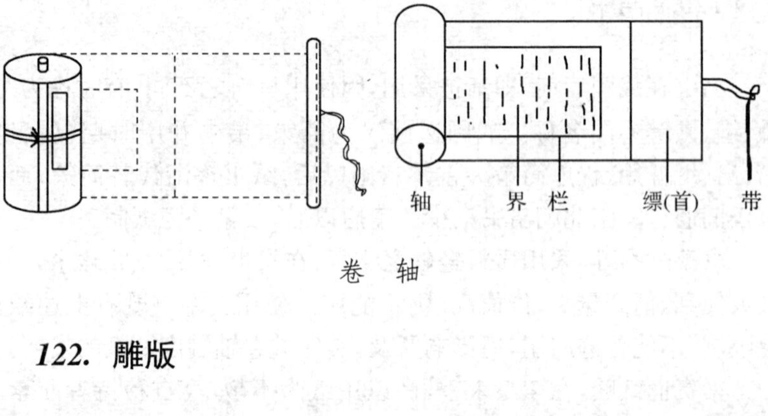

卷 轴

122. 雕版

我国雕版究始于何时，传说不一，过去曾误以为五代时冯道所创，此说早被否定。或亦有提早至隋朝之前，亦缺乏确凿凭证。明胡应麟在其所著《少室山房笔丛》中有“雕版肇自隋时，行于唐代，约在贞观（636）左右，扩于五代，精于宋人”。虽简短数言，最近事实。

现代所存早期雕版物，当以 1944 年所发现之唐刻《陀罗尼经咒》为最早。约刻于肃宗至德二年（757）以后，成都卞家刻本，藏于四川博物馆。其次唐咸通九年（868）所刻之《金刚经》。图字并精（被掠流出国外），足见当时雕版艺术已有较长时期的发展。或云雕版实始于唐太宗时，约在 636 年。此后乾符四年（877）之历书亦出现。由此可证，我国雕版印刷发明，实在七、八世纪之间。在九世纪后半期，已相当发达也。

雕版采用木材，一般为枣木（淳化阁原刻武英殿聚珍版均用枣木）或梨木（乾隆三十七年十月有在直隶、河南、山东征购梨木板上谕）盖取其不易翘裂，且坚致耐用也。

治版摆刷，用枣木子，松木盘，楠木槽板。见《武英殿聚珍版程式》。

冯道首先雕刻《九经》，由后唐长兴三年（932）至周广顺三年（953）。历唐、晋、汉、周四朝，二十二年始告成，共130册。旧称监本，为书家李鹗、朱延照等人所书，端严有法，为世所称道。冯道历事四朝，人所不齿，但对提倡印刷事业，推广文化尚有微功。道以前只印佛经、阴祀、占梦、相宅诸书，且浸染不可尽晓。道以印九经请名家书写。

123. 毕昇及泥活字

活字印刷，为宋仁宗时我国工人毕昇所发明，约在1041至1048年间。宋沈括（1031—1095）所著《梦溪笔谈》卷十八《技艺门》有以下之记载："版印书籍，唐人尚未盛为之。自冯瀛王（冯道）始印《五经》，后世典籍皆为版本。庆历中有布衣毕昇，又为活版。其法用胶泥刻字，薄如钱唇，每一字为一印，烧令坚，先设一铁板，其上以松脂蜡和纸灰之类冒之，欲印则以铁范置铁板上，乃密布字印，满铁范为一版，持就火炀之。药稍镕，则以一平版按其面，则字平如砥。若印三二本，未为简易，若印数十百千本，则极为神速。常作两铁版，一版印刷，一版已自布字，此印才毕，则第二版已具，更互用之，瞬息可就。每一字皆有数印，如之、也等字，每字二十余印，以备一版之内有重复者。不用则以纸贴之，每韵为一贴，木格贮之。有奇字素无备者，旋刻之。以胶泥所成，不以木为之者，文理有疏密，沾水变形，兼与药相粘，不可取，不若燔土，用讫再火令药镕，以手拂之，其印自落，殊不沾污。"

此术后世称为泥活字，为我国最早活字印刷术，惜其术未得广泛流传。

毕氏此法，虽经沈括所记载，但至今未见实物，亦未见著录。元王祯氏，明华氏、安氏，清聚珍版，虽亦采用活字，但系木活字、铜活字，而非泥制。清道光间，安徽泾县人翟金生，完全采毕氏旧法，与其子侄辈合力，以三十年之力，造胶泥字块十万余枚。在当时印刷书籍，惟传世者无多。北京图书馆善本库，所藏有《翟氏宗谱》一种，题“大清咸丰七年(1857)仲冬月泥聚珍版重印”。又有《仙屏书屋初集》(黄爵滋著)，均希见之本也。

124. 谷腾堡

德国人谷腾堡 Gutenberg(1393—1468)为欧洲活字版之创始人。第一次活字版为《四十二行圣经》(所谓《马萨圣经》)，印于 Menty。时为 1455 年，与我国毕昇相较，实晚 400 年之久。《圣经》英译本为 John Wycliff 所译。成于 1380—1382 年(华文译本为 Morrioun，译于 1819 年)。除活字外，谷氏还发明铸字盒、冲压字模、木制印刷机、印刷油墨等。他印制的图书还有《三十六行圣经》、《万灵药》等。欧洲活字自谷腾堡以来，主要为铸造铅模。我国金属活字在元初已有铸锡作字法，考其年代亦较谷腾堡早一两百年。

125. 我国之木活字

毕昇之发明活字印刷，因木质字印沾水容易变形，故舍木而用胶泥。实际上活字术并未广泛应用。元代王祯(1271—1338)开始应用。

王祯，山东东平人，多才艺。当其官旌德县县令任内，于大德二年(1298)曾以木活字印其自著之《旌德县志》成功。为方志中最古之活字本(书已佚)。其法以版作印盔，削竹片作界行。盔字既满，用木榍榍(同“楔”)之，使坚牢，字皆不动，然后以墨刷印之(见《农书》附录《造活字印书法》)。当时尚欲印其自著之农书，因迁官未果行。王氏不但发明活字，且于排架技艺上亦有贡献。其所设计之轮盘排字架，一人中坐，可推转轮盘，以字就人，减轻劳力，提高工作效率不少。当时皖南浙东一带，渐有仿行。奉化马称德活字书版略后于王氏。元代西北地区，交通便利，因而此种技艺传至西北。维吾尔文活字，亦渐流行。敦煌千佛洞中所发现之硬木雕成之木模（不是字母而是单字）可以证明。此项字模，北京历史博物馆藏有数枚。其余均为伯希和所窃去。

明代木活字大为流行。政府机关虽尚无活字印书之举，但藩府地方，均有印行，苏杭、四川等地，经史文集，科技小说均有，以文集较多。崇祯十一年（1638）更开始以木活字印《邸报》（即政府公报，前此均为写本）。明代活字印书虽多。但校勘不精，字体不工，且多讹谬。潦草恶劣，墨色不均，不为人所重。虽然如此，活字版事业，因其本身之优越性，在国内既推动印刷事业之前进，对邻国亦发生重大影响。在朝鲜 1376 年即有《通鉴纲目》之印行（高丽王氏王朝时代），1395 年翻印《大明律》（李朝太祖三年）。以后又以黄杨木刻字模，名为"甡甡字"。此种技艺渐由朝鲜传至日本。1592 年丰臣秀吉侵朝时，日本已有仿制，称为"植字版"，或称"一字版"。越南采用木活字可能更早于日本，年代虽不可详考，但不迟于天顺（1457—1464）间，约早于日本 130 年。

或云木活字在宋已有流传，其说殊难征信。经过近人考证，以前所传宋活字本，均为明印本之误。

清代木活字，推行日益广泛。由政府机关至民间，所在多有。家谱十分之六七为活字版（活字印家谱实始于明代）。

（本文内容多采自张秀民氏之《元明两代的木活字》，1962 年 1 期《图书馆季刊》）

126. 我国之铜活字

我国铜活字排印，在康熙末年已经出现。雍正四年（1726）始大规模排印《古今图书集成》64 部（亦有 60 部之说）。乾隆中铜模被窃，监守者惧事发，借口缺铜铸钱，请销毁，乾隆许之。诚为莫大损失，即乾隆亦引为恨事也。

民间有吹藜阁印本，尚早于《古今图书集成》，字体为手写体，楷书极流利。又有常州铜版，不知出自何家。此外尚有数家，但流传无多而已。

朝鲜造铜字活版，明初已盛行。史载永乐十八年(1420)改铸铜字，名“庚子字”(是年为庚子)，足见前此已有铜字。日本铜活字约始于日本后阳城庆长元年(1596)以前。两国铜活字制作均极精美(详见《书林清话》卷八)。

127. 磁活字

我国自北宋发明活字版以后，业界人士，采取不同办法，寻求适宜材料，木易变形，铜质贵而雕凿费工，胶泥难整。印刷家不断实验，以求改进。清徐志定创为磁模，取其坚致胜木，即由胶泥字模发展而来。有关磁活字之记载，材料无多，制作方法不得其详。1961 年年底，上海古籍书店曾发现清张尔岐所著之《周易说略》、《蒿庵闲话》等书，即磁版所印，骤视之，与木活字无大差异。此本与泾县翟氏之泥版印书，同为罕见版本。

128. 石印

石印术，传自欧洲。1796 年发明于德人 Alois Senefeldur (1771—1834)或云发明于大音乐家贝多芬，当其自印其五线谱时，偶然所发现。其实 Senefeldur 氏本人即一作曲家，同时又发明石印，故有此讹传。其法先使笔迹留痕于石腊石(俗称吃墨石 lime stone 产于德属之 Baravia)之石面，涂以松香油，碾以墨胶，再刷墨于机轮，先铺以纸，石过轮转则字现。石面凸凹痕极微，多印则模糊。1834 年流传至巴达维亚(今雅加达)。同治十三年(1874)始出现于上海(据可靠材料，前此四十年广州已有石印出现)。

光绪五年(1879)英国商人创立点石斋印书局。首以石印法印书。后五年(1884),苏州人吴嘉猷(友如)始创《点石斋画报》、《鸿文阁画报》(1890)。以后同文、拜石山房、崇文等书局,相继而起,技艺亦日益精巧。光绪八年(1882),点石斋石印《康熙字典》,发行量达十万以上,为当时行销最广之书。点石斋所印,尚有《飞影阁画报》、《历代名媛图说》。

129. 铅印

清嘉庆十二年(1807)英人马礼逊(Robert Morrison)来南洋传教,在马六甲成立印刷所,1819 年印成第一部《新旧约》。前此四年,在该处出版《察世俗每月统计传》(木刻本)为最早之中文杂志,共发行七卷(1815—1821)。1838 年法国皇家印刷局输入华文铅字,同时新加坡英华书院亦开始刻制华文字模。现在流行之排字组织,为美传教士 W·Gamble 所设计,直至 1860 年始创立。

上海墨海书馆成立于道光二十三年(1843),为上海有铅字设备之第一家。上海早期之铅印书可能系咸丰七年(1857)所印之《六合丛谈》。

铜、锌制版,光绪二十八年(1902)始传入我国。

我国字模,初期由香港教会制成四号字大小之中文字一副,时称香港字。其后日人仿制输入我国,有大小七号,即今老宋体。民初商务刻楷体字,民四杭州丁善之创造仿宋体,中华书局用以印《四部备要》。嗣又发展为古宋、新宋、真宋、长体等体。现在(1965)我国字模由初号至七号,四五号又有新旧之分,五号以上又有黑体,不下二十余号矣。

字模种类:

1 号	Double Pica	亦称"显"字号	
2 号	Small Double Pica	亦称"明"字号	
3 号	Two line Brevier	亦称"中"字号	
4 号	Three line Diamond	亦称"行"字号	Long Prime
5 号	Small Pica	亦称"解"字号	Bourgeois

6号	Brevier	亦称“注”字号	
7号	Small Ruby	亦称“珍”字号	Minion

现在一号又有顶号、初号、小初，四号、五号均有新号。四号四十二个字，长度八英寸。五号十四个字长度二英寸。五号以上均有黑体，合计之已发展至二十余号。

以铅铸字主要原因有二。（一）铅熔点低（常压下约为328℃，惟有锡熔点283℃，低于它）适宜于铸字。（二）熔时体积缩小，凝固时体积膨胀，不易变形，使字型毫不失真。

130. 油印

油印为印刷方法之最简易者，亦称“誊写印刷”。最初使用于日本。清季传入我国，名为“誊写版”。因其操作便利，直至今日盛行不衰。其法以铁笔刻字于敷腊之纸，再以胶皮滚施墨于纸上。在国内战争、抗日战争期间，人民军队中印刷条件非常困难，此种简易方法发挥极大作用，有多种油印报刊文献。当时刻印精美清晰，直可与铅印相颉颃。

131. 珂罗版

珂罗版（又称玻璃版）。1867—1871年间德国慕尼黑人Joseph Albert所发明。珂罗版为Collotype之译音。乃平版印刷术之一种，其法系在涂有胶层之厚磨砂玻璃版上，制出图像（反像）。图像以胶膜之疏密不同之细微绉纹，表现光之明暗，绉纹愈密，则光度愈暗，反之绉纹稀疏，则色泽明亮。当胶膜图像与纸张一相接触，则立即印出正像，如系着色图画，则须分几次制版，套印几次。其优点为精致准确，适宜复制精细真迹手稿。由于珂罗版乃胶膜（gelatine）印刷，不太牢固，不能大量复印。珂罗版印美术品最能保持原来面目，故亦称影印。我国在光绪初年，此种技术即传至上海。民初有正书局以此翻印大批名人书画真迹（据狄平子《平等阁笔记》所记有一千余种),对流通书画颇起作用。

132. 善本

善本范围据清张之洞之说,以足本(无缺卷未删削)、精本(精校精注)、旧本(旧刊旧抄)为标准。其中所谓旧本究旧至何时代始堪入选,亦因时代而异。如明代重宋元,而清代并以明刊为善矣。丁松生(丙)氏善本书室选藏标准,则为旧刻、精刻、旧抄、旧校,认为宋元遗刊日远日少,幸传至今,自当以瑰宝视之。明屠赤水(隆)氏所著《考槃余事》"书直"条所载:书直(值)之等差,应视其刻(时代、精粗)视其纸(美恶),视其装(工拙),视其印(初、中),视其讹正精粗,合此数者而错综之,天下之书,可以定矣。胡应麟《少室山房笔丛·经籍会通》中说:"凡书之直之等差,视其本,视其刻,视其纸,视其装,视其刷,视其缓急,视其有无。本视其钞刻,钞视其讹正,刻视其精粗,纸视其美恶,装视其工拙,印视其初终,缓急视其时,又视其用,远近视其代,又视其方。合此七者,三五而错综之,天下之书之直定矣。"屠、胡二氏所说近似。除以上所述标准外,书之鉴别仍须参酌纸质(晶洁,古雅)、纸色、墨色、字划、行款、讳字、边阑、书口等项,以判其真伪。宋版纸坚刻软,字划如写,开卷后有一种书香,自生异味,一般为单边白口。元刊精者,刻划清峭,书法槧手,俱为上乘,足与宋版相颉颃,一般双边黑口。明刊嘉靖以前,成化、弘治间颇多精品。清代写刻亦极出色。

清代抄书家,有小山堂赵氏、知不足斋鲍氏、振绮堂汪氏等。清代校勘家有卢抱经、何义门、黄荛圃、顾千里、孙星衍等。民国初王国维氏亲笔校书192种之多。校本以原校本为佳,过录校本次之。根据目前情形,善本范围似有扩大必要。

一、关于新书

(一)马列主义经典著作早期译本。《共产党宣言》在我国最早刊行于1906年,为朱执信译本(笔名蛰伸)。原题《德意志社会革命家小传》,《宣言》部分摘译。见《民报》第二期。

《资本论》1920年已有译本(费觉天译)。《哥达纲领批判》,1922

年熊约山译。

（二）有关革命史料文献原刊本。

（三）史料丰富足供参考之绝版进步杂志。

二、旧刊本

（一）明以上精刻本。

（二）清代精刻本(殿本、家刻本、旧活字本)。

（三）清代满蒙文字精刻本(流传日稀，即坊刻亦不多)。

（四）外国精刻本(朝鲜、日本旧刻本、活字本)。

（五）名家批校本、评点本。

（六）旧拓(碑帖)、钤印本(印谱)。

三、稿本，抄本

（一）手稿本、清稿本。

（二）旧抄本、精抄本。

133. 殿本

清康熙间设修书处于武英殿，校书官员，书作工匠，咸集于此，是殿版创设之始。乾隆四年(1739)诏刻十三经、廿四史，并派大臣专管，其名始著。以后由嘉庆直至宣统末，书籍代有纂编。同治、光绪迭遭火灾，外兵掠劫。1923年又遭一次火厄。劫余之书，已无几矣。

武英殿印书每制墨一料(约300两，较粗600两)除松烟胶以外尚需白檀香12两、飞金600张、熊胆4两、冰片6—10两、麝香3—5两、零陵香4—8两(配方见《清光绪会典》1199卷)。故展卷便有墨香扑鼻，但较之宋版仍瞠乎其后。

历代纂辑之书，版本不同。凡刻本、铜活字、聚珍版、石印、铅印。凡与清内府有关者，均称殿本。刊本谓之内府刻本。抄书则谓之内抄本。

134. 局版

清同治间(1862—1874),在对太平天国军事结束后,清廷为粉饰太平,在不少省份中成立官书局。时江苏省有金陵、江南、淮南书局,杭州有浙江书局,武昌有崇文书局,南昌有江西书局,长沙有思贤书局,福州有福建书局,广州有广雅书局,济南有皇华书局,成都有存古书局,太原有山西书局,昆明有云南书局,天津有直隶官书局。各自刊印图书。比较重要者,有金陵、江南、淮南、浙江、崇文五局合刊《二十四史》、《广雅》,福建、浙江之《仿聚珍版丛书》,以及子部诸书。当时统谓之局版。

135. 套色印本

远在元代至元六年(1340),我国已有朱墨套印本出现(中兴路刊无闻和尚印《金刚经》)。明万历以后,吴兴凌氏、闵氏两家,均刻有套版书:闵氏有闵齐伋、闵昭明、闵绳初、闵振业诸人所印,称为闵刻;齐伋、昭明二人所刻为多;齐伋所刻,有《易传》、《左传》、《老》、《庄》、《楚辞》、《陶集》、《王右丞集》、《孟浩然集》、《韦苏州集》、《韩柳诗集》、《花间集》等,另有《批点杜诗七律》,则用三色套印;昭明刻有《武经七书》。闵氏本校雠颇精,但有时节删原书,是其弊也。

凌氏家族有凌稚隆、凌濛初(《拍案惊奇》著者)、凌瀛初、凌启康等人。以前二人所刻为胜,刻有《韩非子》、《淮南子》、《吕氏春秋》、《世说新语》等,有三色、四色套印者。凌氏除子部外,兼及戏曲、小说,印有《虞初新志》等。清道光十五年(1835),有涿州卢坤所刻《五家杜工部集》,正文墨印,评点者王世贞以紫笔,王慎中(晋江人)以蓝笔,王士祯以朱笔,邵长蘅以绿笔,宋牧仲以黄笔,五色缤纷,并墨印为六色。叶德辉氏称其“斑斓彩色,悦目悦性”(见《书林清话》)。此外,清中叶又出现其他套印本,如《文选》、《唐宋文醇》等,亦称佳本。

136. 名家所注书

名家注书，援引浩博，有与原书并重，甚至原来著者反为所掩，略述如下。

一、李善注《文选》30**卷**

梁昭明太子萧统辑《文选》，李善为之注，或传其子邕实助成之，此说不可信，《四库全书总目提要》辨之甚详。

又有六臣注本，除善外尚有吕延祚、吕延济、刘长、张铣、吕向、李周翰6人，古时其书与善注本别行，南宋以后，偶与善注合刻，取便参证，至今并为一集。六臣所注迂陋鄙俚，得附骥以传，盖亦幸矣（《四库全书总目提要》语）。然疏通文义亦有可采。以每卷复分二卷，故作60卷。旧有五臣注本极罕见，朝鲜有刊本（《文选》注引用书目见《文选理学权舆》卷2）。

二、后魏郦道元注《水经注》40**卷**

原题桑钦著（是否桑氏所撰尚有异说）。郦氏字善长，范阳人。前此有郭璞注，凡3卷，已无传。本书有《永乐大典》辑本，完整无缺。

郦氏此注与贾思勰《齐民要术》、杨（羊）衒之《洛阳伽蓝记》并称北朝三大名著。

三、梁刘孝标注《世说新语》3**卷**

刘宋刘义庆著。孝标名峻，以字行，所注典赡，为人所重，其纠正原作纰缪处，尤为精覈，所引诸书计414种，十九已佚，赖是注而传。与裴松之《三国志注》、郦道元《水经注》、李善《文选注》，同为考证家所引据（见《四库全书总目提要》）。

四、刘宋裴松之注《三国志》65**卷**

晋陈寿著。松之所为注，杂引诸书约210种，往往嗜奇爱博，颇伤芜杂，然网罗繁富，凡六朝旧籍，今所不传者，尚一一见其崖略。又多首尾完聚，不似《水经注》、《文选注》剪裁割裂原文。考证之家，取材不竭，转相引据者，反多于陈寿本书焉（《四库全书总目提要》语）。

此外《史记》三家注、《汉书》颜师古注、《后汉书》章怀太子李贤注，均能疏通证明，无惭原作功臣。至徐无党所注《新五代史》，虽经其舅氏所口授，然浅陋多矣(纪昀语)。

《三国志注》、《世说新语注》引用书目见沈家本《古书目三种》。《三国志》引用书目又见赵翼《廿二史札记》。

注释经书，如郑玄、马融、王肃、孔颖达、贾逵、何休、赵岐等，称为经学家，不在此内。

137. 稿本、抄本

稿本乃作者原本，一般为亲手所草拟，谓之手稿。亦有为作者口授，由其子弟门人所笔录，如刘道原(恕)晚年瘫痺，力疾口授其稚子，完成其所著。万季野(斯同)丧明，以其口授而成《明史稿》。皆此类也。初稿经作者斟酌笔削，认为可以付刊，则为定稿。如稿本涂乙过甚，难于卒读，请人重录以便付刊，则为清稿。凡属以上诸本，历来为收藏家所重视。但仍应视其有无刻本，如未经付印则此稿本即成唯一孤本，价值之高固不待言。此外仍有应注意之点，即稿本、刻本往往不能一致，如因有所顾忌或有所谓违碍，临时抽出一部或大部，如顾亭林之《日知录》、蒲松龄之《聊斋志异》，均非原稿全部。故虽有刻本行世，其稿本仍有特殊价值也。

传抄本系根据原稿展转传抄。在未有雕版以前，学者诵习，端赖抄录。间亦有抄书出售者，不能多也。其价值亦因情形而各异，如所据稿本从未付之剞劂，则可贵程度仅次稿本，其次抄本，则虽有刻本但流传不多，再次则抄本书法工整，校雠精审，凡此诸本，均有相当价值。

唐人抄本多属写经，敦煌发现之本达两万余卷之多(强半流于国外)。宋元抄本固极名贵，但为数不多，不易数数觏也。

又有所谓影宋抄、影元抄，则系照原刻描摹，行款字体完全一致。原本虽散佚，仍可假影抄本保留其面貌。明季毛晋创为此法，谓之“毛抄”，其书法、纸张、界栏皆精绝，为古今绝作。此外明人抄书，存者尚多，如叶氏（盛）菉竹堂、陈氏（第）世善堂、赵氏（琦美）脉望馆、文氏（徵明）玉兰堂、范氏（钦）天一阁、毛氏（晋）汲古阁、祁氏（承㸁）澹生堂、钱氏（谦益）绛云楼、徐氏（𤊹）红雨楼、王氏（肯堂）郁冈斋诸家。此外祝枝山、沈石田、王百榖、陈眉公、李日华、董香光、焦弱侯、谢在杭均有抄本传世。

至于清人如钱氏（曾）述古堂、徐氏（乾学）传是楼、赵氏（昱）小山堂、吴氏（焯）绣古亭、吴氏（骞）拜经楼、朱氏（彝尊）曝书亭、鲍氏（廷博）知不足斋等，难以尽数。以上诸家所抄，多系罕见之书，并加校雠，为世所珍。其余抄本，纸笔俱劣，信手涂鸦，当系牟利之徒或初学无知，东抄西袭，毫不足贵也。

138. 旧刻中著名书家与刻本

古时刻书，字体极工。五代字样，书于李鹗，作欧阳率更体。北宋刻书，多出赵安仁，其作欧颜柳诸体者，更非后人所及。

南宋岳珂曾自书诗集 8 卷，杨次山书《历代故事》12 卷，甚至有一人手书《文苑英华》全部者，千卷之书，成于一手，更为难能（见《书林清话》）。此后有苏轼写陶诗，赵孟頫写《两汉策要》。元时刻书多作赵体，以媚取胜，称为软体，当时成为风气。

明代祝允明写《乐府指迷》、《夷坚志》、《兴宁县志》（广东）。

清代名家写刻本更多，如：

张力臣写《顾氏音学五书》。

倪露写《明文在》。

林佶写《渔洋精华录》、《尧峰文钞》、《午亭文编》。

王仪子鸿写《渔洋诗续集》。

长洲李福写《士礼居明道本国语》。

吴县陆损之写黄丕烈之《隶刊误》。

黄丕烈写《季沧苇书目》。

余集写周密《志雅堂杂抄》、元好问《续夷坚志》、孙承泽《庚子消夏录》。

郑燮写自著《板桥集》。

金农写自著《冬心集》。

许翰屏写《文选》(影写宋本)。

王兆棅写《渔洋分甘余话》(兆棅,渔洋侄孙)。

郭频迦写《楞严经》、《金刚经》、《心经》。

139. 如何鉴定

宋刻本

一、白口单边。中叶后,渐为白口左右双边,或四周双边。南宋已有黑口本。有宋版从无阔黑口之说,但仍有例外。

二、每行字数,颇不一致,有人云,宋版每行字数与每版行数相等,间或有之,殊不多见。

三、宋版字体有肥瘦两种,肥学颜,瘦学欧,笔法秀雅有力,气势生动。字多为好手写,好手刻,工力绝非凡响,圆润锋利,各臻其妙。

四、墨色雅淡,亦有墨如点漆,展卷便有异香。

五、纸质晶莹,洁白而坚韧,亦有颜色苍润者。多用竹纸,帘纹宽约两指(明代纸帘纹仅一指)。

六、坊刻多牌记(亦称墨围),刻记人名、堂名、年月等,详略不一。伪作甚多,宜加审辨。

七、讳字,宋刻官本避讳极严,坊刻间有疏忽(参见另条)。

八、装潢,宋版原装多蝶装。多经后人改装者。

九、宋版以杭州为上,蜀版次之,建版为下(建版刻地为建阳麻沙、崇化两镇。麻沙刻书,字划起、转、住处俱有棱角)。

十、宋人刻书有官刻、私刻、坊刻之分。中枢以国子监为首,地方则有公使库、茶盐司、书院等本。私家刻有廖莹中之世綵堂、相台岳氏(珂)、新安汪氏(纲),临卭韩氏(醇)等。坊刻则有陈解元、尹氏、崔氏等书坊。

辽金刻本

传本极少,辽书禁令极严,流传至中国者死。传至今仅见《龙龛手鉴》一书。《契丹藏》书亦无传。金书流传较多,刻书中心在平水(今山西新绛)。书坊甚多,晦明轩、中和轩均其著名者。1204年迄金末为最盛,刻有唐宋人诗集若干种。

元刻本

元版官刻多由书院(全国不下120余处),及各儒学领其事。一般校刻精工,多黑口,字体仿赵孟頫,柔秀悦目。版心上记字数,下记刻工姓名。纸用竹纸,色稍黑,皮纸则薄而黄。墨色较浓,无讳字。私刻有牌记。

明刻本

一、经厂本,为太监执掌之司礼监所设经厂,多黑口白纸,字为赵体,大字巨册,纸墨刻工,相当精妙,惜校雠不良,不为人所重。

二、南北监本。以南监本为多,三朝本《十七史》最有名。北监本有《二十一史》、《十三经注疏》。

三、藩府本,明代宗室多分藩各地,如楚、秦、蜀、淮、益、汝、代、辽、鲁、潞、宁、唐、晋、周、肃、德、赵、吉、弋阳,均有刻书。

四、私人刻书家,有王、袁、樊、闵、凌诸氏,及陈明卿、陈眉公、胡文焕等。

五、弘治以前,承元之风,多黑口赵体字;正德、嘉靖以后,为白口方体;万历时字体则横轻直重,类颜体;至天启、崇祯间字体趋向狭长。

六、纸以白棉为上(嘉靖以前),万历以后则多竹纸,墨色罕见佳者,惟徽刻版画如《程氏墨苑》等书,雕刻多出名手,独步一时。

七、明时刻书,苏常为上,金陵次之,杭又次之,闽刻最下。与宋元时代不同,闽刻不为人所重,其原因由刻书家牟利,翻刻时常减去原本一部,使人不知。明代此种风气,不但福建如此,他处亦莫不然。

清刻本

刻书之多,校雠之精,雕版之美,乾嘉极盛,均足超越前代。因时代较近,传本易得,故未得到相当之重视。

清初刻本字体分软硬两派。软体即写刻本,如《全唐诗》,《佩文斋诗画谱》等,均工整楷书。康熙以后,此种精刻日渐稀少。

乾隆以上，白口为多，用开化纸，洁白光鲜，私家刻本则用上等黄纸（毛边或竹纸）；嘉庆以后，黑口渐多，黄纸通行，但纸质渐差；道光以后，除少数私刻本外均无足观矣。

总之，鉴别古书，良非易事，辨伪更为困难，以上所述仅为线索，以凭研讨。有时自以为胸中了了，但展卷仍茫然，善学者，要虚心讲求，随时请益，庶免谬误而已。除上述字体、刀法、纸张外，可供鉴定者尚有刻工一项足供探讨线索，刻工姓名一般刻于版心下方，或在每卷最后页左下方。宋元官刻本多有刻工姓名，坊刻则不然；明版书有时附刊写刊、雕梓人名表。

140. 或问

《蜀志》载：吴张温来聘，问秦宓曰：天有头乎？天有足乎？天有……？秦氏所答，颇见敏捷。今效其体，戏作“或问”。

书有头乎？曰有，亦称天头。

书有脚乎？曰有，亦称地脚。

书有心乎？曰有时向内（蝴蝶装）；有时向外（包背线）。

书有背乎？曰亦称为脊。

书有口乎？亦称中缝，又号版心，有白、有黑、有花。

书有鼻乎？鼻垂而长亦称象鼻。

书有耳乎？在边栏外上。

书有尾乎？称为鱼尾，有单有双，有顺有对。

书有面乎？称版面。

书有眉乎？眉横而阔，任人批点，可硃可墨。

三、图书装帧和印制

141. 装订制度

书之装订制度，随印刷术之发明而渐生变化，演变情形约如下述：

一、经折装　亦称梵夹装，又作贝叶装，其实一也。宋初装订尚不离卷轴形式，其后因卷轴太长，舒卷为难，渐次改用经折装。其法以一幅长纸，左右折叠，成为多折，再于前后加硬纸为封面，其形式与印度梵文佛经颇相似，故有梵夹装之名。

二、旋风装　即将经折装前后页接合，并将书的右边包裹，使书页不至散失，如此则首尾相接。阅读时，周而复始，读至末页，而首页又复出现，往复回环，有如旋风，故因是得名。

以上两种形式，约出现于唐代末叶，唐人统谓之为叶子，宋人则称为册页。

三、蝴蝶装　以上旋风装使用日久，折叠处极易磨损，往往断裂作片片碎。先代劳动人民，思祛此弊，先将印成之单页，使中缝向内折叠，复在中缝处，逐叶粘合，附着于包纸，外加硬纸护面。版心向内，边阑在外，一为翻阅如蝴蝶展翼，故有蝴蝶装之称。此种形式，起于五代，而盛于北宋，直至元代始为包背装所代替。

四、包背装　包背装始于南宋末叶，直至明中叶以后，最著名之《永乐大典》即采此形式。其法以中缝作书口，订以纸捻，外加硬纸封面。此种形式，已接近线装，其微不同处，仅在包背装将外边逐叶粘连，线装则在外边打眼订线而已。

五、线装　以线订书，古已有之，敦煌遗书中，已有发现。宋人论作册方法，已有缝缋不如粘页（蝴蝶装）之说。其法与今制不同，但未流传至今耳。现代所见线装，自明中叶始被广泛采用。

线装由四针孔（四眼），包角则用六眼，特别厚册甚至用八眼（朝鲜版书籍有如此装订者）。

自西方铅印印刷术传入我国后，石印、铜锌、胶版、珂罗版影印诸法，接踵而至，装帧术亦因之而生变化。新法装订，传自欧洲，目前为世界大部国家所采用，其精者（精装）以厚纸板作封面，敷以皮或布，烫以金字或着色字，次者以厚纸作封面（平装）。藏文书籍，版面短阔，散页不相连属，一卷或数卷为一扎，裹之以袱，是我国图书中又一形式也。

经　折　装

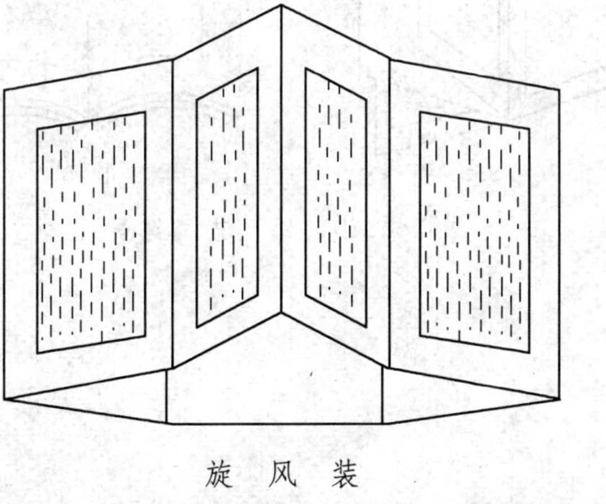

旋　风　装

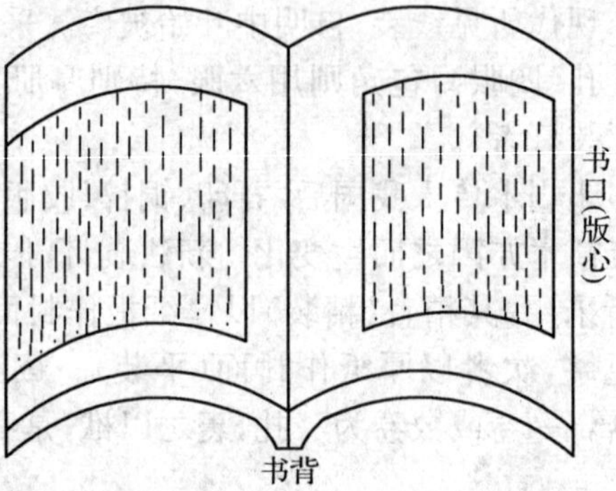

包 背 装

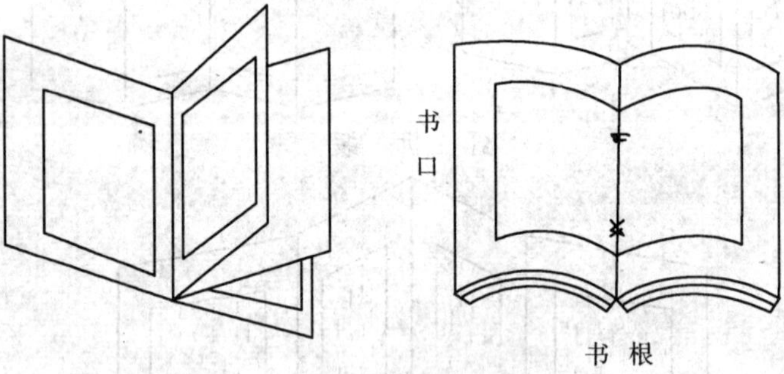

蝴 蝶 装

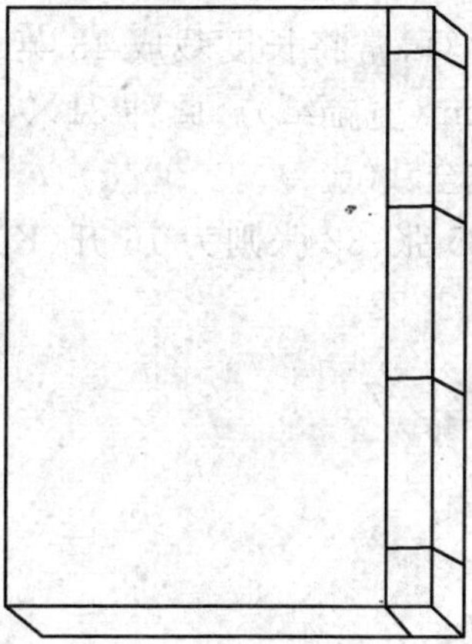

四 针 眼

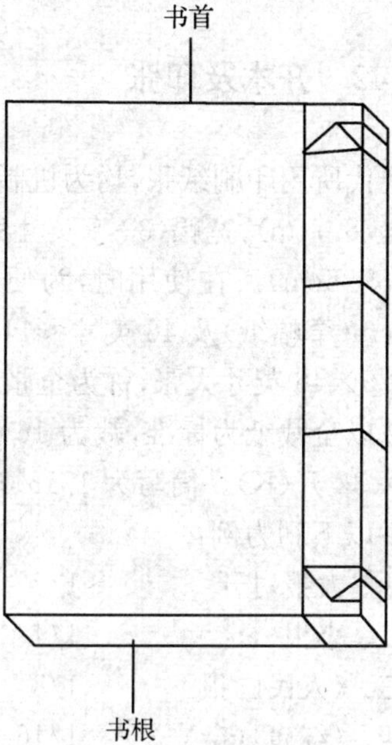

六 针 眼

宽倍(或超过)于长谓之条本

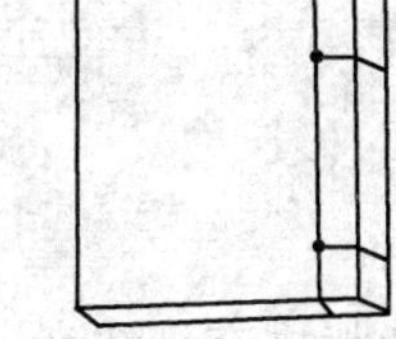

长倍(或超过)于宽谓之长本

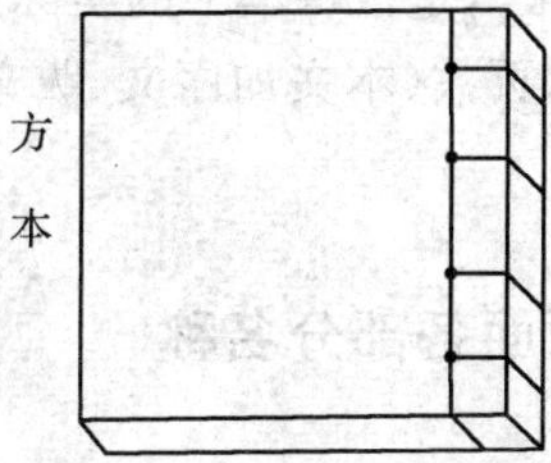

长宽约相等谓之方本或称阔本

线 装

142. 开本及印张

现代所用印刷纸张，均为机制木浆卷筒纸，标准宽度，分窄幅（31英寸≈78.7cm），宽幅（33.5英寸≈85cm）两种，尚有双幅一种（62英寸≈157.5cm）。在使用时，为便于计算，常将长度裁成43英寸≈109.2cm（窄幅纸）及46英寸≈116.8cm（宽幅纸）。此种31×43英寸、33.5×46英寸大张，称为全张纸或全裁纸。

兹以全裁纸为标准，裁为16张、25张、32张则为16开（K）、25开（K）、32开（K）。简写为1/16、1/25、1/32。

举以下刊为例：

一、大报对开　　1/2

二、小报　　1/4

三、《人民画报》　　1/8

四、《红旗》（杂志）　　1/16

五、《诗刊》（杂志）　　1/25

六、《时事手册》　　1/32

此外为适应特别应用，尚有1/20、1/24、1/40、1/48或大型刊本。

宽幅32开本（大32开）为20.3cm×14cm

窄幅32开本（小32开）为18.4cm×13cm

大型报纸为对开，小型报纸（各地晚报）则为四开。

所谓“印张”，是指每本书的实际用纸量。计算方法：如1/32开本，以32除总页数（本文加序文、跋文、前后附页）除以开本，即为印张数。

143. 版面各部分名称

一、版框四周之线为边栏，线有单有双，边栏内有细线者，称文武边栏，连成卍字、亞字等形，曰卍、亚字栏（比较少见）。

二、版心为口，版心上下端刻有黑线为黑口，无线为白口，线细者为小黑口，粗者为大黑口，亦称肥黑口（阔黑口、宽黑口）。版心所以有线，盖以识板之中心，以便折叠；亦有花边者，称花口。版心刻有书名、卷数、页数。

三、版心为象鼻，▀形为鱼尾，有单有双，双者有顺，有对。

四、边栏上有小框，附着两旁，曰耳。

大抵双线白口多宋版，单线黑口，南宋末麻沙本多有之，元相沿成习。明初承元之旧。成化间刻书尚黑口，嘉靖间书多从宋本翻雕，故尚白口。凡书中阙文处用白框，谓之空白；墨者谓之“墨钉”，亦谓“墨等”（意为待补）。

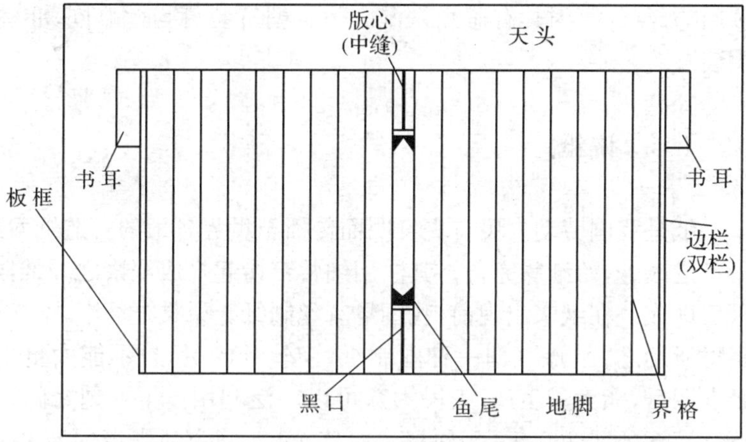

版　面

144. 毛装

平装本的一种形式。又称毛边本。书芯装订后，三面不加裁切，使书边不齐，让读者自己裁切，保留自然朴素之美。近代出版物中，曾流行过一段时间。

毛装不自近代始。清代殿本书，在折叠下纸捻时，大都不加剪裁，保持毛边。窥其用意，不外两端。（一）易于保护。虽经翻阅以后，再加切裁，仍如新装。（二）倘有污损，不易伤及文字。

欧洲精装图书，或页数不多之文艺书、地图册，亦有此风。

145. 和装

又称日本装，日本旧籍装订方法与我国线装殆无二致，其稍有不同者，即其封面较之内部各页稍为加宽。为加强坚固，或用包角或镶包角（即包角时遗去上下副页数张，藏于封面内。骤视之若镶一白边然）。

以上所谓副页，即封皮内之空白页。即简册时代赘简之遗迹。西装书内亦有之。谓之 fly leaf（译为飞页）亦名扉页。闽粤版图书，多用"万年红"，因其有避潮袪湿之效。朝鲜装订与此略同，亦称"高丽装"。

146. 说纸

纸是我国劳动人民首先发明而传播至世界各地的。造纸术经若干年之改进，始渐臻完备。其法用细竹帘捞起打成泥浆之纤维，经晒干后即成。在纸未出现前，我国早有丝制纸。说文"丝"字，本义即指当时所用之"赫蹄"（即一种丝制纸）。丝纸既贵，且不能大量生产。纸发明后，能大量生产，人民大众可以广泛利用。至晋魏之间，乃大行。直至公元 200 年，此种技术始传至楼兰（今新疆境内）。299 年传至吐鲁番，652 年传至伊朗。751 年传至中亚沙马尔汗，793 年传至大马士革，900 年传至埃及。1100 年传至摩洛哥，1150 年传至西班牙，1189 年传至法国。1276 年传至意大利，1300 年传至德国。1494 年传至英国。美国费城设立造纸厂，尚系 1690 年以后事（纸的外传，可参考 1954 年《历史研究》第四期季羡林论文）。

我国的造纸术，魏晋以后益为改善，其精者用嫩竹捣成丝，沤丝于池，浸以石灰浆，加火煮烂，用水漂至再，以洁白为度。摘去小疵，使无瑕玷，以细竹作帘，入水搅动，浪动捞起，帘上成纸，揭下去水，用日晒或火焙使干，遂成纸。名其过程曰"抄"，工序难于详述。有"片纸非容易，措手七十二"之谣。宣纸有一百余操作过程，足见古来劳动人民集群众之智慧,而成此伟大发明之经过也。

制纸过程:1. 备料,2. 蒸煮,3. 漂洗,4. 捣叩,5. 制浆,6. 捞纸,7. 压榨,8. 干燥,9. 加工。

纸之名色亦有数十种。如白榜、开化、太史连、绵连、毛边、玉版、皮纸等。

纸之质量,亦因产时产地而各异。如唐时写本多用益州(今属四川)麻纸。宋时竹纸坚致晶莹,于明处望之中无帘痕。以澄心堂纸为极品。澄心堂纸造于南唐李氏,以白芨作糊,犹今之填料。梅圣俞有《咏澄心堂纸诗》曰:"滑如春冰密如丝,把玩惊喜心徘徊。"明代印书以白棉为尚,清代则重开化、白榜,皆一时风尚也。

纸之名称,有以产地为名者,如产于开化者,产于宣城者,产于由拳者(今嘉兴),均以地名称(宣纸不尽产于宣城,泾、歙、太平、绩溪等地均有之)。

朝鲜擅造纸(古称高丽纸),以茧纸(楮树皮造)为最坚韧。名目繁多,如镜面纸、竹叶纸、柳叶纸、柳木纸、薏苡纸、麻骨纸皆精。

纸有以纸幅称者,如大棉、小棉、大开化、小开化、连三、连七等。有以质量称者,如罗纹、蝉翼。有以色泽称者,如红榜、黄榜。有以加工情形称者,如经腊制,为玉板。亦有著色者,如王羲之紫纸、石虎五色纸、薛涛十色笺。施金银粉者为冷金、泥金、雨雪。其他如槟榔、虎皮、珊瑚、云母等名目尚多。

纸有生熟之分,唐人用熟纸,生纸非丧不用。所谓熟纸,即捶打涂腊之谓。自机制纸兴,多为卷筒,纸幅有一定标准。主要原料多为木浆。就印书用纸而言,有有光、报纸、道林、美侬(日本产)。新中国成立以后国产机纸有极大发展,产区遍全国,如东北之佳木斯、吉林、开山屯,以及南平(福建)、广州、天津、宜宾(四川)等处。出版用纸,主要依赖机制。如高级字典纸已能自行生产,组织均匀,薄不透影,每平方公尺重 28 克。适宜于印制字典及袖珍手册。

自机纸大兴,手工纸虽退居次要地位,但纸质柔韧耐用,经久不坏,仍为其重要特色,有"纸寿千年"之说。以现存之宋版书及宋以前名画,如韩滉《五牛图》、米友仁《潇湘奇观》,画存至今日,纸质均完好如新。若为木浆纸则为齑灰矣。

我国造纸，过去常就地取材，采取原料因地不同。在蜀以麻，在闽以竹，北方以麦秸，南方以稻秆，剡溪以藤，在吴以茧，在楚以楮，滨海以苔，皖南以檀(青檀皮为宣纸重要原料)。至敝布故纸则各地皆采用。

相传茧纸、麻纸创于蔡伦，落(即苔)纸创于张华，藤纸、穀纸创于王羲之，草纸、竹纸创于王屿(唐朝人)。

据国外研究报告，1900—1949 年间出版图书，其中 71%由于纸张变质，已经非常脆弱，不耐重装。但 15 世纪以前出版之图书反较完好，盖旧纸原料采用敝布，质地坚韧。近代造纸采用纸浆，两者相较，其耐久性相差不啻十倍。因此研究人员建议，凡重要图书文献需要长期保存者，宜以优质纸张印刷，以便延长其寿命。

1957 年 5 月间，陕西壩桥西汉墓曾发现长宽不足 10 公分之残纸一张，色黄，质地细薄匀称，类似丝质纤维，考古家认为此即我国最古之纸。前此在 1933 年黄文弼在新疆罗布淖尔古烽燧发现一张麻质旧纸，色白，四周不光整，长宽为 40cm×100cm，质地粗糙，不匀净，纸面有麻节，与此同时出土，尚有汉宣帝元年(前 49)之木简。可以证明西汉末已有麻质纸(植物纤维)，较蔡伦发明实早 150 余年，惟以上所说不久即被否定。记此非所以略资谈助，亦足见我国学者对纸之发明尚不断研究也。现存早期的纸有敦煌发现之曹魏甘露元年(256)手写残卷，上距纸的发明仅 150 年。

东汉末东莱人左伯(字子邑)亦以善造纸有名。蔡伦造纸非混各原料以造纸，乃以一物造一种纸，以旧麻造麻纸，树肤为穀纸，以网为网纸(见《格致镜原》)。

147. 蔡伦

蔡伦(?—121)，桂阳(今湖南耒阳)人，东汉和帝时充宫廷小黄门(宦官)，后渐至中常侍、尚方令，晋爵为侯。因卷入宫廷政争，被迫自杀。东汉初，书契多用竹简，或以缣帛。缣贵而简重，均不便使用，伦乃造意用麻头、树肤、敝布、鱼罗以为纸。元兴元年(105)奏上之,帝(和帝)善其能,自是莫不从用焉。天下称为“蔡侯纸”。(《后汉书》伦本传)。伦根据前人积累经验,使废物利用,成本降低,技术方面得到进一步之发展。在文化传播上起不小作用,是其主要功绩。若径谓纸由伦所创制,非的论也。

148. 巾箱本、书帕本

巾箱本今人亦称袖珍本。古称帽为头巾,人外出旅行,必须携小箱以备安放头巾之用。巾箱本者言书本之小,置于巾箱中,可以随时阅读也。或云古称手帕亦曰巾,古人重视手帕,以小箱贮之,名曰巾箱。无论其义为何,其为小本则一也。

书帕本,据云明代人奉使外出,公毕回京,或外官来京述职,辄以自刻书籍,并附以手帕,以为馈赠之用。此类图书,名为书帕本。书帕本因系照例赠送之礼品,故刻印绝少佳品,此风气约流行于明中叶,万历之后已不多见。

四、目录学

149. 目录、目录学、校雠学

夫物各有名，今以一定之次序排列编次，使读者易于翻检，均可谓之目录。如产品目录、器材目录等皆是。若分而言之，编排其名谓之目，详定其次谓之录。故“目录”云者，即合多数之名，有一定之次序之谓。名目日繁，积千累万，若任意编次，必致茫无准则。故须详订其体例，是即目录学之滥觞。图书目录学自成体系，成为专门学术。此种学术创于刘、班，演于荀、阮，恢于晁、陈，为历来学者所重视。认为系一切学术之纲领。清王西庄曾言：“目录之学，学中第一要紧，必从此问途，方得其门而入。”张尔田亦曰：“目录之学其重在周知一代之学术，及一家一书之宗趣，事乃与史相纬。”读此则目录学之重要可以概见。

“目录学”之定义诸家不同，近人姚名达之说较为简要，其说曰：“目录学者，将群书部次甲乙，条别异同，推阐大义，疏通伦类，将以辨彰学术，考镜源流，欲人即类求书，因书究学之专门学术也。”（见《中国目录学史》第 8 页）书籍孳乳日益浸多，汗牛充栋，千门万类，随时代以俱进。处今日而言目录学，若一味沿袭旧说，故步自封，鲜不造成严重错误。故首先应辨明者为书之思想内容。思想体系第一，学术体系次之，主次既分，则条贯分明，问题亦迎刃而解矣。

校雠学，古代与目录学每每混为一谈，盖古代整理编目之先，必加以校勘，两者难于骤分。校雠之义，即校勘文字、编卷之错误。《别

录》释为:“一人读书校其上下,得其谬误为校。一人持本,一人读书,若怨家相对为雠。”校雠之事,未易言也。宋郑樵有《校雠略》,清章学诚有《校雠通义》,刘咸炘有《校雠述林》,近人胡朴安有《校雠学》,蒋元卿有《校雠学史》,均不可不读也。

由上所述足见校书事业之严肃认真不得一毫苟,与此相反的有敷衍从事者,如沈括《梦溪笔谈》(卷十)所载:“……旧校书官多不恤职事,但取旧书墨漫一字复注旧字于侧,以为日课。”据考所谓旧校书官,实指陈从易、聂冠卿、李昭达等人而言。三人者《宋史》均有传,史载尝因校书不慎左迁或落职。足证《笔谈》所记非诬。

目录之种类:

1. 类之后有小序,书名之下有解题。如晁公武《郡斋读书志》、陈振孙《直斋书录解题》。另有:《四库简明目录》、周中孚郑星《读书记》。

2. 有小序而无解题。如《汉书艺文志》、《隋书经籍志》、《崇文总目》。

3. 只著书名。如郑樵《通志艺文略》、《书目答问》,及各家藏目。

4. 四部之前有总序(提述源流正变)各类之首有小序(分析条目),子目之末附按语,间附著者小传。如《四库全书总目提要》(百分之七十有著者小传)。

5. 详述版本,考订鉴藏,并及藏家姓名。如《天禄琳琅书目》(官修),尤袤《遂初堂书目》(私家),兼采众本,为后来言版本学之滥觞。

其余推求本源,是正缺失(考订家);辨其版本,注其讹谬(校雠家);搜采异本,独嗜精刻(收藏家),则各有专长。如朱绪曾《开有益斋读书志》、杨守敬《日本访书志》、卢文弨《群书拾补》、钱曾之《读书敏求记》、毛扆《汲古阁秘本书目》,以及各项专目(宗教、金石、地理等),群书俱在,要在读者善为运用也。

著者小传始于太史公自叙,刘安、扬雄均有叙传。后人作传对于生卒、仕履、功业、性情、轶事、为学得力处,苟有可考者,皆所不遗,使百世之下,想见其为人。

我国图书,流传数百年或千余年,传播范围或远达国外,年代悠久，变化无穷。若欲熟习其情况，鉴别其真伪。宋椠元刊，见而即知殿版宋刻，洞若观火，判别得失，指正优劣。又非绩学之士，研之有素者所能胜任。

150. 版本、版本学

版本之学，或云实始刘向之校书，或云宋尤袤氏著不同版本，始发其端。明末清初，斯学浸盛，毛晋、钱曾、何焯、季振宜诸氏，联袂而起。降至有清中叶，顾广圻（千里）、鲍廷博、莫友芝、缪荃孙，尤为个中翘楚。

图书版本如何区分，约如下述。

一、以时代分。有宋本、元本、明本、覆宋本、递刻本等。

二、以地区分。有蜀本、建本（闽本、麻沙本）、浙本、江西本、吉州本、越州本、高丽本等。

三、以刻书家分。有官刻本、家刻本、局刻本、坊刻本等。官刻本中又有监本、北监本、南监本、经厂本、藩府本、儒学本等。

四、以精粗分。有精刻本、翻刻本、邋遢本。

五、以印刷先后分。有原刻本、初印本、重刻本、修正本、增订本。

六、以颜色分。有朱印本、蓝印本（靛印）、朱墨本、套色本、三色本、五色本。

七、以装订式样分。有方本、长本、条本、巾箱本、袖珍本。

八、以字体分。有写刻本、大字本、小字本、仿宋本、缩印本。

九、以加工情形分。有校本、评本、标点本。

十、以印刷方法分。有刻本（椠、雕、刊、锓、镌、镂、梓、镵，其实一也）、聚珍本、活字版、排字本、铅印本、石印本、油印本、打字本、影印本、晒蓝本、拓本（搨本）、打本、钤印本（印谱）。

十一、以书写方法分。有手稿本、清稿本、定本、精抄本、影抄本、内抄本。

十二、以书之完整情形，存佚情形，流通情形，又有足本、节本、残本、孤本、秘本、善本、普及本、通行本等种种之分，要在学者善为观察也。

151. 三种研究图书的启蒙书

一、《书目答问》5卷，附2卷

清张之洞（1837—1909）著，范希曾补正。张氏此书成于光绪元年（1875），时官四川学政，相传实出缪荃孙（1844—1919）手（见缪氏自订年谱）。根据后人考证，缪氏年谱所载，可能非事实，以张氏才力，成此一书实优为之，并不待假手缪氏。当时有所商讨，容或有之。缪氏所云实有掠美之嫌。

本书于四部外，增入丛书，共成五卷。附一为《群书读本》及《初学者书》；附二为《清代著述家姓名表》，分别流派尤便初学。著者略例中指出"读书不知要领，劳而无功。知某书宜读而不知精校精注本，事倍功半"。可谓要言不烦。张氏此书一出，翻印重雕不下数十种，流传极广。鲁迅曾云："我们以为倘要弄旧的呢，倒不如姑且靠张之洞的《书目答问》去摸门径。"（见《而已集·读书杂谈》）

二、《四库简明目录》20卷

清纪昀（1724—1805）著。《简明目录》，系由《四库全书总目提要》编写而来，较之《提要》实具体而微。对我国古籍择要评价，百余年来影响极大。纪氏于乾隆四十七年（1782）完成《简目》，除存目不录外，其余不过选录总目约十之一。清江藩云："《四库全书总目提要》、《简明目录》，皆出公（纪氏）手，大而经史子集，以及医卜词曲之类，其评论抉奥阐幽，词理明正，实力在王仲实（俭）、阮孝绪之上，可谓通儒矣。"鲁迅亦云："其实是现有的较好的书籍批评，但须注意其'钦定'的。""钦定"两字已足说明书的本质。当时纪氏领导修纂，迫之以期限，绳之以考成，犹复遵照统治者之意旨，签识违碍，救过不遑，况此官书成于众手，纪氏以一人之力，竭尽平生精力，考订源流，铨疏厓略，牴牾尚不自保，后人肆其讥刺，岂可谓平。鲁迅在《且介亭杂文》中曾云："……这就是说，《四库简明目录》是最基本的关于古旧知识的书，必须细看。”

三、《书林清话》10卷

叶德辉(1864—1927)著。叶氏字焕彬，号郎园，长沙人。头脑顽固，思想保守，曾反对维新运动及辛亥革命，1927年又反对农民运动，为农民协会所镇压。此书成于清末。偏重于版本学的研究，附有《余话》。系未完稿本，由其姪叶启崟印行。全书叙述我国雕版历史，及宋以后各代刻书优劣盛衰，以及佚闻故事。取材广泛，可供参考。

以上三书，其内容在今日视之，极多缺点和错误。尤其是叶书，读者应吸其精华，遗其糟粕，批判接受，勿为原作所拘可也。

152. 四库全书总目提要

200卷，清纪昀编，参加修纂的著名学者不下300人，历时20年而成，为官修目录之最后最大者。乾隆四十五年(1780)成书，1790年目刻成。是书以经史子集提纲列目。经分10类，史15类，子14类，集5类，共44类。又分析子目，条理分明。诸书又以时代分前后，帝王著作冠于各代之首。笺释旧文，仍从所著之书，不论所注之人。四部之前各冠总序，提述源流正变。各类之首，又各冠小序，详述其分并改隶，以析条目。或于子目之末、本条之下附按语，70％以上附著者小传。近人余嘉锡竭30年之力，著成《四库全书提要辨证》，24卷，凡490篇(原稿为700多篇)，1958年10月中国科学院出版，对《总目提要》之乖错违失处，加以订正。前此清季陆心源氏拟著《正纪》，以纠纪氏之失，俞樾氏阻之，未果行。余氏对纪目虽有不满，予以辨正，但仍认为刘向《别录》以来，才有此书。余氏云：“持比向歆，殆无多让，至于剖析条流，酙斟古今，辨章学术，高挹群言，尤非王尧叟、晁公武所能望其项背，故曰《别录》以来，才有此书，非过论也。”并称此书功巨用宏，极推重之能事。

阮元《四库未收书提要》5卷，收175种。

余氏书问世之后，又有胡玉缙(绥之)氏之《四库全书总目提要补正》一书，所收有2300种，视余氏之作又丰富多矣(王欣夫辑1962年中华本),1965 年中华书局据杭州刻本并加句读,附《未收书提要》影印。

153. 天禄琳琅书目

《钦定天禄琳琅书目》10 卷,清于敏中编;续 20 卷,清彭元瑞编。

官修书目中,谈及版本者首推此目。乾隆间裒集内府所藏群籍善本,列架庋藏于乾清宫昭仁殿,名为“天禄琳琅”,重加整比,辑为总目,以宋元金明代为序,仍以四部分类。明影宋钞本之精品亦入选。

著录首举篇目,次详考证,次订鉴藏,次胪阙补。考证对锓刻加详,与向来书目少异,最后对藏书家姓名,及加盖印记,亦记其文字,绘其形式,真创格也。续编成于 20 年后,悉依前例。前编共收 422 部,续编共收 663 部。前编宋元明版外,仅有金刊一种。后编宋辽金元明五朝俱全,绝非翻雕、赝刻伪托。所有前人题跋,名家印记,均系确有可证。叶德辉认为后编不如前编可据,仍有赝鼎列入(见《书林清话》卷十)。

原书宋金版用锦函(金版唯《贞观政要》一书),元版青绢函,明版褐绢函。光绪甲午,正集全失,续集存其半耳。

154. 伪书

造伪书者,代有其人,推其原因,据梁启超所说,不外以下数因。1. 托古,2. 邀赏,3. 争胜,4. 炫名,5. 诬善,6. 掠美。此特就有意作伪言之,尚有出于无意者,如因误题、误编所引起。明清学者致力发现伪书者,不乏其人。明胡应麟著《四部正讹》,清万斯同著《群书辨疑》,崔述著《考信录》,姚际恒著《古今伪书考》(内经 19,史 13,子 30),梁启超著《古书真伪及其年代》等书。伪书子部为盛,经次之,史又次之,集差寡。经书之伪,《易》为盛。史之伪,杂史传记为盛。子之伪,道家为盛。凡集全伪者寡,单篇借名窜匿者多。有全伪者,如《关尹子》、《六韬》。有伪间错以真者,如《素书》,出自宋张商英。有真间错以伪者，如《列子》(魏晋人作品)、《司马法》。有真伪相错者，如《管子》。

伪书大部为好事者故弄狡狯所为。除以上所述外，《古文尚书》出自东晋梅赜、《天禄阁外史》出自王逢年。纯伪者尚有《鬻子》、《亢仓子》(一作《亢桑子》)、《鬼谷子》、《尹文子》等。属于怀疑者，如《天隐子》、《齐丘子》。真伪相间者，尚有《公孙龙子》、《文子》。至于《庄》、《列》、《吴》、《管》均有人附益。

至于《孝经》出于汉人，《周礼》出于西汉末，《杂事秘辛》出明人杨慎(升菴)，《云仙杂记》非唐人冯贽作，乃宋人王铚伪托，《十六国春秋》非崔鸿作，实出明屠乔孙、项琳伪作。《大金国志》旧题宇文懋昭，实依托。《隆平集》旧题曾巩，晁公武亦疑其依托。

总之，我国图书浩如烟海，著者如云，辨伪之学，非博学深思之士不能胜任，吾辈但略知大概斯可矣。

155. 工具书及如何运用索引

凡摘取书中一切可求之义，可治之名，可稽之数，立为条目，依一定方法分类排比，有如纲举目张，绳贯珠联，使浩如烟海之无量资料条理分明次序井然，一旦应用则一翻便得。如是之书皆可名为工具书。

广义言之，如《二十四史》、《十通》、各朝会典、舆图皆是，狭义言之，如类书、辞典、百科全书、各种年鉴、年表、谱表、索引(引得)、目录、人名录、地名考、疑年录、搢绅、尚友录、职员录、齿录、一切题名录，以及旧期刊、旧报纸等均属之。

索引之书，又名引得(由西文 Index 音译而来)。我国旧名通检、便检、备检、检目。分韵编排者，则名韵编。编又有齐头齐尾之分。如是之书，小言之，可使寻章摘句者，得以丰富其词藻，大之，著述创造，经世致用，考古治史者，均赖以考订其得失。

章学诚有言："典籍浩繁，见闻有限，博雅者尚不能悉究，况其下乎。"因此，工具书者实不可须臾离之锐利武器，运用之妙，存乎一心。

总使纲举目张，左右逢源，参互错综，以求至当。是以对各项检查方法，如韵分法、部首法、四角号码法、庋缬法，尽量要求熟练。我国检字法包括常用与不常用，不下一百余种。

我国类书内容约作以下分：

一、以类分：其中又有通录、专录之别。通录如《北堂书钞》、《初学记》、《太平御览》、《册府元龟》、《玉海》、《图书集成》、《渊鉴类函》。专录如《子史精华》。

二、以韵分：又有齐头齐脚之分，如《佩文韵府》、《韵府群玉》。

三、以字分：（部首）《骈字类编》、《辞源》、《辞海》。

四、专编：分姓氏编、人名录、别号录，如《元和姓纂》、《同姓名录》、《尚友录》、《史姓韵编》，及其他古今中外地名辑典等。

宋四大类书均以天、地、人、事、物分大类，其中惟《册府元龟》以君臣分二部，各五百卷。

156. 我国古代图书分类：七分法与四分法

我国旧图书分类法，创自向歆父子。刘氏《七略》出现于公元前7年，实开图书分类之先河，名为七略，其实为六，盖《辑略》总摄，其余六略而已。后世四部之分，即由此转化，以六艺为经，由春秋类中分出史部，附庸蔚为大国，诸子、兵书、数术、方技，四略并为子部，诗赋一略，发展为集部，此七略与四部分合省并情形也。

七略体例自成一家，实为目录学之首创，为史家体例中不可缺少之一部。而刘知几氏以为"凡撰志者宜除此篇"，诚一偏之见，未足为确论也。

分类法因政治目的而有变化，我国古代目录学家亦从来不忽视此点，唐陆德明曾云："时有浇淳，随病投药。"意谓适应时代为政治服务也。

兹略述七略及以后诸家说于后。

一、刘歆《七略》

1. 辑略，2. 六艺，3. 诸子，4. 诗赋，5. 兵书，6. 数术，7. 方技。

二、《汉书艺文志》

1. 六艺,2. 诸子,3. 诗赋,4. 兵书,5. 数术,6. 方技。

三、魏郑默、晋荀勖《中经新簿》(佚)

1. 甲(六艺、小学),2. 乙(诸子、兵书、术数),3. 丙(史记、旧事、皇览部、杂事),4. 丁(诗赋、图赞、汲冢书)。

四、刘宋王俭《七志》(佚)

1. 经典,2. 诸子,3. 翰赋,4. 军书,5. 阴阳,6. 术艺,7. 图谱,8. 附(道、佛)

五、梁阮孝绪《七录》(佚)

内篇:1. 经典,2. 纪传,3. 文集,4. 兵书,5. 术技。

外篇:6. 佛,7. 仙道。

六、《隋书经籍志》

1. 经,2. 史,3. 子,4. 集,5. 附:佛道。

七、《四库总目》

1. 经(10类),2. 史(15类),3. 子(14类),4. 集(5类)。

八、张之洞《书目答问》

1. 经,2. 史,3. 子,4. 集,5. 丛书。

此外,郑樵《通志·艺文略》:1. 经,2. 礼,3. 乐,4. 小学,5. 史,6. 诸子,7. 星数,8. 五行,9. 艺术,10. 医方,11. 类书,12. 艺文。

孙星衍《孙氏祠堂书目》十二部:1. 经,2. 小学,3. 诸子,4. 天文,5. 地理,6. 医律,7. 史学,8. 金石,9. 类书,10. 词赋,11. 书画,12. 小说。

157. 谈书名

我国书之取名,除以书之内容外,大都依著者姓名、别号,由其友人或家人、门生、故旧所题,或出自题。纵观古籍书之命名,约有以下数类。

一、径以著者姓名为书名者,如《杜审言集》、《王昌龄集》、《嵇康集》等。

二、以别号名书者，如《曹子建集》、《李太白集》。

三、以作者籍贯名书者，如《张曲江集》、《张江陵集》、《康南海集》。

四、以作者里第名书者，如《樊川集》(杜牧有别墅在樊川)、《甫里集》(陆龟蒙居甫里)。

五、以作者宦迹所经名书者，如《韦苏州集》(韦应物曾官苏州刺史)、《况太守集》、《刘中丞集》、《张大司马奏疏》。

六、以作者谥法名书者，如《苏文忠公集》、《海忠介公集》。

七、以成书年代名书者，如《垂拱集》、《长庆集》。

八、以作者室名、斋名名书者，如《随园诗话》、《郎园全集》等。

九、以书之内容名书者，如某人之文集、诗集、词选、骈文、奏稿、西征集、南来集等。

总之，我国书籍题均极简单，由一字(《易》、《书》、《诗》等)至五六字，最为普遍。较多者如《辅轩使者绝代语释别国方言》(《方言》全名)、《仰视千七百二十九鹤斋丛书》(赵之谦辑)亦不过12字。一般书多取明显，使人顾名思义，一望而知。但亦有较为冷僻者如《解围元薮》、《串雅》、《此事难知》、《寿亲养老》(均医书)。唐段公路之《北户录》、清陈锡路之《黄妳余话》，非阅原书不得其解。亦有好用僻字者，清祁寯藻之《䜌䜌亭集》(原叙说明取名原因)、章炳鳞《訄书》(訄音求)、明吴国伦之《甔甀洞稿》等，然究居少数。至于如某先生集、或某太史遗稿等，则多出后人裒集，并为题名，固极易知也。

清钱念敏有《二二五五疏》2卷，意谓"二"年之中，出使"二"国(荷兰、意大利)共上奏疏"五十五"也。骤视之亦难得其解。

民初有《康逵(帅)宭(群)廖(寥)尻(居)诗存》，名与书并冷僻。

158. 真实著者并非题名之人

旧籍中有不少书，原题著者并非真正执笔之人，此类情形甚多，不可不知。如：

《全唐诗话》题宋尤袤著，本贾似道假廖莹中所著，后人恶似道名改题袤名，见周密《齐东野语》。

《西京杂记》题刘歆，实出葛洪。

《古今图书集成》题蒋廷锡，实出陈梦雷（诚亲王胤祉门客）。

《行水金鉴》题傅泽洪，实出郑馀庆。

《行水金鉴续》题黎世序，实出俞正燮、董士锡。

《化书》题宋齐丘，实出谭峭。

《新疆识略》题松筠，实出徐松。

《续资治通鉴》题毕沅，实出邵晋涵。

《粤雅堂丛书》题伍崇曜，实出谭莹。

《守山阁丛书》题钱熙祚，实出张文虎、顾观光。

《明史纪事本末》题谷应泰，实出徐倬或作张岱。

《皇朝经世文编》题贺长龄，实出魏源。

《续皇朝经世文编》题盛康，实出缪荃孙、汪珣。

《海国图志》题魏源，实出汪士铎。

《读史兵略》题胡林翼，实出汪士铎、丁取忠。

《盛世危言》题郑观应，实出何启、陈少白等。此书尽知为郑作，其实出自何、陈，孙中山曾参以己意。说见刘成禺《世载堂杂忆》（1960年中华书局），较为可信。

《张骆两司马奏稿》题张亮基、骆秉章，实出左宗棠。

《藏书绝句三十二首》题杨守敬，实出王葆心（季芗）、罗田人，曾编《湖北文征》。

《书目答问》题张之洞，实出缪荃孙，或云確出张氏。

《李文忠公奏议》题李鸿章，实出薛福成、吴汝纶、于式枚。

《春秋地名考》题高士奇，实出徐善。

旧时显宦笔墨多出其幕僚之手，即有所著述，但仅创意，余事多延通儒为之捉刀，类此情形，不胜枚举。

159. 别号与笔名

我国旧时习惯，于正式姓名以外好取别名。相传黄帝别号归藏，但年代悠远，难于稽考。秦以来有寒泉子，甘茂号樗里子，范蠡号陶朱公，又称鸱夷子皮。其他如鬼谷子、庚桑子、江上丈人、河上公，皆别名。汉初四皓，东园公、夏黄公、角里先生、绮里季，皆以别号传。晋陶渊明号五柳先生，南齐臧荣绪号被褐先生，陶弘景号华阳隐君。隋唐以来，此风尤盛，李淳风号黄冠子，王绩号东皋子，贺知章号四明狂客，李商隐号玉溪生，司空图号耐辱居士，陆龟蒙号江湖散人、甫里先生，张志和号烟波钓叟，盖皆好奇之士。此外专制皇帝亦有此习，宋高宗号桢斋，世宗号天地钓叟，穆宗号舜斋，明武宗号锦堂老人，清高宗号十全老人。

明清以来，更为盛行。"五四"前后，反动政权文网极密，进步言论动遭摧残，当时作家为避祸起见，好用笔名。笔名之称，古之所无，可能由西文 pen - name 直译而来，与前代文人有本质上之不同，兹将历来别名择要介绍，以备参考。

宋·朱熹　晦庵、晦翁、遯翁、沧州病叟、云谷老人、季延

明·归庄　归妹、归乎来、悬弓、园公、元功、恒轩

清·傅山　青主、青竹、公之佗、白石道人、老孽禅、啬庐等（傅氏别署不下数十）

清·石涛（朱若极）　道济、原济、苦瓜和尚、瞎尊者、大涤子、清湘老人

清·黄丕烈　复斋、荛夫、荛圃、荛翁、老荛、宋廛一翁、知非子、求古居士、读未见书斋主人、听拟轩主人、民山山民、独见学人、陶陶轩主、复见心翁、秋清逸士、长民山一民、佞宋主人、负桥山人

清·段玉裁　茂堂、懋堂、若膺、砚北居、长湖堂居士、侨玄老人

清·震钧　唐晏

清·刘鹗　老残、洪都百炼生（著《老残游记》）

清·吴沃尧　我佛山人、茧人、趼人（著《二十年目睹之怪现状》）

清·李宝嘉　南亭亭长（著《官场现形记》）

清·曾朴　东亚病夫、小木（著《孽海花》）

清·辜鸿铭　汉滨读易老人

蔡元培　会稽山人、鹤卿、孑民。

林　纾　畏庐、冷红生

刘师培　光汉子、无畏、豖常之裔、践卓翁、蠡叟

严　复　瘉野老人

苏元瑛　曼殊、阿难、南国行人、沙鸥、三郎、玄殊等，不下数十

齐　璜　白石、六斋、兰亭、渭清、濒生、寄园、寄萍、老萍、萍翁、阿兰木居士、老木、借山翁

廖恩煦　仲恺、夷白、屠富

瞿秋白　瞿霜、易嘉、宋阳、史铁儿、何凝、屈章

恽铁樵　焦木

周树人　鲁迅，笔名有84个（一个字4个、二个字62个、三个字18个）。某生者、唐俟、吴谦、长庚、迅行、风声、自树、冬华、神飞、巴人、雪之、豫才、L.S、隋洛文、索士、公汗、黄棘、周逴、且介、旅隼、赵令仪、姜珂、邓当世（译文用）（见《鲁迅全集》附录）

蒋光慈　蒋光赤、伯川、华希祖、华继素、华希理、华维素、华西理

秦邦宪　博古

邓　康　仲澥、惕生、仲解、中夏、仲夏

张全新　铁弦

胡也频　何一平、沈默

赵平复　柔石

殷　夫　徐白、白莽、任夫

俞鹤林　叶紫

田寿昌　田汉、陈瑜、铁瑞章

王叔唯　赵冷、碧珊

王向辰　老向

冯文炳　废名

许地山　落花生

章士钊　黄中黄、章邱生、孤桐、烂柯山人、秋桐

杨　仪　欧阳山

张骏祥　袁俊

杨同芳　沙汀

高季琳　柯灵
曹之琳　端木蕻良
郭安仁　丽尼
张式浓　安娥
季　信　力扬
袁水拍　马凡陀
潘汉年　泼皮
朱执信　蛰伸
郑振铎　西谛、赛芬、C. T.
陈望道　佛突、晓风
李金发　过安
柳弃疾　柳亚子、亚庐、慰高、稼轩
陈独秀　陈仲、仲甫、由己、仲子、张次南、山民、熙州仲子
郭沫若　郭尚武、郭开贞、鼎堂、易坎人、爱年、麦克昂
舒庆春　舍予、老舍
钱杏邨(村)　阿英、方英、岛田、亚鲁寒生、张若英、钱谦吾、魏如晦、阮无名
沈德鸿　沈雁冰、茅盾、方璧、未名、丙生、玄珠、朱璟、何典、蒲牢、方莹、MD、逃墨馆主
邢西萍　徐冰、张少岩、金人
沈端先　夏衍
陈绍禹　王明
张闻天　洛夫
叶圣陶　郢生
成仿吾　石厚生
许广平　景宋、许漱园、HM、许遐
吴　晗　吴春晗、梧轩、酉生、辰伷、刘勉之
蒋冰之　丁玲、何爻、TL、LL
周作人　仲密、岂明、周启明、知堂
邝健康　红线女(粤剧演员艺名,亦别名之类)

张少岩　金人

李一氓　杜竹君

邓　拓　马南邨

李　旭　舒群,黑丁

李维汉　罗迈

李芾甘　巴金

李仲持　直闲

程大千　马讦

万家宝　曹禺

章天监　田间

李春藩　柯柏年

蒋海澄　艾青

林　曦　司马文森

漆树芬　南薰

冯雪峯　画室

王亚南　渔村(邨)

许楚生　许行

章方叔　靳以

彭雪珍　子冈

欧阳继修　阳翰笙

黄　英　卢隐

冯沅君　淦女士

封季壬　凤子、禾子

戊戌变法及辛亥革命时期,报刊作者好用笔名,张静庐、林松、李松年辑为《笔名录》,共收 1000 余人,见新建设社所刊《文史》第 1 期、第 4 期,可供参考。又《作者笔名表》(《文学风》3 卷 1—2),安徽图书馆编。

160. 同书异名和同名异书

同书异名，过去为不少人所注意，祁承㸁《藏书约》，亦曾涉及，但搜罗未广，仅数十种而已，其实为数极多。1962 年南京图书馆杜信孚编有《同书异名通检》，收集达 3900 余种。兹略举比较习见者如下：

《吕氏春秋》亦作《吕览》，《庄子》亦作《南华经》，《老子》亦作《道德经》，《亢桑子》亦作《洞灵真经》，《列子》亦作《冲虚经》，《文子》亦作《道玄真经》。以上均道家所尊。

《淮南子》亦作《淮南鸿烈解》，《匡谬正俗》亦作《刊谬正俗》，《十洲记》亦作《十洲三岛记》，《韩文公集》亦作《韩昌黎集》。

《世说新语》亦作《世说新书》，又简作《世说》。

《柳河东集》亦作《柳柳州集》，又作《柳文惠公集》。

《风俗通义》亦作《风俗通》。

《白虎通德论》亦作《白虎通》。

《文丞相集》亦作《文文山集》，又作《文信国公集》。

与此相反，有书名虽同而内容实异者：

《阳春白雪集》	宋·赵闻礼，元·杨朝英。
《一切经音义》	唐·慧琳，100 卷，唐·元应 25 卷。
《宾退录》	宋·赵与时，明·赵善政。
《诗品》	梁·钟嵘，唐·司空图。
《柳河东集》	唐·柳宗元，宋·柳开。
《昌谷集》	唐·李贺，宋·曹彦。
《华阳集》	唐·顾况，宋·王珪，宋·张纲。
《铁网珊瑚》	明·朱存理，明·都穆。
《张文端公集》	清·遂宁张鹏翮，清·桐城张英。
《汉魏丛书》	明·程荣，明·何允中，清·王谟、马俊良。

161. 几个现代名词介绍

一、文艺复兴 Renaissance 义为再生

中古时代之欧洲政教学术，为日耳曼族、基督教会相继摧残，希腊及罗马文化，几于全部毁灭。十一世纪以后，始稍抬头。1453 年东罗马灭亡，希腊学者多避居意大利，以讲授古典文学为务，所谓文艺复兴运动，渐次发展，初只限于文学艺术，后渐及于一般思想及生活问题，其特征为重自由，贵人生，尚知识，故史学家以"文艺复兴"运动为欧洲中古及近古之过渡时代。

二、启蒙运动 Enlightment

亦称黎明运动。欧洲中世纪黑暗异常，各种思想言论，皆受禁锢，十七八世纪之交，有一派学者，起而反抗封建的贵族文学，主张自由思想文学，打破因袭传统思想，专以开拓蒙昧，并及文化为务。其特征为尚实利，重实际，以性理为万能，主张各人自由，排斥宗教国家之权威，英之牛顿、法之卢梭、福禄培儿皆运动中之中心人物。

三、古典主义 Classicism

指十七八世纪流行于欧洲之文艺思潮，以法国为中心，取法古希腊罗马作品，以调和、统一、整齐等形式，为艺术最高标准。

四、浪漫主义 Romanticism

十八世纪中叶，至十九世纪初期，欧洲文艺复兴思想之主潮，因反抗古典主义而起。其特征为：一、重主观，以豪放恣纵之个人情绪为贵。二、好奇尚美。三、革命精神，反对一切束缚个人自由之因袭道德，及社会法度。歌德、席勒、海涅、拜伦、嚣俄、大仲马等均属之。

五、新浪漫主义 New romanticism

近代欧洲文学上一种潮流，为反抗纯客观描写的自然主义而起，其特征为重情绪、尚理想，不为空虚的想像所支配而离开现实。易卜生、法朗士属之。

六、报告文学 Reportorial Literature

记事文字。如通信、报告、速写、特写等体裁的总称。专描述工人与劳动大众的生活及斗争，发源于德国，其特点有三，1. 真实性（不虚构），2. 新闻性（迅速及时），3. 文学性（情节动人）。盛行于苏联，近年我国亦极风行。

七、史诗 Epic

即叙事诗，以历史为题材的诗歌。

八、市民文学

反映城市市民生活和观念的作品，在我国旧作品中最有代表性者，为明末冯梦龙的“三言”，凌濛初的“两拍”，其特色在着重描述爱情与婚姻，其他题材亦间及商品经济的生产者和经营者。

162. 书的聚散

我国官藏图书，周秦之间已有典藏。如老子、张苍均曾为柱下史，亦即管理公藏图书之官，可能限于文献资料，犹今日之档案馆。刘邦入咸阳，萧何所收律令图书即属此类。汉武之世，始开献书之路，置写书之官。由是外有太常太史博士之藏，内有延阁广内秘室之府。成帝（前 32—前 7）时，秘书颇有亡散，乃使谒者陈农求遗书于天下，盖政府藏书，实始汉武而成帝继之。嗣后时代推移，人事变迁，书之聚散靡常。隋之牛弘认为书有五厄，明胡应麟氏亦称六朝以后，又增五厄（见《少室山房笔丛》）。考之史实，尚不止此，兹合各家所说，简述如下：

一、秦始皇焚书，古代坟典，多成灰烬（前 213）。

二、王莽之末，长安兵起，西汉兰台石渠藏书 33090 卷，以及宫室图书扫地以尽（公元 23）。

三、东汉之末，董卓挟献帝移都。吏民扰乱，图书缣帛，取为帷囊，东观仁寿 13269 卷，一时燔荡（190）。

四、永嘉惠怀之际，刘石凭陵，京华覆灭。秘书中外三阁 29945 卷朝章典册，从而失坠（311—313）。

五、梁元帝（萧绎）移都江陵，典籍悉萃于斯，周师入郢，悉投诸火，所入才十之一二，焚书可 7 万卷（554）。

六、隋世聚书甚伙，大业之末，天下丧乱，东都修文观文藏书103278卷，王世充平后，由宋道贵以舟载运而西，行经砥柱舟覆，仅存十之二三(622)。

七、天宝安史乱起，集贤院四库所藏89000卷，尽数失散(755)。

八、广明(僖宗年号)黄巢陷两京，十二库70000卷，一时俱尽(880)。

九、靖康金人陷汴京，宋三馆秘阁36280卷，或遭祥符之火，或由金人捆载而北(1126)。

十、绍定(理宗年号)间，蒙古军入掠，中兴44486卷，均毁散无存(1230—1233)。

十一、明室覆灭，北京一时无主，公私图书大量散失(1644)。

十二、清乾隆三十七年至四十七年(1772—1782)四库修书，当时销毁抽毁违碍禁阅诸书，据官方部分公布者，已3000余种，其中妄删妄改，以及私人畏祸，自行焚弃，毁书之多，超过以前任何朝代，实图书之浩劫(参见《四库全书》条)，远过秦火也。(乾隆毁书固多，但经多年来人民之爱护，不少图书仍在暗中流传，清末禁令已弛，禁书重出已见著录者已达295种。辛亥以后，李木斋(盛铎)氏搜集禁书可1000余种(详见《乾隆禁毁书籍考》，见《协大学报》1期)。

十三、清光绪二十六年(1900)帝国主义侵略军(所谓八国联军)陷北京，上自官府所藏，下及私家所守，散弃如粪土，存者复经敌人收拾捆载而去。

十四、帝国主义国家文化侵略者之掠劫盗运，其中以敦煌石室藏书之被劫最为惨重，西方盗窃者如斯坦因(匈牙利人)、伯希和(法人)、橘超瑞(日人)，皆劫去大量资料文物。伦敦、巴黎图书馆博物院，均陈列其赃物。此外日人岩崎以极低代价购去陆心源氏皕宋楼藏书，据河田罴氏《静嘉堂秘籍志》所载，宋元刊本即有5000余册。他如传教士大量盗取甲骨，外国图书馆大量搜罗善本书及家谱(美哥伦比亚大学存家谱900余种)，亦造成极大损失。

新中国成立以后，旧的遗产归之人民，新的发展方兴未艾，殊非过去任何时期所可比拟，祖国文化事业，与日俱进，当非想像所及也。

163. 书的几次大发现

我国图书文物，经过长时期世事变迁，受到不少摧残，所谓五厄、十厄种种，不少重要文物资料埋藏地下，湮没无闻，甚至数百年数千年之久。汉晋以来，迭有重要发现，使千载宝物重出荒墟，每次发现对学术界均发生极大影响，兹简述如下：

一、孔壁

汉武帝末，鲁共王（刘馀）坏孔子宅，欲以广其宫，而得古文《尚书》、《礼记》、《论语》、《孝经》凡数十篇，均为蝌蚪文字之竹简，每简二十字至二十五字不等。孔安国以之考证伏生所传之《尚书》19 篇，多出 16 篇，安国献之，一直未列学宫（即未被承认为正式课本），不久即亡佚。自此之后，学术界遂有古今文之争。

当秦焚书，孔腾畏秦法峻急，藏书壁中，或亦谓为孔鲋所藏。孔壁出书，本无可置疑，惟古本面目，篇章次第，不可复知。此第一次重大发现也。

二、汲冢竹书

晋咸宁三年(279)或太康元年(280)冬十月，汲郡人不準（音丕），掘魏襄王冢（或作安厘王），发现竹简小篆古书数十车，凡十余种，藏于秘府。初发冢时，发冢者火策照取宝物，官收之时，多烬简断竹，文既残缺，不得铨次。武帝（司马炎）以书付秘书校缀次第。寻考指归，以今文写之。束皙时在著作，得观秘书，随疑分析，皆有义证。皙所写定皆用今文。竹书真象，不可复知，写定之书，凡 16 种 75 篇。

1.《竹书纪年》13 篇　　2.《易经》2 篇
3.《易繇阴阳卦》2 篇　　4.《卦下易经》1 篇
5.《公孙段》1 篇　　6.《国语》3 篇
7.《名》3 篇　　8.《师春》1 篇
9.《琐语》11 篇　　10.《梁丘藏》1 篇
11.《缴书》2 篇　　12.《生封》1 篇
13.《大历》2 篇　　14.《穆天子传》5 篇

15.《图诗》1篇　　16.《杂书》19篇

17. 不识名题7篇

三、敦煌轴卷

敦煌县南四十里，有千佛洞。其地当鸣沙山（亦称谓神沙山），满贮宝贵手写书卷之石窟，可能在宋仁宗景祐二年（1035）即被封闭，后来完全被人遗忘。至清光绪二十六年（1900）始重被发现，共480窟，其中多六朝唐人写本，最早有曹魏甘露元年（256）间写本，最晚宋至道元年（995），遗书不下30000卷。包有经书、文学、史学、语文、科学、宗教（宗教有景教、摩尼、佛道），95%有关佛教。合其壁画、雕塑、手迹，如用公尺计算，长可25公里。此次发现对学术界影响之大，足与殷墟甲骨相抗衡。发现不久，即遭帝国主义文化侵略者之掠夺，如斯坦因、伯希和、橘超瑞，屡次盗劫。斯氏两次来千佛洞，以金钱贿买王道士，劫去最多，现藏伦敦博物院。伯希和则于光绪三十三年（1907）、橘超瑞于光绪三十四年，先后接踵而至。均假访古之名，行掠夺之实。真迹精品远归英、法，近达扶桑，实空前之浩劫。清政府啜其残羹余滴，仅约8651卷（有单目）。现存北京图书馆，总数难于详考。据云流至海外不下万余轴。敦煌遗物内容包括除有关历史、地理、宗教、文学、俗文学外，尚有经、像、壁画、古器物等。

参考见《鸣沙石窟佚书》、《鸣沙石窟丛残》（罗振玉）、《敦煌缀琐》（刘半农）、《敦煌古籍叙录》（王重民）等。《敦煌遗书总目索引》（商务），共收录22000卷。《敦煌资料》（中国科学院历史研究所整理）集全所有国内外公私本。

四、汉晋木简（竹简）

清光绪三十四年（1908），斯坦因在甘肃、新疆得汉晋木简千余。以后又继续发现。法人沙畹为之考证。见罗振玉《流沙坠简》、王国维《流沙坠简考辑》。

（一）1908年在敦煌迤北之长城所得为西汉中晚期木简，最晚可至西晋初。

（二）1930年居延木简。时间为西汉至东汉初，发现于今内蒙古自治区额济纳旗之居延烽燧台。发现地点共五处，在大湾、地湾、破城子等地，数目约一万余，时代绵延约 146 年。全部在美国国会图书馆。详见科学院《居延汉简甲编》，以上两项均档案之属。马衡之《器物簿》，劳干《居延汉简考释释文》。

（三）1930 年罗布淖尔古城木简，时期为西汉中晚期。

（四）1952 年长沙楚墓竹简，战国。

（五）1957 年信阳长台关楚墓竹简，战国。

（六）1959 年甘肃武威汉墓竹简，汉墓抄写《仪礼》（约在西汉末）。

以上几项发现，以武威规模为最大。地点在武威城南 15 公里之磨咀子，共发现竹木简 469 简，27332 字，为《仪礼》十七篇，首尾完整。竹简长者 55—56cm，宽 0.75cm，厚 0.28cm。长度约合汉尺二尺四寸（23.3cm），亦与旧说相合。

见 1964 年 9 月出版之《武威汉简》（甘肃博物院、科学院考古研究合编）。

五、甲骨之发现

清光绪二十五年（1899），福山王懿荣（莲生）官国子祭酒，偶于药材中之“龙骨”中发现有字迹，引起注意。适有古董估客范维卿亦山东人（潍县），以安阳小屯出土之甲骨求售。王氏见之狂喜，遂令其再为搜求。先是二年，范曾以若干片献之端方（午桥）。会王氏因帝国主义侵略军陷北京而饮药自杀，遗物归之丹徒刘鹗（字铁云，即《老残游记》著者），刘氏积有数千片。罗振玉见之惊为瑰宝，为编《铁云藏龟》，甲骨之发现，始暴于世。

清末朴学大师孙诒让作《契文举例》2 卷，实国内开始研究甲骨之第一人。孙氏之后，用力最勤为罗振玉氏。多年以来，经过“三堂”（郭鼎堂沫若、王观堂国维、董彦堂作宾）、叶玉森、胡厚宣、商承祚及海内外学者多方钻研，专著不下数百种。甲骨自发现后，经过多次科学发掘，陆续出土达数万片之多。文字约 5000 余，确能认出者尚不足其半。孙海波《甲骨文编》（1965 年增订本），共收 4673 字，其中不识者 2950 字。根据迭次发掘，证明甲骨文所包括时间约 250 余年。自盘庚迁殷至纣之灭为 273 年，大致吻合。其文多系占卜，均简短，最长者有至一百余字。

164. 清代文字狱及所毁书

清代文字狱,处理之惨酷,前古所未有。一字违碍或避讳不慎,辄兴大狱,开国之初已见其端,但大部仍在乾隆年间(乾隆三十九年,饬缴违碍遗书)。当时假修书之名,竭力穷搜,肆意吹求,锻炼成狱,连同清初众案,不下数十起。如戴南山案(康熙末)、查嗣庭案、吕留良案、屈大均案(均雍正初)、王锡侯案(乾隆四十二年)、徐述夔案(乾隆四十三年)、卓长龄案(乾隆四十七年)。不但当事人身遭凌迟、戮尸、枭示、杖毙之惨,甚至刻匠、刷匠、贩卖人、藏书家、地方官吏亦不能免(庄廷鑨案)。一案之结,受祸者辄数十人至数百人。此外情节较轻者,如钱谦益以其身事两朝,有才无行,沈德潜因其为徐述夔书作叙,李清以其文多违碍,其所著书亦遭毁板,虽死后不免。沈德潜身故亦撤销恤谥,仆倒御碑。

所毁钱谦益著作书目:《初学集》、《有学集》、《牧斋诗文钞》、《牧斋性理钞珍》、《牧斋笺注杜诗》、《列朝诗集》、《列朝诗集小传》、《大方语范》。

所毁屈大均著作书目:《翁山诗集》、《诗外》、《翁山文集》、《文外》、《寅卯军中集》、《翁山易外》、《四朝成仁录》、《广东新语》、《登华山记》。

所毁吕留良著作书目:《宝诰堂遗稿》、《晚村续集》、《吕留良尺牍》、天盖楼各种文选、《晚村古文时文》、《易经详解》、《论文汇钞》、《评语正编》、《医贯》。

所毁王锡侯书目:《字贯》、《国朝诗观》前二集、《经史镜》、《国朝试帖详解》、《西江文观》、《书法精言》、《神鉴录》、《王氏源流》、《感应篇注》、《故事提要录》。

所毁徐述夔书目:《一柱楼编年诗》、《一柱楼和陶诗》、《一柱楼小题诗》、《学庸讲义》、《想诏琐笔》、《五色石传奇》。

所毁戴名世著作:《戴田有全集》、《意园文集》、《戴田有时文》、《南山集》。

所毁卓长龄及卓敏、卓慎等人著作书目:《高樟阁诗集》、《高樟阁学裘集》、《学箕集》、《诗钞》、《西湖诗钞》、《红兰生赋诗》(以上二种卓铁群作)。

所毁李清著作书目:《诸史同异录》、《历代不知姓名录》、《南唐书合订》、《南北史合注》(稿本在北京图书馆)。

165. 我国旧书究竟有若干种

此问题虽博洽者亦无从置答,实为一不可解之谜,今仅能由古来图书著录所得,略窥大概,但其中有散佚,亦有有名无书者、书名重复者,种种情形,不可胜计。兹由《汉书艺文志》至《清史稿艺文志》,罗列如次,以见一斑。

<table>
<tr><th>书　名</th><th>著　者</th><th>种　类</th><th>卷　数</th><th>附　记</th></tr>
<tr><td>汉书艺文志</td><td>班固</td><td>596 家</td><td>13269</td><td></td></tr>
<tr><td>后汉书艺文志</td><td>姚振宗</td><td>1100</td><td>2900</td><td rowspan="2">尚有顾怀三、曾朴等家</td></tr>
<tr><td>三国志艺文志</td><td>姚振宗</td><td>1122 篇</td><td>4562
1779 篇</td></tr>
<tr><td>补晋书艺文志</td><td>文廷式</td><td>2438</td><td>14887</td><td>尚有丁周钧、秦荣光、吴士鉴等数家</td></tr>
<tr><td>隋书经籍志</td><td>长孙无忌</td><td>6520</td><td>56881</td><td></td></tr>
<tr><td>旧唐书经籍志</td><td>刘　昫</td><td>3061</td><td>51852</td><td></td></tr>
<tr><td>新唐书经籍志</td><td>欧阳修</td><td>3828</td><td>65121</td><td></td></tr>
<tr><td>补五代史经籍志</td><td>顾怀三</td><td>770</td><td>11750</td><td></td></tr>
<tr><td>宋史经籍志</td><td>脱脱</td><td>9819</td><td>119972</td><td></td></tr>
<tr><td>宋史艺文志补</td><td>卢文弨</td><td>678</td><td>12742</td><td></td></tr>
<tr><td>辽金元史艺文志</td><td>倪灿</td><td>1710</td><td>22220</td><td></td></tr>
<tr><td>三史</td><td>金门诏</td><td>914</td><td>10000</td><td></td></tr>
</table>

续表

书名	著者	种类	卷数	附记
补元史	钱大昕	3231	28137	
明史	张廷玉	4653	105973	断代为书
清史稿	朱师辙	9655	138571	断代为书
禁书总目全毁、抽毁,违碍书目征访明季遗书目	刘世瑗	2286 295	— —	
四库全书	纪昀	3457 6783	79070 92241	存目
丛书综录		2797	38891	
(另有)商代艺文志	王蘧常			[注]
南北史艺文志	汪士铎			
南齐史艺文志	陈述			
辽史艺文志	王仁俊等			

[注] 共收若干篇,均散见《尚书》、《史记》等书(见《大夏大学七周纪念刊》)。

综上所录,为种6.5万强,为卷87万有奇,可谓汗牛充栋,但以我国文化悠久,所举不过十一耳。

五、出版人和出版事

166. 我国历代杰出科学家及其著作

一、张衡（78—139），字平子。东汉南阳人。天文学家兼文学家。一生好学不倦。曾云："君子不患位之不尊，而患德之不崇。不耻禄之不伙，而耻智之不博。"元初四年（117）造浑天仪，（李淳风再造浑天仪于633年），阳嘉元年（132）造候风地震仪。地震仪以精铜制成，圆经八尺，合盖隆起形似酒尊。饰以篆文、山、龟、鸟、兽之形。中有都柱，旁行八道，施以发机。在科学上实为最大之贡献。张氏之著作有《灵宪》、《算罔论》，惜均不传。前书但存辑文。

除科学著作外，其文学著述亦均不朽之作，以《两京赋》为最有名。复工作画，唐张彦远《历代名画记》列张氏为东汉六大家之一（见第四卷）。综上所述，张氏实一多方面发展之伟大人物也。

二、张机（150—219?），字仲景，南阳人。大医学家，博学多才艺。一生勤求古训，博采众方，著成《伤寒论》、《金匮要略》两书，至今中医学家尊为经典之作，人咸称之为医圣。其著作远流国外，日本、朝鲜、越南、蒙古、南洋各国，无不受其影响。

三、裴秀（223—271），魏晋间山西闻喜人。杰出的地理地学家，曾编绘《禹贡地域图》十八篇。缩绘天下大图为方丈图。并创制图六体之说，即1. 分率，2. 准望，3. 道里，4. 高下，5. 方邪，6. 迂直。

四、葛洪（283—363），字稚川，号抱朴子，道家尊之为葛仙翁。东晋句容人，杰出之科学家，主要为医学及炼丹术。所著有《抱朴子》，其中内篇《金丹》、《仙药》、《黄白》三编专记炼丹术。在药物化学史上有相当贡献。所著除《抱朴子》、《神仙传》，尚有传本外，其余《金匮药方》100卷、《神仙服食方》10卷、《肘后备急方》等均散佚。

英哲学家培根（？—1294）亦迷信炼丹术，其术与我国所传说亦大略相同，但实后于葛洪、陶弘景数百年。在欧洲许多化学元素即经此途径而渐次发现。此外尚有波斯学者阿维森那（980—1037）亦为著名的炼丹师。

五、祖冲之（429—500），字文远，范阳涿县人（今河北涞源），为杰出之天文学家、数学家。

关于圆周率（世称祖率）的计算，一直至十五世纪，中央亚细亚数学家Al－Kashi（拉丁音注）始超过祖氏，曾将圆周率推至17位有效数字，但实晚于祖氏1000年之久。其数学专著有《缀术》一书，宋以后即不传。曾流入日本，后亦失传。

六、郦道元（465，或472—527），字善长，北魏范阳涿鹿人。卓越的地理学家。所注《水经》最有名。《水经》一书，旧传为汉桑钦，或晋郭璞所著（清代学者全祖望、戴震考证为三国时人所撰），书中所记河流水道137条，郦氏所注增至1252条。《水经注》40卷约30万字，注文20倍于原本，实空前丰富的地理巨著。涉及地区已超过今日我国领域，大致东北至朝鲜的浿水（大同江），南至扶南（今柬埔寨），西南至印度，西至安息（伊朗）西海（咸海），北至流沙（蒙古沙漠）。所保留古代地理事实，丰富广泛，但不少神话异闻杂出其间，染有神秘彩色。亦时代所限，不可避免之缺点。

七、贾思勰，生卒无考，约在五世纪末至六世纪中叶。北魏末今山东人。杰出的农业科学家。所著《齐民要术》一书，在我国农学书籍中为不朽名作。著者刻苦钻研，博览群书，所引用前人旧作，达一百五六十种之多，并采民间歌谣民谚，成书10卷92篇。内容涉及范围极广，由耕作至制造（酿酒），兼及农艺园艺（蔬菜）、畜牧（家禽、家畜）、养鱼等。

八、陶弘景（452—536），秣陵人（今南京句容），历经南朝宋、齐、梁三朝。在天文、地理、生物、药物各方面，均有重大贡献。所辑《神农本草经》在我国药物学中占重要地位。此外在冶炼方面,生物学、动物学各方面,均有特殊成就。陶氏除上述成就外,又为大书法家,相传《瘗鹤铭》为其手书(或云系出自右军或顾况)。陶氏有《刀剑录》、《真诰》7篇20卷、《周氏冥通记》(均见《道藏》),前书纯道家书。后书宣传鬼神。《真诰》强半抄袭《四十二章经》。博学高名且有科学头脑如作者,竟窃他书以证实其迷信见解,令人不胜惊异。或亦云《四十二章经》实出陶氏,待考。

九、孙思邈(581—682),隋唐间京兆华原人(今陕西耀县),为大医学家,毕生尽力医学,撰成《千金要方》30卷,《千金翼方》30卷。孙氏除医学外,在营养学、药物学、针炙学均有卓越成就。陕人以其所居之地称为药王山(今耀县孙家塬)。

十、张遂(又作燧)(683—727),唐魏州昌乐(今河南南乐)人。后出家为僧,法名一行。著名的天文历算家,所著有《大衍历》七篇,是继承古代历法并参酌隋代天文家刘焯之皇极历而成。在中国历法上有重要位置。开元九年(72)因李淳风所定之历有误,由张订新历。张氏尚有有关佛典之译述,已收入《佛藏》。

十一、沈括(1031—1095),字存中,宋钱塘人。在天文、物理、地质、药物、数学上均有相当成就。所著有《梦溪笔谈》26卷、《补笔谈》3卷、《续笔谈》1卷,共30卷。并辑有《良方》13卷。沈氏自叙云:"予所谓良方者,必目睹其验,始著于编,闻不预焉。"足见其著书态度之严肃。明人将苏轼《医学杂谈》附入沈括原著《良方》中,取名《苏沈内翰良方》,《四库》作8卷。

十二、李诫(1035—1110),字明仲,北宋郑州管城人(今新郑)。博学多才艺。所著有《营造法式》34卷,目录2卷,《续山海经》10卷,《续同姓名录》2卷,《琵琶录》3卷,《马经》3卷,《六博经》3卷,《古篆说文》10卷。除《营造法式》外,均散佚。

《营造法式》全书计357篇,3555条,其中90%为总结工人实际经验。

十三、郭守敬(1231—1361),金末生于今之河北邢台。精通天文历法、水利、地理诸学。为刘秉忠弟子。究心著述,巧思绝伦,著有有关天文学著作100多卷，又制有天文仪器多种。除《授时历》外均失传。其重要成就，除历法外，尚有关于水利学之研究。

十四、王祯，字伯善，东平人。博学多能。所著《农书》22卷，约30万字，为我国农学之巨著。其内容之丰富，超过当时政府颁行之《农桑辑要》。王氏并发明木活字印刷术，排印自著之农书。创造转轮式排字盘，使排字工作机械化，提高排字效率。

十五、李时珍(1518—1593)，字东璧，晚号濒湖。湖北蕲州人(今蕲春)。为伟大医学家和药物学家。所传《本草纲目》52卷，分16部62类，共收药品1892种(植物1195种，动物340种，矿物357种)，附方11096则，附图1160幅。引用医学书277家，经史百家书440种。明万历二十四年(1596)在金陵刊行，随即风靡全国，有日、英、法、德、俄、拉丁诸译本。

十六、王徵(1571—1644)，陕西泾阳人。字良甫，号葵心，又号了一道人。天主教徒，明天启二年进士。明亡以身殉国，私谥端节，清追谥忠节。著《远西奇器图说录最》，简称《奇器图说》(见《四库》“谱录类”)，为我国第一部机械工程学专著，有天启七年(1726)刊本。王氏尚有其他著作，详见三原、泾阳两县志(详见《真理杂志》)。

十七、徐光启(1562—1633)，字子先，号玄扈。上海人。精通天文数学，我国历史上伟大科学家之一。一生刻苦朴素，盖棺之日，囊无余赀。其一心治学精神，不愧为伟大科学家。与利玛窦合作(利口授，徐笔录)，所译《几何原本》，开西学东渐之先河。在介绍西方天文学上，有重要贡献。徐氏主持当时之历局，主编《崇祯历书》，因亲自观测，一次失足坠台下，伤及腰膝，足见其工作态度之严肃认真。所编《农政全书》60卷，关于水利、树艺、蚕桑、种植多所发明。又编译《泰西水法》，介绍新方法与新工具。徐氏皈依天主教，译有《灵言蠡勺》。

十八、徐宏祖(1586—1641)，字振之，号霞客，明末江阴人。所著《徐霞客游记》20卷，40万余字，纯系根据实地考查之地理名著。徐氏一生自给游资，不畏险阻，搜奇揽胜，遍游名山大川。前后30年间，东自天台雁荡、黄山，西南云贵、广西、江西、湖南等边远险阻地区，罔不有其足迹，有一地往来再四者。审视山脉之来去，水道之合分，虽一丘一壑，节搜节讨(潘耒语)。现存部分，仅原作六分之一，实为无可弥补之巨大损失。其最大贡献在地貌水文方面，直至今日犹为治地理学者重要参考资料也。

十九、宋应星(1577—约顺治间)，字长庚，江西奉新人。所著《天工开物》3 卷 18 篇，为古代农业、手工业、生产技术之卓越著作。书之编排，系根据著者“贵五谷而贱珠玉”之主要观点，故先食用、生产，次及染色、制陶、采矿、冶炼、兵器、车船、纸墨，最后为珠玉。其余著作有《画音归正》、《卮言十种》等书，均散无传。

二十、明安图(？ —1765)，字静庵，清蒙古正白旗人，为我国少数民族中之著名历算家。著有《律历渊源》100 卷，《割图密律捷法初稿》4 卷。著者官“五官正”30 年之久，以长时期不断之研究，完成以上名著。其子明新能绍其父业，对律历上亦有贡献。

二十一、王贞仪(1768—1797)，字德卿，詹枚妻，原籍泗州，侨寓金陵，遂为江宁人。为我国少有之妇女历算家、数学家。著有《历算简存》5 卷，《筹算易知》1 卷，《策算正讹》1 卷，《西洋筹算增删》1 卷，《象数窥馀》4 卷，《星象图释》2 卷。此外尚有文学作品《德风堂集》20 卷、《绣线余笺》、《文选诗赋参评》。钱仪吉为作《历算简存》序言，推为曹大家(班昭)后一人而已。

(以上根据《畴人传》、《续传》及《古代科学家》等书编写。)

此外我国古代科学家尚多，如公输般、扁鹊(姓秦，名越人)、李冰、史禄(秦时水利家、曾开通广西兴安附近之灵渠，为沟通湘江与漓江间之人工河，为最早使用船闸之水利科学家)、赵过(汉武帝时人，为当时伟大农学家，发明“代田法”，垅甽互代耕作，并改进农具，创制耦犁、耩车)、蔡伦、华佗、马钧(三国时人，天下之名巧匠)、李春、杨辉、刘徽、刘焯、毕昇、苏颂诸人，均有发明创造，但无重要著作传世，未及遍载。又，宋喻皓著有《木经》3 卷已佚。今人钱伟长所著《我国历史上的科学发明》小册，便于翻阅。

167. 有名作家一书之成全力以赴

有名作家,一书之成,辄竭尽毕生精力。司马光《资治通鉴》之成,以致骸骨癯瘁,目视昏迷,神识衰耗(见所上表奏)。其对作品之严肃负责,可以概见。兹就所闻,略述成书之时间。

清	洪昇	《长生殿》	9年
清	曹雪	《红楼梦》	10年(著者有诗曰“字字看来皆是血,十年辛苦不寻常”)
汉	司马迁	《史记》	15年至20年
唐	李延寿	《南北史》	17年
宋	欧阳修、宋祁	《新唐书》	17年
宋	司马光	《资治通鉴》	19年
英国	达尔文	《物种由来》	20年
明	李时珍	《本草纲目》	27年
明	谈迁	《国榷》	27年(重写六次)
汉	班固、班昭	《汉书》	25—30年
近代	柯劭忞	《新元史》	33年
明	王嗣奭	《杜臆》	37年(书成已82岁,又2年而逝)
宋	李焘	《续资治通鉴长编》	40年
德国	马克思	《资本论》	40年

168. 我国不少作家在艰苦中完成其著述

我国历代许多伟大作家,往往不避艰苦以从事著述。周文王(姬昌)拘于羑里,演成《周易》;孔子困厄以成《春秋》;屈平放逐以成《离骚》;左氏丧明而成《国语》;孙子膑足而成《兵法》;不韦被放终成《吕览》;韩非囚秦《说难》、《孤愤》,程邈系狱制成隶书;秋胡妻幽思,创为雕虫;子长被刑而成《史记》;范晔《后汉书》半成于狱中;子美飘零终为诗圣。清万季野双目失明,口述明代史实如瓶泻水,遂成《明史稿》(全谢山、刘继庄传"万先生[季野]终朝危坐观书,或瞑目静坐,而健庄好游……"盖修史之初,季野尚未全盲也);王西庄(鸣盛)、贺松坡(涛)晚年目盲,不忘著述;曹氏父子(操、丕、植)名作往往成于鞍马间;顾炎武、顾祖禹著作多成于旅行中;郑思肖有铁函《心史》;谈迁《国榷》艰苦而成。

李卓吾(贽)一生与封建恶势力搏斗始终不懈,为当时诬以惑世诬民,终于被迫自杀于狱中,诚所谓受尽磨难一生坎坷,但其不朽名作仍存于天壤,如李氏《藏书》、《续藏书》、《焚书》、《续焚书》等书。李氏之作长期以来不为人所理解,虽思想家王夫之、顾炎武对之亦加诋毁,顾氏目之为"圣世之贼"(《日知录》18卷),王氏亦曰:"世有玩物丧志者,李贽《藏书》为害尤烈。"(《读通鉴论》)。李氏卒后180年,纪昀《四库全书总目提要》评之为"非经无法……死有余辜","综其所作……无一是处"等语,足见其生前不顾人之是非,力排万难,努力著述之实际情形。李氏诸作,在明清两代均认为有伤风化,惑乱人心,列为禁书。直至三百年后之今日,其真理乃大白。

革命先烈瞿秋白、方志敏、王若飞,虽遭囚禁,均不避艰苦,完成伟大作品。

169. 刘向、刘歆父子

刘向(前77—前6),字子政,汉宗室。积思于经术,昼诵书传,夜观星宿,或达旦不寐。官至中垒校尉。故世人称为刘中垒。著有《洪范五行传》、《列女传》、《新序》、《说苑》等书。《战国策》亦系经其手校。汉成帝末,书多散亡,使谒者陈农求遗书于国内。向校经传、诸子、诗赋。步兵校尉任宏校兵书,太史令尹咸校数术,侍医李柱国校方技。每一书校已,向辄条其篇目,撮其指要,录而奏之。于九流百家皆指陈其利弊,不没所长。

向子歆(?—25),字子骏。与父领校秘书,集六艺群书,别分七略（辑略、六艺略、诸子略、诗赋略、兵书略、数术略、方技略），共收33090卷（焚于新莽时），实我国第一次分类目录。我国经籍目录之学，实自向歆始。其后班氏（固）《汉书艺文志》，荀氏（勗）《中经簿》，王氏（俭）《七志》，阮氏（孝绪）《七录》，并踵其义例。惟刘氏《别录七畧》，剖析源流，各有其部，其后但记书目，王阮以下虽准向歆，而远不逮矣。

170. 杜诗

杜甫（712—770）诗各家注，号称千家，今日不可尽见，流传于世者当不下180余种，成都草堂纪念堂即藏有150种之多。该处印有书目，其中四库所收，有《九家集注杜诗》36卷（宋郭知达编），《黄氏补注杜诗》36卷（宋黄希原本），《集千家注杜诗》20卷（不著编者姓氏），《杜诗攟》4卷（明唐元竑辑），《杜诗详解》25卷，《补编》2卷（清仇兆鳌注）等5种，此外尚有宋王十朋《集百家注杜诗编年》32卷，宋蔡梦弼《草堂诗笺》40卷，元虞集《杜律注》3卷，清钱牧斋《杜工部集》20卷，朱鹤龄《工部集》22卷，清沈归愚《杜少陵诗》4卷，清查弘道注《杜律选注》6卷，清杨伦《杜诗镜铨》20卷，清金圣叹《评选杜诗》，《李杜合集》五家评本杜诗（明王世贞、王慎中、清王士禛、宋荦、邵长蘅）。其中以仇注援据繁富，可资考证者为多。《杜臆》，明王嗣奭辑，过去颇少流传，1962年中华书局有铅印本。

171. 纪昀

纪昀（1724—1806），字晓岚，直隶（今河北）献县人。清乾隆三十八年（1773）开四库全书馆，昀与陆锡熊（字健男，上海人）任总纂，陆费墀（字丹叔，桐乡人）任总校。纂辑责任实由三人负之。昀由《永乐大典》中搜辑散逸，并尽读诸行省所进书，论次为《总目提要》200卷，《简明目录》20卷。全书历十余年而成。史称其学问渊通，所撰《提要》，进退百家，钩深摘隐，各得其要旨，始终条理，蔚为巨观。纪慸明季讲学之习，于南宋以后诸儒，深文诋諆，不无门户出入之见。或亦有人评价过高，以为纪氏《总目》可以追踪《别录》，而驾乎其上，实集古目录学之大成。虽不免誉之太过，但昀之博洽淹贯，曩时学者，绝少微词。近人余嘉锡氏所撰《辨证》亦谓："以数十万卷之书，二百卷之总目。成之一人，欲其每篇复检原书，无一字无来历，此势之所不能也。文达持其博洽，奋笔直书，而其误谬乃益多有。且自名汉学，深恶性理，遂严峻丑诋宋儒，又不肯细读其书。"似对纪氏犹多谅解。余氏又云："余之略知学问，实受《提要》之赐，斯书实读书之门径，舍此莫由问津。"鲁迅亦推荐纪氏目录，认为是较好书目。总之纪氏之作，对学术界之影响，不容否认。纪氏博学多闻，长于辨博，短于精审，往往一书读未终卷，便率尔操觚，疏略牴牾，所在多有，往往予人以讥刺之机。

172. 青年作家与老年作家

我国历代成功之作家，往往出于青年，如晋之王弼(226—249)所注《周易注》与《老子注》，学者所称，卒时年仅 24 岁。唐王勃(650—675)为初唐四大家之一，其《滕王阁序》至今传诵，有《王子安集》传世，卒时年 26 岁。唐李贺(790—816)世称鬼才，有《李长吉集》，卒年 27 岁。明季爱国青年夏完淳(1631—1647)，年 13 岁即拟庾信作《大哀赋》，文采惊人，有《夏内史集》19 篇，卒年 18 岁。满族大词人纳兰容若(1654—1685)，卒年 31 岁。

此外大画家兼大诗人王维，他的名作"独在异乡为异客，每逢佳节倍思亲，遥知兄弟登高处，遍插茱萸少一人。"作于 16 岁。黄庭坚 7 岁时已能作"骑牛远远过前村，吹笛风斜隔岸闻，多少长安名利客，机关用尽不如君"。夸张早慧是旧时文人恶习，近于荒诞，无宣扬必要。

同时老年作家并不示弱，唐孙思邈(581—682)为我国大医学家，耄耋之年，尚能完成其名著《千金翼方》30 卷，魏徵修《隋书》时，向其请益，其时孙已耄耋年，尚口讲指授有如目睹，其他所著尚有《老庄注》、《枕中素书》、《摄生要录》若干种，颇多成于老年，卒时已逾百岁。

宋孙觌字仲益，著有《鸿庆集》，《内简尺牍》，耄年为文，每出新意，用事属词，少壮不逮，卒年90余。清钱塘倪涛，著《六艺之一录》420卷，年已百岁，尚著《周易蛾术》、文德翼《傭吹录》，或云石夫（涛字）卒年80余。清兴平杨屾垂老著书不辍，其农学专著《豳风广义》，至今传诵，卒年98岁（见陕西《兴平县志》）。

由此可见，青年固应及时努力，不可妄自菲薄，老年人亦不可自甘衰朽，睹古人百岁著书，曷亦闻风而兴，懦夫有立志乎。

173. 我国妇女作家与书画家

我国旧社会妇女，自来处于被歧视被压迫地位，在教育上一贯受“女子无才便是德”不正确言论之影响，但有志妇女，不甘雌伏，伟大作家及艺术家，仍有时出现，如文字创造家鲁秋胡妻（佚其姓名），玩蚕有得，创造“蚕书”，亦曰“雕虫书”，此君不时在舞台上《桑园会》一剧中出现（古人对妇女可称君，见颜真卿《钱塘县丞殷君夫人碑》），但绝少人知其为文字创制家矣。大史学家及文学家班昭（曹大家）（25—120间）继其父兄，完成《汉书》，尚有《女诫》7篇、《东征赋》等。

大文学家及音乐家蔡琰（文姬）（177—239）之《悲愤诗》、《胡笳十八拍》，至今为人所传诵。大书家卫夫人（名铄，字茂漪），学书于钟繇，王右军实师其笔法。大政治家武曌，著作有《垂拱集》、《列女传》等十余种。宋大词人李清照（1084—1151）之《漱玉词》、朱淑真之《断肠词》、大画家管道升（赵孟頫夫人）等均有名。清大经学家王照园（郝懿行夫人），有《诗说》，《诗问》，《列女传补》等书。词人顾太清有《天游阁集》、《东海渔歌》，大小说家陈端生（1751—1791）有《再生缘》（1—17卷）。李桂玉（字姮山，福州人）有《榴花梦》，360卷，480万字，以韵文（弹词体）写为长篇，且杂用方言。大科学家王贞仪（1768—1797）泗州人，擅天文历数，所著有《象数窥馀》4卷、《历算简存》5卷等数十种（见《畴人传续编》）。革命家秋瑾有诗文集行世。以上所述，均出类拔萃者，至工诗善画篆刻制砚以一艺名者，不下千百家，以视男子毫无逊色。

174. 严氏译书

侯官严复(1853—1921)(传初,改名宗光),字又陵,又字几道,晚号愈野老人。出身海军,初毕业于福州船政学堂。清朝于光绪间设船政局于马尾,聘法人督造兵舰,设校培养技术人才,严氏即肄业于此校,后选送赴英深造,学成回国,不得其用,遂从事译述。与桐城吴挚甫(汝纶)、闽县林纾两氏切磋古文,创为信、达、雅并重之说,译笔高古,足与晋隋唐诸译书相颉颃,在思想界发生颇大影响。吴汝纶称其书曰:"骎骎与晚周诸子相上下。"

所译书多关政治理论之名作,有九种。

1.《原富》,2.《法意》,3.《群学肄言》,4.《社会通诠》,5.《群己权界论》,6.《中国教育》,7.《天演论》,8.《名学浅说》,9.《穆勒名学》(只译半部),以上《法意》一种译自法文,馀均英文。前四种全译,后数种选译。

严氏译笔严肃,殚思竭虑,字斟句酌,曾自谓"一名之立,旬日踟蹰",足见其一笔不苟矣。

严氏除译著作外,尚有《严又陵诗文选》、《侯官严氏丛刻》、《严几道文抄》、《愈野堂诗集》等传世,并曾编《国闻报》,1897年发行于天津。

175. 林译小说

清季翻译欧西名著,向国内介绍,以严复、林纾两家为最著,今再言林氏。

林纾(1852—1924),字琴南,号畏庐,别署冷红生、践卓翁,福建闽县人,为桐城派作家,著有《畏庐文集》,《春觉斋论文》等书行世,尤善画。其生平最大贡献,在其从事翻译西方小说。林氏不谙西文,曾与魏易、王寿昌、王庆骥、王庆通、陈家麟、曾宗巩诸人合作,译成小说171种,270余册。译笔文字雅洁,读者所称。我国在60年前,能读西方小说,端赖林氏之力,其功诚不可没。鲁迅、郭沫若氏对林译小说均极爱好。《茶花女》汉译本，以林氏为最早，严复赠诗有句云“可怜一卷《茶花女》，断尽支那荡子肠”，足见当时风行情形。

林译小说之世界名著：

一、《巴黎茶花女遗事》，法小仲马 Dumas A Jils 原著（1824—1895），译于 1895 年。

二、《黑奴吁天录》，美司徒弗夫人 Madam Stowe（1811—1896），译于 1901 年。

三、《块肉余生述》，英狄更生 Charles Dickens（1812—1870）。

四、《滑稽外史》，英狄更生 Charles Dickens（1812—1870）。

五、《十字军英雄记》，英司各脱 Scott. Sir Walter（1771—1832）。

六、《拊掌录》
七、《旅行述异》 } 美华盛顿欧文 Washington Jrving（1783—1859）。
八、《大食故宫馀载》

九、《金风铁雨录》，英柯南达利。

十、《爱国二童子传》，法巴尔扎克 de Honore Balzac（1799—1850）。

十一、《魔侠传》（今译《唐·吉诃德传》），西班牙塞万提斯 Cervantes（1547—1616），始刊于 1605—1615。

十二、《迦茵小传》、《撒克逊劫后英雄略》，英莎士比亚 W. Shakespear（1564—1616）。

林氏既不谙西文，选译时不免有二三流作品滥竽其间，其他缺点，因林氏采取意译，但求文字典雅流利，对于原作难期十分忠实。且林氏落笔极快，据林氏自述，“耳受手追，声止笔止”，在审慎严肃方面，则远逊严氏矣。译书大部收入商务印书馆之“说部丛书”，今日尚不难寻求也。

当时林译小说风行国内，小说爱好者几人手一册，至《伊索寓言》、《鲁滨逊漂流记》更家喻户晓。曾几何时，不但不能见其书，甚至不能举其名，时过境迁，有如此者。

部分林译小说尚有选读价值，故不惮繁琐，介绍如上。

兹据郑振铎氏统计，林氏所译约有：

英 99 部 179 册	西班牙 1 部 2 册
美 20 部 27 册	挪威 1 部 1 册
法 33 部 46 册	希腊 1 部 1 册
比 1 部 2 册	瑞士 2 部 4 册
俄 7 部 10 册	日本1 部 1 册
未详 5 部 6 册	

以上共 171 部 270 册。

除上述外，尚有短篇 15 种，未出版 17 种，大部分译于辛亥革命以后。

其政治论文有《论世变之亟》、《原强》、《救亡决论》、《辟韩》为最有名。

参见贺麟著《严复翻译》(《东方》22 卷 21)，《严复传》(陈宝琛，《学衡》19 期)。

176. 清末民初刻书家

当时刻书家在北方有：

一、董康(绶经)之诵芬堂。

二、陶湘(兰泉)之涉园。

三、朱启钤(桂莘)之存素堂。

四、徐世昌(菊人)之退耕堂。

五、周叔弢兄弟之刻本均较精美。

在南方有：

一、刘承幹(翰怡)之嘉业堂、求恕斋。

二、徐乃昌(积余)积学斋。

三、张衡钧(石琴)适园。

四、刘世珩(聚仰)聚学轩。

五、缪荃孙(筱珊)艺风堂、云自在龛。

六、张寿镛所刻，有《四明丛书》。

上海英籍犹太人哈同以广仓学窘名义，或以戬寿堂名义印书甚多。

177. 鲁迅及其著作

鲁迅(1881.9.25，相当旧历八月初三—1936.10.19)，姓周，原名樟寿，改名树人，字豫山，改豫才。鲁为其母姓，故笔名鲁迅。青年时代好读严复译之赫胥黎《天演论》(1896 年首先在天津《国闻周报》连载，嗣单印成书)，谭嗣同之《仁学》，林纾所译《茶花女遗事》，文字上颇受其影响。1898 年考入南京江南水师，改习铁路矿务，1902 年毕业，翌年赴日习医。1906 年始从事文学活动。1908 年始识章太炎，参加革命团体光复会(时章在《浙江潮》、《民报》发表反清文字，因为邹容之《革命军》作序文而入狱，出狱后始东渡)。民国初来北京，在北京、福州、广州各大学任教。其创作生活 20 年之久，所著小说、杂文、译文都百余万言，其所编辑整理尚不在内。

毛主席对鲁迅评价极高，说："鲁迅就是这个文化新军的最伟大和最英勇的旗手，鲁迅是中国文化革命的主将，他不但是伟大的文学家，而且是伟大的思想家和伟大的革命家。鲁迅的骨头是最硬的，他没有丝毫的奴颜和媚骨，这是殖民地半殖民地人民最可宝贵的性格。鲁迅是在文化战线上代表全民族的大多数，向着敌人冲锋陷阵的最正确、最勇敢、最坚决、最忠实、最热忱的空前的民族英雄。鲁迅的方向，就是中华民族新文化的方向。"(《毛泽东选集》第二卷 691 页)他的编著：

小说	杂文(论文)	杂辑	译文	所编杂志
狂人日记(1918.5)	野草集(1924—1926)	域外小说集(1909)	爱罗先珂童话集	语丝
孔乙己(1908)	坟(1924)	会稽郡故事杂集	蒲列汉诺夫艺术论	莽原
药(1919)	而已集(1927)	古小说钩沉(1912)		未名丛刊

小说	杂文(论文)	杂辑	译文	所编杂志
头发的故事(1920)				
风波(1920)	三闲集(1931)	校订嵇康集(1913—1924)	科学的艺术论丛书	奔流
鸭的喜剧(1922)	二心集(1931)	中国小说史略(1924)	法捷耶夫·毁灭	
故乡(1921)	海上述林(1932)	小说旧文钞		
阿Q正传(1921)	南腔北调集(1933)	唐宋传奇集	出了象牙之塔(1925)	
呐喊(1923)	伪自由书(1933)		(日)厨川白村著	
彷徨(1924—5)	花边文学(1933)		苦闷的象征(1924)	
铸剑(1926)(历史小说)	准风月谈(1933)		(日)厨川白村著	
故事新编(非攻)(1934)	抗日救国“八一”宣言(1935)		一个青年的梦	
	前哨(1931)		(日)武者小路实笃著	
	朝华夕拾			
	热风		工人绥京洛夫	
	华盖集、续集		(俄)阿尔志跋绥夫作	
	坟(1926)		小约翰	
	两地书		(荷兰)望霭谭作	

鲁迅手稿及手抄书110种,62册,共5300余页,均存北京图书馆。

178. 洪亮吉论藏书家

亮吉，阳湖人，字稚存，号北江，有《洪北江集》。曾论藏书家有数等，其言曰："得一书必推求本原，是正缺失，是谓之考订家，如钱少詹大昕、戴吉士震诸人是也。次则辨其版片，注其错讹，是为校雠家，如卢学士文弨、翁阁学方纲诸人是也。次则搜采异本，上则補石室金匮之遗亡，下则备通人博士之浏览，是谓收藏家，如鄞县范氏天一阁、钱塘吴氏(焯)之瓶花斋、昆山徐氏之传是楼诸家是也。次则第求精本，独嗜宋刻，作者之意纵未尽窥，而刻书之年月最所深悉，是谓之鉴赏家，如吴门黄主事丕烈，邬镇鲍处士廷博诸人是也。又次则于旧家中落者，贱购其所藏，富室嗜书者，要求其善价，眼别真赝，心知古今，闽本蜀本，一不得欺，宋椠元椠，见而即识，是谓之掠贩家，如吴门之钱景开、陶五柳，湖州之诸书贾是也。"(见《北江诗话》卷三)

洪氏对黄荛圃估价颇低，列之为鉴赏家。谓为"作者之意纵未尽窥……"云云，似未为笃论。至对陶五柳诸人以为但知"要求其善价……"，可能系乾道间吴门情形。李南涧《琉璃厂书肆记》，所载之老韦，即能对朝绅好书者，一见即谂其好何等书，或经济、或词章、或掌故，能各投所好，其心知古今，已非一般估客可比。至于民初任邱王文进(晋卿)人称其恂恂尔雅，不类阛阓中人，派别版本得失，若烛照而龟卜，积学之士有所弗逮，所著有《文禄堂访书记》4 卷，直可与莫友芝《郘亭知见传本书目》、邵晋涵《四库简明书目标注》同其功用，有今日之钱听默、陶五柳之称。冀县孙殿起(耀卿)著有《丛书目录拾遗》12 卷、《贩书偶记》20 卷，分类部居，考订精详，与诸家书目并列亦无逊色。以上两家，潜心著述，已侪于目录家之林，又岂只钱听默、陶五柳而已哉。

李云从搜求古碑，不遗余力，尤工捶拓。黄彭年、缪荃孙、叶昌炽均与抗礼，并屡称其能，曾不远数千里远赴辑安(今吉林省吉安县)，拓得《好大王碑》以归。

179. 我国历代藏书家(一)

我国私家藏书,约始于周末。惠施多方,其富五车。见于《庄子·天下篇》。在竹简时代,五车书究不为多。汉初河间王刘德,修学好古,实事求是,以金帛招求四方善书,得书之多,与汉室中枢所藏几相等。皆古文先秦旧籍《周官》、《尚书》、《周礼》、《礼记》、《毛诗》、《孟子》、《左传》之属。同时,淮南王刘安亦有同好。此当时汉室贵族中聚书风气也。汉刘向、桓谭,东汉末之蔡邕,藏书数已达万卷(见张华《博物志》)。晋张华、束皙,齐王俭、梁任昉、沈约均富有藏书。唐李泌开元中藏书已有名,人称其藏书为"邺架"。"邺侯家多书,插架三万轴"(韩愈诗)。五代南唐二徐兄弟(徐铉鼎臣、徐锴楚金)嗜读博识,善于校书。江南为藏书渊薮,徐氏实开风气之先。以后在北方有邯郸李氏(淑)(《邯郸读书志》1836 部 23186 卷),诸城赵氏(赵德甫、李清照夫妇),钜野晁氏(晁公武《郡斋读书志》24500 卷有奇)。在南方临川晏氏(晏殊)、莆田郑氏(郑樵)、锡山尤氏(尤袤有《遂初堂书目》),汤阴岳氏(岳珂,岳飞之孙,实居嘉兴)及宋绶、叶梦得、陈振孙均富有藏书。

元祚不永,又多丧乱,海内藏书家,除赵松雪、倪云林等少数人外,焚荡之余,所存者亦仅矣(遗山故物或藏之壁间,或捆载迁徒,虽有散亡,尚能部分保存)。

明承平日久,江南藏书渐恢复当年盛况。鄞县范氏天一阁,不仅两浙第一,国内亦首屈一指。天一阁建于范尧卿(钦),当嘉靖间(约 1561 年)。同邑丰道生多藏书,丰氏晚年有心疾,藏书为门人所窃,又遭火厄,尧卿始收其余而增益之。范氏没后,由其族人管理甚严,子孙相约,非各房齐至,不能开锁,不能持烛火登楼等项,共同遵守,故能保持至数百年之久。是阁终明之世,从未对外公开。入清以后,黄宗羲、徐乾学、万斯同、阮元、薛福成陆续登临。阮氏并编有书目(嘉庆间有 4914 种,53799 册),光绪间复有钱念敏所编书目,视前者已十不存一。民初有薛继位者,潜自登楼窃取。1930 年仅存 962 种,7991

册。新中国成立后由于政府之重视，修理楼阁，加强保管，虽未全复旧观，已不断充实，除搜罗旧藏，尚有地方捐赠十余万册。阁中所藏有明代方志 270 种(已陆续影印)及明代登科录 389 种，最为名贵。

180. 我国历代藏书家(二)

清代藏书家

一、汲古阁　明季常熟毛子晋(初名凤苞，更名晋)富有藏书，积至 8 万卷(一说 8 万册)，藏于汲古阁。多宋元旧刊，同时亦为最大刻书家。传刊旧籍流布国内，其中除《十三经》、《十七史》校对粗疏，难称善本外，其余所刊《津逮秘书》10 辑 137 种，《汉魏百三家集》、《陆放翁集》、《唐人选唐诗》八种、《唐诗记事》、《六十家词》、《六十种曲》、《词苑英华》、《唐人集》七种、《元四家诗集》、《元十家集》、《苏门六君子集》等若干种，均极精审。

二、绛云楼　常熟钱谦益字牧斋之藏书楼，庋藏甚富。有宋刻孤本，不幸毁于火，烬余书籍悉传其族人钱曾(遵王)，仅绛云楼原藏之什三耳。曾撰有《读书敏求记》、《述古堂书目》传世。

三、传是楼　昆山徐乾学，字原一，号健庵。康熙中筑楼七楹，贮书其中。徐氏兄弟三人(弟秉义、元文)，咸掇巍科。藏书若干万卷，部居类汇，各以其次，有《传是楼宋元本书目》。

四、士礼居　吴县黄丕烈，字绍武，号荛圃，得宋刻百余种，因颜其室曰“百宋一廛”，所藏有宋刻陶诗两种，故名其居曰“陶陶室”，自称曰“佞宋主人”。足见其嗜之深。刊有《士礼居丛书》，所藏后为汪士钟、杨以增所得。

五、海源阁　聊城杨以增，字益之。平生一专于书。所收几十万卷，贮之海源阁，别辟书室曰“宋存”，贮宋刊旧籍，元本、抄本、校本附焉。宋版中有《诗》、《书》、《春秋》、《仪礼》、《史记》、《两汉书》、《三国志》。故名其室为“四经四史之斋”。其子绍和有《楹书偶录》。杨氏为我国北方藏书家之冠。因累遭匪劫，蒙重大损失。今书除散佚外，归山东图书馆。

六、铁琴铜剑楼　常熟瞿绍基(字荫棠),瞿镛(字子雍),瞿秉清、瞿秉渊,瞿启甲四代聚书,广购四部,旁搜金石。子雍克绍先志,益肆搜讨,积书10万卷,直至新中国成立前,巍然无恙,全部归之国家。子雍所著《铁琴铜剑楼书目》极为博洽,足为后劲。书楼旧址已由当地文物机构作为名胜古迹加以修葺,供人游览。

七、皕宋楼　归安陆心源,字刚父,号存斋。因藏有宋刊200种,因名其楼。光绪中积书至15万卷。陆氏没后,其子树藩售之日人岩崎,全部运之东瀛。岩崎为筑静嘉堂文库以贮之,何田罴氏之《静嘉堂秘籍志》,载宋、元刊本已5000册。陆氏自著有《仪顾堂题跋》传世。

八、八千卷楼　钱塘丁申、丁丙兄弟均博雅嗜书。自其祖父即筑八千卷楼于梅东里,广搜博采,积三十年,又辟"善本书室","小八千卷楼",贮宋元旧刊,加以明版之精者,殆10万册。后丁氏家道中衰,尽鬻所藏,为金陵图书馆(今南京图书馆)所得。

以上杨、瞿、陆、丁称为清季四大藏书家。

我国藏书之风自古称盛。《中国藏书家考略》所收凡741家。以上所述特以著者。如项子京之白云堂、朱竹垞之曝书亭、钮石溪之世学堂、马寒中之道古堂、赵谷林之小山堂、马秋玉之玲珑山馆、吴焯凫之瓶花斋,亦均有名。

后　记

我们父亲穆衡伯的遗著《古籍杂谈》终于要付印出版了，这是一件很有意义值得庆贺的事。我们愿意利用这一机会，谈谈此事的始末。

一、目的与作用

我们为什么要出版此书？想法有以下几点：

一是为了更好地纪念父亲。父亲生于清末，殁于“文革”时期，他是上世纪中国百年历史的亲历者与见证人。他的一生遭遇不凡，经历十分曲折复杂，既有艰难险阻，又有多彩多姿。他作为一个爱国者和国家公职人员，一贯为国家、社会服务，恪尽职守。更值得称道的是，新中国成立后在共产党的领导下，他满腔热情地投入了火热的新生活，竭尽全力，不计名利和地位做好工作。这本书就是他在北京中央民族学院（今民族大学）图书馆工作时期，本着干一行，学一行，钻一行的敬业精神，置政治运动对他的打击于不顾，积十年之功写成的书稿，是他后半生工作的总结，也是他心血的结晶。出版此书就是为了使这本书不至于在世间湮没。这是纪念他的最好方式。

二是为了传给子孙后代，使他们受益。穆家是天津大族，民初号称天津八大家之一，后代枝叶繁茂。仅我们父亲这一分支，目前已有百人，分布在全国各地以至海外。要使后代人健康成长，增加民族亲和力凝聚力，不至于“数典忘祖”，必须学习弘扬中华文化。而这本书是一本普及国学知识的启蒙书、工具书，对图书科学与图书馆工作是一个贡献。我们出版这本书，就是为了把这本书作为精神文化遗产，一代代传下去。

三是为了给社会做出贡献。改革开放以来，我国发生了天翻地覆的变化，成为世界上和平崛起的一个大国。在此关键时刻，党中央适时地有远见地提出了文化大发展大繁荣的号召。国家兴亡，人人有责。这本书是介绍中国的重要书籍及有关资料，把它推向社会，旨在倡导读书学习风气，普及与传播国学基本知识，促使人民文化素质与修养的提高，以便对社会文化的大发展、大繁荣尽微薄贡献。

二、过程与做法

整理父亲的遗稿正式出版，是他的遗愿，也是我们子女的向往与追求。我们早在上世纪八十年代中期就开始做这件事了，可惜未能完成。书稿原存北京嘉琬处，八十年代初转给南京嘉琨保管收藏并相机付印出版。嘉琨收到后因此事重要，不敢懈怠，遂动员家人主要是妻子中瑜、大女儿穆锡、小儿媳蒙颖三人进行抄写誊清。由于原稿是用毛笔书写的行草体小字，又是繁体字、文言文，生僻字很多，加之只用圆圈断句，未用新式标点符号，有些内容看不懂，因而难度很大，进度很慢。三人工余之暇抄写费时，一年多才抄完。嘉琨又请了同事、熟谙文史、文字学又热心的金鱼为先生细心勘校才誊清完成。到九十年代初期送到北京，给嘉琛大哥审定，嘉琬、琰等过目，三人均表满意，一致同意即在北京印行，但后来在联系出版过程中由于经办人缺乏经验，轻信了别人，而承诺印书的人却严重不负责任，几年间一味拖延，后竟然人影不见，致使手稿原件及誊清稿全部遗失，查找无着，家人均感失望懊恼，使出书之事被迫停止。二十多年的停顿实是莫大遗憾。

三年前，事情有了新的转机。那就是2006年嘉琨在南京的住房因成为危房准备拆迁，谁知搬家时翻箱倒柜，在故纸堆中发现了父亲书稿的复印件，十分惊喜。遂即通知北京家人，都表示兴奋宽慰，嘉琨遂决定将书稿交誊印社打印，因难度很大，历时一年余勉强完成，再请金鱼为同志作勘校后快递北京，嘉琬、琰弟仔细阅读，他们为父亲当年所下的苦功及取得的丰硕成果备受感动和鼓舞。我们姐弟三人通过电话联系，达成三点共识：第一，父亲的遗稿孤本陡然发现，十分可贵，机不可失，时不再来，我们应即恢复整理编书工作，争取早日完成。第二，要出书，就要郑重其事把此书编好，符合出版要求。不采取自印自发的方式，须找著名的出版社出版发行。第三，编书工作，在嘉琛大哥、嘉瑛二哥都已逝世的情况下，由我们姐弟三人共同挑起这副担子，出力出钱全力以赴。大事共同商定，具体事务由嘉琨在南京负责操办，子女帮助，并随时通报编书的进展情况。

于是从 2009 年 9 月起，就在三册书稿的前期打印工作完成之时，嘉琨编写了父亲小传、《图书杂谈》简介，姐弟三人共同商量，拟订了工作计划，就编审稿件的有关事项，提出了明确的要求与进度，筹集了款项推动了工作开展。经过 4 个月的艰苦努力，克服了种种困难，到 12 月中旬基本完成编辑整理审稿工作，并与出版社签订合同。具体过程及做法如下：

1. 邀请专家学者参与帮助这项工作

把一本谈古籍的书编好，似乎容易，做起来很难。由于父亲并非专业作家，把此书起名为《图书杂谈稿》既有自谦成分，又觉得还要进一步完善，但“文革”骤起，已来不及去做。我们兄弟姐妹虽都有大学程度，但没有一人学习过文史。就连主持此项工作的嘉琨，虽然是学经济的，在担任江苏省教科所负责人期间也曾编过江苏省教育史志，也写过教育财政学和其它专著，但同样对古籍涉猎不深，仅凭我们的能力是不可能编好此书的。所以我们邀请了几位有水平、有经验、有成就、相交数十年的好友，即沈立人(曾任江苏省社科院经研所所长、研究员、著述等身，被誉为“当代江苏学人”)，顾纪瑞(曾任江苏省社科院经研所所长、研究员、知名经济学家、著作甚丰)及夏复春(曾任中共江苏省委宣传部办公室副主任、江苏省文化厅办公室主任)三人担任顾问。请缪咏禾(曾任江苏教育出版社副总编、省编辑学会副会长兼秘书长、编审)担任主审。请他们几位出谋划策，运用他们的智慧经验，关怀支持以至参与此书的出版，及时帮助解决有关问题。实践证明，他们在编书过程中发挥了重要作用，如果没有他们热心周到、慷慨无私的帮助，这本书肯定是出不来的。

还要提到的是，此书的出版还需要请一名对国学素有研究，并在思想文化界有声望的人士写序以资郑重。大家商量请我们的另一位同事好友，现在北京主持一个重要刊物笔政的马蓥伯同志撰写，蒙他慨然允诺，不久就寄来了一篇称得上“以史为鉴，视野宽宏，说理透彻，观点鲜明”的序文，使我们十分高兴。此文一定会为本书增添光彩，受到读者欢迎。

2. 认真地做好书稿修改审定工作

缪咏禾同志做编辑工作五十余年，主编过《叶圣陶集》、撰写过《中国出版通史》的《明代卷》等，经验丰富，工作细致，一丝不苟，责任心极强。他花费很多时间对书稿进行了全面审阅，肯定了本书有出版价值，又指出存在问题。他完成初审后，同时又推荐有丰富经验的江苏教育出版社副编审钱兴奇同志进行复审。缪老又写了全书的审读报告，即《书林的导引》，在本书发表。

这段工作，是书稿的再加工、再完善、再提高，使这本书终于达到国家规定合格出版物的要求，为正式出版创造了条件。缪老在审稿中既体现了尊重作者创作原意，不改变书的主要内容，又不拘泥于原来书稿的形式与一些不妥提法，而按照更多适应读者需要，符合时代性的原则，进行了修改调整。对于书名，几位专家认为改作《古籍杂谈》，与书的内容更贴近些。

出版图书有多种形式。由于我们有了上次在北京出版此书失败的教训，因此对出版书的事格外慎重。对于出版方式，我们曾经有多种考虑，一度想请民族大学帮助出版，但想到时间已经久远，又不在一个地方，为了免给对方增加麻烦，打消了原意。经我们反复研究，决定请在南京的出版社承担此书出版，这样做有利于保证此书的质量，让广大读者及专业人士放心使用此书。

三、感谢

最后，我们要向在编书过程中提到的所有同志、朋友致以深切的敬意和衷心的感谢，还有嘉琨许多同事朋友老同学也关怀支持此书的出版，帮助做了种种工作，在此一并致谢，就不一一提名了。还要提到的是，我们在暮年还能编出此书，也多亏家人的支持，北京已故嘉琛大哥的子女们，都支持我们工作，知于、存于兄妹代表他们一家向我们表示敬意，二哥嘉瑛的大女儿阿莉也为此书的出版感到高兴，而嘉琨全家上下一条心，尤其是穆镇、穆锡两兄妹为此做了许多具体事情，也要向他们道一声辛苦。当然，做这事也是他们的责任。

穆嘉琬　穆嘉琨（执笔）　穆琰

二〇〇九年十一月